JN000151

家族解散まで千キロメートル

浅倉秋成

角川書店

プロローグ

いえ

はじめは玄関から怖々と様子を窺《うかが》っていた周《めぐる》だったが、その犬が宙返りをすることに気づくと、俄然《がぜん》引き込まれた。

大人用のつっかけに足を通し、吸い寄せられるようにして夏空のもとへ出る。三歩ほど進んだところで小さく躓《つまず》いたが、幸いにして犬が逃げ出す気配はなかった。

犬は、小さな声で吠《ほ》えていた。

きゃっきゃっと短く、等間隔で、間断なく。

毛色は人工的な茶色。犬種はおそらく柴《しば》だったが、体長は三十センチにも満たない。ばたばたと忙《せわ》しなく足を動かし、地面に真円を描くよう、同じ箇所を飽きることなく、ぐるぐると走り回っている。しばらくすると気絶したように立ち止まる。そして即座に足を折り曲げると、また宙返りをする。

じりじりと距離を詰めた周は、やがて犬を鷲《わし》づかみにした。

犬はしばし手の中で暴れたが、腹部にあるスイッチを押されると途端に静かになる。

周はしばらく犬の造形を興味深そうに、そして訝《いぶか》しそうに観察していた。なぜこの犬は、自宅の庭に放置されていたのだろう。どうにも合点がいかない様子で、何度か小さく首を傾げる。周の所有物ではない。兄や姉がかつて遊んでいたものでもない。ならば誰のものなのか。近所に同年配の子供は住んでおらず、この家は通学路からもだいぶ外れたところに位置している。子供が立ち寄りたくなるような施設もない。どこかの子供が誤って置いて行ってしまった線は、薄いと見てよさそうであった。

何者かが自分を試しているのではないか。

周は疑うように、周囲をきょろきょろと見回した。目の前の狭い道路を見つめ、その奥にある田んぼを見つめ、最後に振り返って自宅の玄関を確認した。しかし犯人らしき人物はどこにも認められない。納得のいかない思いから口元を歪《ゆが》ませると、やがて周は諦《あきら》めたように犬のスイッチを入れ、それを元いた場所に放した。今一度、宙返りが見たくなったのか、あるいはそうすることによって何かが解決するかもしれないと踏んだのか。

持ち主不明の犬は吠え、地面に円を描き、再び宙返りをした。

周はそのまま三回ほど独特な挙動での宙返りを観察したが、やがてその奇怪さを無視し続けることができなくなる。さっと顔を上げる。そして何かが動く気配を察知すると、答えを見逃すまいと、目を細める。

気取られることを恐れた父さんは、そこで建物の陰に身を隠した。さらに胸のざわめきを鎮めるためにひとつ深呼吸を挟む。

がっ、と、倉庫のシャッターを開ける音が響いた。父さんは大きな音に思わず身を縮めたが、周の耳は音を拾ってはいないようであった。眼前で宙返りを続ける犬が、あらゆる物音を鳴き声の向こう側へと巧みに隠してしまう。

まもなく、近所のおもちゃ屋から持ち出された大きなマスコットが、倉庫の中にしまわれる。鍵《かぎ》を閉める際もまた小さくない音が響いたが、周はやはり気づかなかった。

庭の中央では宙返りする犬が、きゃっきゃっと、いつまでも吠え続ける。

この家族。
本当にこんな形で終わっていいと思う？

家族解散まで千キロメートル

残りおよそ1000キロメートル

くるま

一月一日は言わずもがな元日であり、同時に僕たちにとっては家族解体の三日前であった。

僕は一時間に二本ほどしか走らない富士急行線を待ちながら、昨夜スマートフォンの充電を忘れたまま眠りこけてしまったことを、一人静かに後悔していた。電車の到着まではまだ十五分以上ある。依頼されていた調味料の類《たぐい》はすでに商店で買い終えてしまっており、こなすべき喫緊の任務は何もない。片田舎の無人駅前にカフェなんて小洒落《こじゃれ》たものはもちろん、時間を潰《つぶ》せるような施設は何ひとつとしてなかった。

時間を持て余し困り果て、いっそ意味もなく町内をドライブしようかと考え始めたところで、僕はようやくあすなの旦那《だんな》の姿を、ぼんやりと想像してみることにした。

果たしてあすなは、どんな男を選んだのだろう。

考え始めてすぐ、僕はこれまであすなの旦那――つまり義理の兄となる人間――について、深く思いを巡らせたことが一度もなかったことに気づいた。関心が薄かったというのもあるが、それ以上にあすなの横に立つ男性の姿を、うまくイメージすることができなかったのだ。

人が結婚相手に求める性格的傾向を無責任に、そして大雑把に論じるならば、ざっくり二種類に大別できるような気がした。自分とは対極にある人間を選ぶか、もしくは、ある程度似た人間を選ぶか。

仮に前者であると仮定してみる。すると僕の頭には自《おの》ずと、人間としてあまりに張りのない、薄志弱行を体現したような、気の弱そうな男性の姿が想起された。こだわりも趣味もなく、あらゆる判断を他者に任せる、優柔不断で人畜無害な男性だ。世の中にそんな男性はごまんといるだろうし、当然そういった人たちも幸せな結婚はできるのだろう。しかしどうにも、あすながそういった種類の男性に惹《ひ》かれるとは思えなかった。

一方、後者もイメージしづらい。

彼女に似た人間であるのならば、これは相当に癖の強い、こだわりの塊のような人間ということになる。あすなと同様、身につけるものから口に運ぶもの、耳にする音楽から窓のサッシの色に至るまで、一切の妥協を許そうとしない人間だ。いつもどこか不機嫌そうに眉間《みけん》に皺《しわ》を寄せ、譲れないポリシーを体中に纏《まと》わせて生きている。あすなは旦那とは職場で出会ったと言っていた。必然的に、仕事は美術系であると推測できる。変わり者同士の、個性的なクリエイターカップル。あり得なくはなさそうだが、しかし穏やかな夫婦生活はあまり期待できそうにない。

弱腰か、個性派か、はたまたちょうど中間の人間が現れるのか。

仲よくなれないのは仕方がないとして、せめて舌の先にピアスを開けているような不良崩れだけは来てくれるなよと祈っていると、三両編成のくたびれた車両が視界の隅から顔を覗《のぞ》かせた。

車内は元日の富士《ふじ》山を目指す乗客で平時よりいくらか混雑していたが、文字どおり何もない東桂《ひがしかつら》で降りる人間は二人しかいなかった。一人は親ほど年の離れた女性。ならばもう一人の男性があすなの旦那かと目星はついたのだが、どうにも声をかけるのを躊躇《ためら》ってしまう。おそらく四十代前半。年頃は事前に仕入れていた情報と符合するが、あまりに先ほどまでの予想とかけ離れている。

僕よりも頭一つほど背が高い。モデルか、あるいは俳優か。

賢人《けんと》さんですかと、ようやく声をかける気になったのは、彼が僕の乗ってきた車をまじまじと見つめていたからだ。駐車スペースに止めてあったローバーミニは、あすなの車。骨董《こっとう》の世界に片足を突っ込んでいるイギリス車を乗り回している人間は、この街にはあすなと、それを借りたときの僕くらいしかいない。

「色々あって姉の代わりに――」

「周さんだ」

男性は華やかに相好を崩して僕の名を呼ぶと、実に自然な動作で右手を差し出した。僕がおずおずと握手に応じると、畳みかけるように左手に持った紙袋を持ち上げ、

「高比良《たかひら》賢人です。あけましておめでとうございます。そしてご結婚、おめでとうございます」

思いがけない先制打に言葉を選べず、僕は紙袋を受け取りながらひたすら小さなお辞儀を繰り返した。はじめまして、僕の名前を知っていたんですね、お祝いの品ありがとうございます、

身長高いですね、賢人さんこそ結婚おめでとうございます、姉のことをよろしくお願いします。どれひとつとしてうまく発話できなかったが、賢人さんは品のいい笑みを崩さなかった。

「あすなさんは？」

「母に料理を手伝わされてまして」

「料理」と賢人さんはいかにも楽しそうに口角を上げ、「あれで彼女、かなり手際がいいですからね」

「当人は不本意だと思いますけど」

「と言うと？」

「あ、いや、母に無理矢理仕込まれただけなんで」

狭い車内に賢人さんの体が収まるか不安だったのだが、乗るのは初めてではなかったのだろう。大きな体を器用に助手席に滑り込ませると、チェスターコートに折り目がつかないよう注意しながら、慣れた手つきでシートベルトに手を伸ばした。もらった手土産を後席に載せてから運転席に乗り込むと、賢人さんは少年のような笑みを見せた。

「きゅうを、聴いてたんですか？」

「はい？」

うまく聞き取れず、しばし賢人さんの彫りの深い顔を間抜けづらで見つめていた僕だったが、カセットテープのケースを見せられると言葉を適切に変換できた。助手席のドアポケットに入っていたのは一本のカセットテープで、ダビングしてあるのは Mr.Children が二十年以上前に発表したアルバム『Q』。

「大好きなんですよ。このアルバム」

いかにも嬉《うれ》しそうな賢人さんにつられ、僕はなぜだか照れ笑いを浮かべてしまい「この車、カセットしか聴けないんで、大昔にダビングしたそれを。不思議と飽きないんですよね。何回聴いても新しい発見があって」

「このアルバム一作を通して、宇宙の中心から、安らげる場所に向かうんですよ」

「わ、面白い解釈ですね」

曲目を思い出しながらエンジンをかけると、早速オーディオから桜井和寿《さくらいかずとし》の声が響き始めた。流れ出したのは四曲目のスロースターター。音楽に背中を押されるようにして車を発進させれば、いつもよりも歌詞が胸の奥まで染み渡る。

「お家《うち》は甲府《こうふ》のほうでしたよね？」いくらか口が滑らかになった僕は、対向車も歩行者もいない信号待ちの間に尋ねてみる。

「宝《たから》って、わかりますかね？」

「わかりますわかります。僕、大学が飯田《いいだ》のほうだったんで」

「県立大？」

「そうですそうです」

「だったら、本当に目と鼻の先ですよ。川を挟んだ東側に神社があるのわかりますかね。そのすぐ裏手に住んでます。ちょうど家の前に消防団の拠点があって」

「あぁ、わかるかもしれないです」

「なんだか我々、接点多そうじゃないですか。これは、三人でご飯に行く機会も多そうだ」

賢人さんが楽しそうに顎《あご》を撫《な》でると、僕は満更でもない笑みを浮かべてしまう。嬉しい提案ではあった。しかし実際のところ、あまり現実的なアイデアではない。適当な相槌《あいづち》で調子を合わせてしまおうかとも考えたが、最終的には期待を持たせるべきではないという思いが勝った。

「姉ちゃんが嫌がりますよ」

「そんなことないと思いますよ」

「いや、ほんと、僕らそんなに仲よくないんで」

青信号を確認し、アクセルを煽《あお》る。

憎しみ合っているわけではない。必要があれば言葉は交わすし、平和的に車を共有できる程度の関係性は保てている。それでもお世辞にも仲がいいとは言えない。僕はあすなを理解できないし、あすなもおそらく、僕のことは理解できない。

実のところ賢人さんの存在も、我々姉弟の不仲を加速させるきっかけのひとつだった――というのは少々暴論気味だが、まったくの嘘とも言い切れない。

色々と心配になっちゃうから、結婚するまでは、どうかこの家にいて欲しい。

そんな母の願いを最初に裏切ったのは長男の惣太郎《そうたろう》であったのだが、今はひとまず棚上げにしておく。惣太郎は惣太郎で問題の多い人間なのだが、彼は大学進学のために上京する必要に迫られていた。一応のところ、筋は通っている。

ただ、あすなは違う。あすなは就職してまもなく無断外泊の日数を増やし、そのまましれっと交際相手の家に住み着いてしまった。違う、男の家じゃない。仕事場で寝泊まりしてる。そんな言い訳をしばらくこね続けていたのだが、これ以上は誤魔化せないと判断したのだろう。

ある日、母の剣幕に押し負かされるようにして交際相手との同棲《どうせい》を認めた。

僕だって、母の言うことには問答無用で服従すべきだとは思っていない。視野の狭い母は、ときに信じられないほどとんちんかんな要請をすることがある。同棲はふしだらだからやめたほうがいいと思っているわけでもない。ただ、守って欲しいと懇願されたルールを平然と逸脱できてしまうその不誠実さには、いかんともしがたい嫌悪感を覚えていた。どうしてこんなにも簡単なルールを守れない。どうして尊重してしかるべき家族の願いを、こんなにも抵抗なく無下にできてしまう。

そんな前提があったからこそ、僕は心のどこかでまだ見ぬ賢人さんのことを相当に侮っていた。どうせ軽薄で、ろくでもない男に違いないのだろう、と。

「難しいですよね、家族は」

「ちょっと種類が違うんですよ。見た目からしてそうだと思いますけど」僕はなるべく空気が悪くならないよう、努めて明るい声で言った。「僕はほら、こんな地味な感じで、いかにも公務員っぽい公務員なんで」

「公務員なんですか？」

「あ、そうなんです。八王子《はちおうじ》の市役所で働いてて」

「都内ですか。西側なら通えますもんね」

「県内よりいくらか待遇がいいって聞いて、無理して一時間半くらいかけて通ってます」

三叉路《さんさろ》を緩やかに右に折れると、舗装の甘い山道に入る。旧時代のサスペンションは地面の凹凸を律儀にすべて拾い上げ、車を大袈裟《おおげさ》なまでにがたがたと揺らす。右には田んぼ、左にも田んぼ。時折伸びっぱなしの雑木林が現れ、ごく稀《まれ》に古びた民家が顔を出す。

ここです。そう言って僕は、ギアをバックに入れる。

後方を確認するついでに覗き見た賢人さんの表情には、異様と言っていいほどに変化がなかった。この家を見て驚かない人間は、ほぼいない。これは相当に気を遣わせているなと確信した僕は、沈黙を続かせるほうが互いの精神衛生上よくないと判断し、

「ぼろで、すみません。お化け出そうですよね」

「いやいや」賢人さんは思い出したように表情を崩すと、何も気にしていないことをアピールするよう、首を大きく横に振った。「そこまで古びてはいないでしょ。大切に住まれてきたのがわかる」

小さな車体を両親の車の間にねじ込むと、キーを捻《ひね》ってエンジンを切る。途端に車内は静かになり、必要以上に僕の声がハイライトされた。

「まあ、だからこそ解体するわけですけど。もういい加減、だいぶガタがきているんで。家族の外側も、内側も」

「解体……解体ね」

「すみません。ちょっと大袈裟な言い方をしてる自覚はあります」

「とんでもない。むしろ――」

続く言葉を探しながらドアを開けた賢人さんは、車外へ出るとそのまま伸びをした。改めて見ても、狭い車内に押し込めていたのが申し訳なくなるほど大きな体をしていた。細身ではあったが、百九十センチに届いているか、あるいはわずかに届いていないか。この段になってよ

うやく身内の面倒ごとに巻き込んでしまった申し訳なさが湧き上がった僕は、

「今さらですけど、お正月の朝早くからすみません」

「なんのなんの。力仕事はこれで結構好きなんです」

しばらく賢人さんは、まるで観光名所に向けるような視線を、僕らが住み続けてきた推定築五十年超えの干からびた日本建築に向けていた。急《せ》かすのも申し訳なかったので、僕も倣って自宅の姿を瞳《ひとみ》に焼きつける。

住んでいるが故にまじまじと見る機会を失っていたが、見れば見るほど情けなくなるくらい、くたびれた家であった。もとは白かったであろう漆喰《しっくい》の外壁は、うっすらと積み重なり続けた汚れによって、今では斑《まだら》模様を無数に浮かべた灰色に落ち着いている。木製の屋根は、ぱっと見ただけでも四箇所ほどひしゃげていた。最後の改築で一部が二階建てにはなっていたが、基本的には平屋建て。現代的な表現をすれば、４ＬＫということになるのだろうが、言葉の響きが持つほど魅力的な間取りではない。田舎の戸建てとは思えないほど、一部屋一部屋が悲しいほどに狭い。せめてのび太《た》くんの家くらいモダンで、広い家に住めたなら。そんな願望を抱いたことのある平成生まれは、僕以外にあと何人くらいいるだろうか。

「賢人さん、お餅《もち》とかおせちって得意ですか？」

「嫌いではないですよ。人並みにはいただきますね」

「ならよかった。ぜひたくさん食べてくださいね」僕は台所に届かないよう声を落とし、「うち、みんな苦手なんです。なのに毎年正月になると母が大量に。作ってる母自身も苦手なのが、また何とも皮肉で」

「はは、お力になれれば」

玄関扉を開けると、まもなく台所のほうからエプロン姿の母が小走りで現れた。おそらくエンジン音を聞きつけた時点で待機していたのだろう。たった今、料理を切り上げてきましたというような雰囲気を装っていたが、それにしてはあまりにも登場が早すぎる。

悪い人じゃないって思いたいけど、強引にあすなを自分の家に引き入れた人だからね。

数日前まではきっと苦言の一つや二つぶつけてやるんだと意気込んでいた母であったが、まず賢人さんの身長に驚き、続いて彼の物腰の柔らかさと上品さにあっという間に牙《きば》を抜かれ、気づけばすっかり絆《ほだ》されていた。数十分前の僕と同じだ。

「いやまさか、こんな素敵な男性だなんて思いもしないから。あすな、写真の一つも見せないもので」

「ご挨拶《あいさつ》が遅れてしまってすみません。婚姻届を出す前には確実にお目にかかっておきたかったんで、ちょうどいい機会をいただけました。あ、もしよかったらこちら、ご家族の皆さんで」

「まあ、どうもご丁寧に」僕に用意されたものとはまた別の紙袋を差し出されると、母は慇懃《いんぎん》に手土産を受け取り、「小さい頃から変に神経質というか、ちょっと進んでるというか、ね。なんだかよくわからない変わった子でしたから、三十もすぎちゃって、これはもう無理だろうと諦《あきら》めてたんですけど」

「素敵な方ですよ、あすなさんは」

母が賢人さんを居間に案内したので、僕は一礼してから台所へと向かった。

コンロの前ではあすなが大きな目を忌々しそうに細めながら、いかにも不快そうに鍋《なべ》の番をしていた。ラフなスウェットを纏ってはいるものの、微妙に光沢のある素材感と濃紺の色合いには彼女のこだわりが滲《にじ》み出ていた。こちらからすると少しサイズが大きいのではないかと指摘したくなるのだが、おそらくあれも美学のひとつなのだろう。頼まれていた砂糖とみりんをまな板の脇に置いてやるとようやく僕の存在に気づき、こちらに向かってあまり好意的ではない一瞥《いちべつ》をくれた。

「賢人さん、来たよ」

「ありがと」

車で迎えに行ったことに対しての礼なのか、調味料に対しての礼なのかはわからなかったが、はっきりさせる必要もなかったので僕は何も言わずに小さく頷《うなず》いた。そのまま台所を立ち去ろうと思ったのだが、

「引っ越し料金」あすなは思い出したように口にし、シルバーのメッシュが入った前髪を煩わしそうに払った。「あれ、結局、変わんないの？」

「引っ越し料金？」

「来たんでしょ、先週の月曜日。引っ越し業者が見積もりし直したい、って」

「ああ、じょーない。あれから連絡ないから。たぶん変わらない。あ、そうだ」今度は僕が用件を思い出す番であった。僕はバッテリーの少ないスマートフォンを取り出し、昨日したためたメモを確認する。「ユニ浦和《うらわ》マーケティングって会社、わかる？」

「なに浦和マーケティング？」

「ユニ浦和マーケティング。電話越しに聞いた名前だからちょっと自信ないけど、昨日、家の

固定電話にかかってきた。なんだか問い合わせへの回答がしたいとかって、二回も。何の会社かもわからないけど、間違いなくうちからの問い合わせをもらった、って」

「知らないけど、浦和ならお兄ちゃんでしょ」

「そうかもと思ったけど、でも固定電話にかけてきたから」

「お兄ちゃんでしょ、絶対」

そうかもしれないが、もう少し疑問の解消に協力してくれてもいいはずだ。この辺りの協調性のなさに、僕はいつも苛立《いらだ》ちを覚える。そもそも固定電話にかかってきた電話を、この家では僕しかとろうとしないのも甚だ疑問であった。母はよくわからない、怖い、などと言って電話をとらない。あすなはまるで聞こえていないふりをする。父は論ずるにさえ値しない。お陰でいつも僕が電話の事後処理をさせられることになる。

もう少し家族の問題を自分事だと捉《とら》えてくれと言ってやりたい気持ちは山々であったが、結局はすべてを呑《の》み込むことに決めた。あすなはどちらかといえば口数の少ないほうではあるのだが、ひとたび火がつくと途端に饒舌《じょうぜつ》になり、大きな目でぎょろりと威圧しながら怒りの言葉をまくし立てる。舌戦になれば長期戦は必至なので、口論の火種を作らないことに注意深くある必要がある。

「よっ」

賢人さんが台所の様子を確認しにやってくる。

未来の旦那を前にした瞬間、会いたかった、寂しかった、今日は来てくれてありがとうと、見たことのないぶりっ子姿を晒《さら》し始めたら、どうする。僕は刹那《せつな》の悪寒に歯を食いしばったのだが、幸いにして目を背けるような事態には至らなかった。

さすがに三年に及ぶ交際を経た婚約者同士、恋人らしい過剰なスキンシップや甘い目配せは発生せず、リラックスした様子で二三言葉を交わすに留《とど》まった。弟としては救われた。

嫌なものを見る前に退散しようと居間に移動すると、母が賢人さんからもらった手土産を改めているところであった。資生堂パーラーのチーズケーキ。母の好物だ。

「なんでこれだって、わかったんだろうね」

「姉ちゃんから聞いたんでしょ」

「お母さんのお母さんもね、これ大好きだったの」

「何回も聞いてる」

母は感嘆の息を漏らしながら、

「惣太郎より年上だよね、賢人さん」

「四十はすぎてるって言ってたと思うから、たぶん」

母は赤子でも寝かしつけるように優しくチーズケーキの包装を撫でると、しばらくぶつぶつと独り言を零《こぼ》した。やっぱり、年を重ねている分しっかりしているのかもしれない。あんな人がよくあすなを選んでくれた。どうにか、こっちの家で一緒に暮らしてはくれないだろうか。あの人とならうまくやれそうな気がするとまで口にしたところで、すぎた願望を漏らしたことを後悔したように顔を顰《しか》め、台所へと消えていった。

「お茶出すから、しばらく周が賢人さんの相手をしなさい」

言いつけられれば自室に戻るわけにもいかない。料理に忙しい母とあすなを台所に残し、僕と賢人さんは居間の炬燵《こたつ》で緑茶を啜《すす》った。無音よりはいいかと思ってテレビをつけ、BGM代わりにニューイヤー駅伝を流してみる。

「兄ちゃんが――惣太郎が来たら、本格的に作業が始まると思うんで、しばらくゆっくりしてください。すきま風も吹くし、あんまりいい部屋じゃなくて恐縮ですけど」

「とんでもない。畳の香りと、久しぶりの炬燵を堪能《たんのう》させてもらってます。それにお家の中はだいぶ綺麗《きれい》じゃないですか。まだまだ住めますよ」

「一応、襖《ふすま》と畳だけは何年か前に新調して」

「あちらもだいぶ立派ですし」

賢人さんはそう言って壁の一点を指差した。最初は何を言わんとしているのかまったくわからず、何か冗談を言っているのだろうかとさえ勘ぐったのだが、

「あ、欄間ですか?」

「ものすごく繊細な仕事ですよ」

「やっぱり、美術のお仕事されてる人には刺さるんですね。僕にはさっぱり」

「あれだけ立派なら、あすなさんも言及するんじゃないですか?」

「いや、ないですね。姉はもっとこう、ポップなものが好きなんで」

「言われてみれば、そうだ」

賢人さんが興味深そうに欄間のほうへと歩み寄っていったので、僕もゆっくりと立ち上がる。生まれたときから育ってきた家であったが、この家を建てたのは両親ではない。結婚を機に少ない予算でどうにか購入できたのが、当時から既に古びていたこの中古物件。なのでここに欄

間を誂《あつら》えたのも両親ではない。僕にとっては背景でしかなかったが、その気になって眺めてみると確かに凝った造形をしていた。富士山と雲、風にそよぐ草木。当然ながら素人に彫れる代物ではない。

「なんだか、この欄間の向こうに見える壁、妙に近くありませんか?」

「あぁ、そうなんです、ちょっとおかしな構造になってて」

僕は苦笑いを浮かべながら賢人さんを廊下に案内する。そして玄関のすぐ左脇、明らかに床の色が異なっている地点を指差し、

「ここから先を一度壊してから、増築したんです。で、建築基準法が変わったからなのか、あるいは――とにかく何らかの問題があって、どうしてもあの壁は閉じなければいけなくなってしまったみたいで」

「欄間の奥は壁になってしまった」

「一応部屋はあるんですけどね。でも繋《つな》がってはないです。おかしな壁に挟まれた何もない狭い空間が存在している状態です」

僕が生まれる前の出来事なので詳細は伝聞でしか知らないが、金のなかった両親は増築を近所に住む知り合いの大工に依頼したそうだ。故に全体的に工事は甘い。特にもともとあった家と増築箇所の接合点は明らかにピッチや色合いがずれており、素人目にも安っぽさが目につく。ただ雨漏りや地震での倒壊などは避け続けてきているので、美意識が低いだけで最低限の腕はあったと見える。

「ところで――」

居間に戻りながら、賢人さんは少し尋ねづらそうに言葉を切った。

「今日、お父様は？」

当然の疑問だなとは思いつつ、僕もすぐには言葉を選べなかった。誤魔化すべきではないとわかってはいたが、可能な限り口当たりのいいまろやかな言葉を見つけたかった。しかし結局は家族になろうとしてくれている人を煙《けむ》に巻くわけにはいかないと判断し、

「いないんです」と正直に話した。

「それって……」

「あぁ、ごめんなさい。生きてはいるんですけど」誤解を解いてから、いや、死んでいるようなものかと思い直しつつ、「いつも、留守で」

「留守？」

「この家には住んでるんですけど、ふらふら遊びに行っちゃうんです。日帰りだったり、泊まりだったり、日によってまちまちですけど、家にいることのほうが珍しいくらいで。仕事ももう五年以上前に辞めちゃって」

「今日はどちらに？」

「さあ……ほんとに、何も言わないで出て行ってしまうんで。車はあったんで、電車でどこかに行ったんだとは思いますけど」

僕は炬燵に潜るついでにしゃがみ込み、床の間の脇にある戸棚を開ける。いつもは日用品が雑多に押し込められていたが、引っ越し前なので平時よりはこざっぱりとしていた。僕は寂しそうに置いてある東京ばな奈といちご煮の缶詰めを取り出し、炬燵の上に置く。自由気ままに

生きていることへの贖罪《しょくざい》なのか、旅行気分を多少は家族にも味わわせてやろうという配慮なのか。父は出先から帰ってくると、この棚の中に必ず当地の土産物を詰めた。

「ここ最近は東京と――いちご煮ってどこでしたっけ？」

「青森じゃないですかね」

「なら、青森に遊びに行ってたみたいです。ほんともう、存在そのものが空気というか、まぼろしみたいな人なんで」

「仙人か、神様みたいな方ですね」

そんないいものじゃない、貧乏神ですよ。さすがに口にはしなかったが、これ以上喋《しゃべ》ればどこかで悪口をこぼしてしまう自信があった。僕は土産物を棚の中へと戻し、この話題を打ち切りたい思いを控えめに表明した。父については考えれば考えるほど、いたずらに虚《むな》しさだけが積み上がっていく。まるで存在そのものが、巨額の借金のような人物だ。

ほっそりとした体に、いつ何時でも眠たそうな力のない目つき。話しかけようにも、はぁ、だとか、へぇ、だとか、気の抜けた言葉しか返してこない。仕事だけは真面目にこなすのが唯一の取り柄というようなこともなく、働かない、動かない、家にいない。失職してすぐに再就職先を決めるかと思いきや、探す素振りを見せつつずるずると無職を続け、やがて六十を超えるとしれっと繰上げ受給で年金を受け取り始めた。その間の家計は、近所の食堂で働く母が支え続けた。

そしてさらにその上、浮気の前科がある。

とにかく駄目人間の手本とでも言うべき人物であった。

犬や猫に本気で説教をする気が起きないのと同じように、家族の誰もが父については諦めていた。駄目なものとして、いないものとして、半ば死んだものとして、存在を忘れたことにして生きている。何せ事実として、父がいないほうがこの家族は健全に運営される。

興味のない駅伝を見続けるのがいい加減苦痛になりかけていた頃、不意に遠くから怪物の唸《うな》り声のようなものが響き始めた。車のエンジン音だと気づいた瞬間、誰がやってきたのかも自ずとわかる。

僕は敢《あ》えて気づいていないふりを続けていたのだが、庭に出ていた母の声に釣られて廊下へと向かう。窓から外を覗くと、真っ黒なBMWが道路にはみ出るような形で止められていた。初めて見る車だったが、おそらくは二人しか乗れないスポーツカー。あまりにもらしい登場に半ば呆《あき》れながらも、僕はサンダルを履いて外に出てやることにした。

「……何これ」と、玄関から飛び出してきたあすなも絶句する。

もったいをつけるようにゆっくりと運転席から出てきた惣太郎は、初めて見る賢人さんに対する挨拶よりも、かけていたサングラスをとるよりも先に、

「八百万した」と車の値段を口にし、モンクレールのダウンジャケットの襟を整えた。

惣太郎に会うのは昨年の九月以来だったが、この人は清々《すがすが》しいほどにぶれない。もともと大手企業に勤めていた人間であったが、昨年独立起業してからは金遣いの荒さに拍車がかかった。ここまで徹底しているといっそ感心さえしてしまう。

続いて助手席からは惣太郎の奥さんである珠利《じゅり》さんも降車し、一同に向かって遠慮がちに頭を下げた。聞き取るのに苦労したが、おそらく消え入りそうな声で口にしていたのは、あけま

しておめでとうございます。僕より一つ若い二十八歳だが、今年成人したばかりと言われても納得してしまいそうなほど幼い顔立ちをしている。数年前までは地下アイドルとして活動していたという話だったが、所属していたグループ名を忘れてしまったので一度も当時の写真を見ることはできていない。たしかキュートなんちゃらというグループだった気がする。

賢人さんが車を降りたばかりの二人に丁寧に挨拶をすると、

「もう早速、始めたほうがいいんだろ？」と惣太郎は誰にともなく尋ねる。

母もあすなも答える気配がなかったので、僕が代表して答えた。

「小物はあらかた片づけたんだけど、大きい荷物があるから、早速手伝ってもらえると」

「いよいよ、周の部屋からエロ本が見つかるか」

「エロ本？」と賢人さんが反応してしまうと惣太郎は嬉しそうに、

「こいつ、エロ本とかＡＶ隠すの天才的にうまいんですよ。昔っからどんだけ部屋を探しても出てこなくて」

惣太郎は僕より七つ年上の三十六歳。いつまで経っても程度の低い下ネタをぶつけてくるところに辟易《へきえき》しつつも、ここで調子を合わせるのが僕の仕事であった。

「出てくるかよ、ばか。こっちはデジタル世代なんだよ」

放り投げられた下品な話題を手早く処理できないと、惣太郎は調子づく。そして動揺する僕の態度を楽しむように、遠慮なく下品さを加速させていく。やがて堪えかねた母が不機嫌になり、最終的にはあすながいい加減にしろと惣太郎を一喝。例外なく最悪な空気が一家を包む。これまでの人生で何度も経験してきたおきまりのパターンで、僕がうまく立ち回らない限り何度でも同じルートを辿《たど》る。

調整役を買って出ているつもりはない。それでも末っ子なりに、僕は誰よりもこの家族のバランスを気にし続けてきたつもりであった。誰もが怒らぬように、誰もが荒れぬように、誰もが最低限、この家族の中で居心地よく過ごせるように。

しかしそんな僕の仕事も、あとたったの三日で終わる。

「なら、始めるか」と惣太郎は玄関扉に手をかけながら言った。

何が始まるのか、今さら確認しようとする人間は一人もいなかった。

僕らが始めるのは引っ越しの準備。

一月一日は言わずもがな元日で、僕ら喜佐《きさ》家にとっては家族解体の三日前であった。


「なら、解体しかねぇだろ」

惣太郎の物言いは乱暴であったが、実際のところ家族の誰もがわかっていた。それこそが、僕たちが選べる最も現実的な選択肢である、と。

昨年の盆、思えばきっかけは、僕が婚約者を紹介したいと伝えたことだった。

あの日の夕食の席には、帰省中の兄だけではなく珍しく父もいた。交際相手がいることは暗に伝えてあったので、誰も驚きはしなかった。二十九歳。そろそろかもしれないなと、少なくとも惣太郎とあすなは予感していたように思う。

よかったじゃない。最初は祝福の言葉を並べていた母だったが、しかし結婚するということはすなわち、この家を出るということだと気づいたあたりで、やおら渋面を作り始めた。

父と二人ではこの家を管理できないかもしれない。

母は独り言の声量でぽつりとこぼすと、悩ましそうに困り顔を作った。僕をこの家に引き留めたい最大の理由は漠然とした寂しさなのだろうが、家の管理という問題は、あながち無視のできない懸念事項であった。

あすなが半同棲生活を始めてしまっている今、僕がこの家を出れば、残る人間は実質父と母の二人だけになる。四人で住むには狭い我が家だが、還暦をすぎた夫婦が二人で住むにはいささか過剰な大きさではあった。

じゃあ、家に残るよ。

母がそんな一言を待望しているのは、あまりに明白であった。すでに結婚してマイホームまで建てている惣太郎は無理にしても、母の境遇を考慮し、僕が婚約者を実家に引き入れる可能性はゼロではない。あすながルール違反を反省して同棲を解消する可能性もある。

無論、母に同情できないではなかった。三人いた子供が全員巣立ち、ほとんどいないも同然の父と二人きりになるのは愉快な状況ではない。しかしだからといって、どうして僕がこの家に残らなければならない。惣太郎もあすなも約束を破った。僕だけがルールを守りきり、正規の手続きを踏んでこの家を旅立とうとしている。現状を鑑《かんが》みればどう考えても、あすなが同棲を解消すべきなのだ。そう、思っていたところで、

「私も結婚するから」

まるで止《とど》めを刺すように、あすなが告白した。

完全に手詰まりの気配が漂ったが、母は藁《わら》にもすがる思いで父によきアイデアを尋ねた。し

かし父はいつまでもいつまでも一口目に放り込んだ米粒をくちゃくちゃと咀嚼《そしゃく》しながら、はあ、そうな、うん、まあ難しいわな、と要領を得ない言葉を吐き出すばかり。誰もが重たい空気を打開できずにいた中で、先の言葉を突きつけたのが惣太郎であった。

なら、解体しかねぇだろ。

惣太郎が果たしてどこまで思慮深く言葉を選んだのかはわからないが、その言葉は見事なまでに二つの意味を孕《はら》んでいた。推定築五十年以上。姑息《こそく》的療法でだましだまし延命を続けてきた我が家だったが、いい加減限界を迎えていた。取り壊す他ない。そして同時に、中に住む我々もばらばらになるべきときが来たのだ。中も、外も、解体するしかない。

母はそこから一週間ほど難色を示し続けたが、最終的には惣太郎の提案を採択することに決めた。

この家族を、解体しよう。

黒の油性ペンできゅるきゅると耳障りな音を立てながら、僕は段ボールに八王子と記す。

僕の新居は、八王子駅から徒歩十分ほどの場所にある2LDKのマンションであった。すでに一週間以上前から住める状態になっている。僕は三日後に引っ越し、婚約者はまとまった休みがとれた二週間後に合流する手はずになっていた。互いの引っ越しが完了した後、正式に婚姻届を提出する予定となっている。

一方、両親の引っ越し先は山梨県内。大月《おおつき》駅から徒歩六分の場所にあるマンションを借りることに決めた。浦和の惣太郎、甲府のあすな、そして八王子の僕、誰もが帰省しやすい場所にしたいという母の希望を尊重しつつ、将来的には車を運転せずとも生活できる場所を選んだ。家賃は五万。追って母は新たなパート先を探すと語っていたが、貯蓄と年金、それから僕らからの多少の仕送りで、当面の生活は成り立つ目算が立っていた。

行き先は三箇所にわかれるものの、誰かが引っ越す度に応援を頼む手間を考えると、すべての引っ越しを同日に敢行してしまうのが最善だろうという判断になった。ならば正月休みを使うしかねぇだろ。惣太郎の提案に従い、僕らは一月四日を引っ越し日に定めた。

周、周。

微《かす》かに聞こえた声に手を止めると、僕は自室の窓から顔を出す。下を覗けば、倉庫の前で惣太郎が気だるそうな表情で手招きをしているのが見えた。隣には賢人さんの姿もある。男手を求めているのだろうと思って駆け下りようとすると、

「全員呼んで。全員」

「……全員って、どこまで含めての全員」

「とにかく家にいる全員だよ」

面倒な要求であったが、反論を許さない大声で指示されれば理由を尋ねるのも憚《はばか》られた。僕は歩く度に家中に重たい足音が響く脆弱《ぜいじゃく》な階段をゆっくりと下りると、台所で母、物置と化している元子供部屋であすなと珠利さんを拾い、四人で庭へと出た。僕らが現れたのを確認すると、惣太郎は開口一番、

「これ、誰の何」

どこか気味悪そうに尋ね、倉庫の内部を親指で示した。

倉庫の中にある照明は小さな白熱球一つきり。日の光が強いせいもあり、外からでは倉庫の内部はもうひとつ正確に視認できなかった。しかしそれでも、僕には惣太郎の言う「これ」の正体がきっとわかるだろうという自負があった。というのも、先週倉庫の内部はあらかた確認していたからだ。

念のため倉庫の中を確認させてください。ひょっとすると料金に変更が生じてしまうかもしれません。

およそ一カ月ぶりに再訪した引っ越し業者の希望を聞き入れ、僕は久しぶりに庭の倉庫を開けていた。元を辿れば、この家の先代の所有者が農具の収納用として建てた倉庫なので、こちらも築五十年以上が経過している計算になる。薄汚いトタン小屋だが造りは頑丈。シャッターは少々きしむようになってしまったが、特に大がかりな修理もメンテナンスも必要としないまま、今日まで形を保ち続けていた。

滅多に入ることがないので僕にとっても半ば未知の領域であったのだが、埃《ほこり》舞う倉庫の内部は、想像していたよりもだいぶがらんとしていた。

シャッターを開けてすぐ右の棚には、僕らが幼少期に使っていたのであろうボール、ホッピング、一輪車、自転車の補助輪などが半ば廃棄されたような状態で放置されていた。一方の左側には大きな引き出しつきの棚があった。鍵《かぎ》がかかっている箇所もあったが、試しに何個か開けてみると、父がかつて仕事で使用していたと思われる工具や鉄くず、それから木片が見つかった。何かの部品なのだろうが、僕には用途もわからない。いずれにしてもこの倉庫の内部にあるものは、大部分が処分して問題ないものばかりであった。

新居に持っていくものはなさそうであることを告げると、引っ越し業者は了解しましたと言って去って行った。多分問題はないと思いますが、万一、料金に変更が生じる場合は、後日追って連絡します。

なので、現在この家族の中では僕が最も倉庫の内部事情に明るいはずであった。いったい惣太郎は何がそんなにも気になるのだろう。先陣を切って倉庫の中に入った僕は、右も左もわからない初心者にゲームの遊び方を教えてやるような気持ちでいたのだが、しかしそれを目にした瞬間、言葉に詰まった。

倉庫の中央部には、見慣れぬ大きな木箱が、置いてある。

およそ洗濯機と同じくらいの大きさだろうか。大人でも体を丸めれば悠々入れるであろうほどに巨大な木箱が、なぜかそこには寝かされていた。

「何だこれ……」

「だから訊《き》いてんだよ」

「こんなの、倉庫のどこにあったの？」

惣太郎よりも先に質問に答えてくれたのは賢人さんで、

「シャッターを開けたときには、もうここに」

僕の後に続いて倉庫に入ってきた母も木箱を見るなり首を傾げ、あすなも訝《いぶか》しげな視線を送った。どうやら二人とも心当たりはないらしい。賢人さんと珠利さんまで狭い倉庫の中に入り、僕らはしばし無言のまま木箱を見つめた。

趣は、洋ではなく和。赤茶けているので桐ではなさそうだが、一見して高級だとわかる木材が使用されており、表面は滑らかに、丹念にヤスリがけが施されていた。触らなくともつるりとした肌触りが容易に想像できる。四隅につけられた黒い金属製の留め具にも高級感がある。側面には達筆すぎる筆文字で何事かが記されており、その上落款まで押されている——のだが、ともに掠《かす》れておりうまく判読できない。骨董品でも入っていそうな風格のある木箱であったが、しかし我が家にそういった趣味を持つ人間は一人もいない。

改めて惣太郎は僕、母、あすなの三人に心当たりを尋ねたが、全員が戸惑いの表情で首を横に振る。現在この家に住んでいる人間は、あすなを含めても四人。そのうちの三人に心当たりがないとなれば、木箱の持ち主は自ずと一人に絞られた。

「まあそうだよな——」

惣太郎は舌打ちを放つと、いかにも腹立たしげに頭を掻《か》いた。

「こういうのは親父だよ」

おそらく父が持ち込んだものだろうという予感は、家族の誰もがうっすらと共有できていた。奇行は父のお家芸。出先で買ってきた土産物を戸棚に押し込むくらいならまだしも、引っ越しの数日前にこんなにも巨大なものを手に入れる必要もないだろうに。処分をするにしても、新居に持って行くにしても、追加の料金が発生する可能性は十分に考えられた。何て面倒なことを。僕は濁ったため息をつきながら、

「これ、中身は何だったの？」と尋ねると、

「見てねぇよ」と惣太郎は不快そうに吐き捨てた。「薄気味わりぃから、蓋《ふた》開ける前に全員ここに呼んだんだよ。ひょっとしたら親父のじゃないかもしれねぇし」

なら中身を確認してみようかと相談する前に、あすなが木箱に手を伸ばしていた。

結論を急ぐような乱暴な手つきで四辺の留め金を外し、遠慮なく大きな蓋を両手で摑《つか》む。一息に持ち上げようとするも、一人ではうまく持ち上げられない。近くにいた惣太郎が助けるように反対側を摑むと、上質な摩擦がぬるり、ようやく蓋が持ち上がる。中身が覗き見えた瞬間、きゃっと叫んだのは母で、

「いやだいやだいやだ、呪われそうじゃない」と、目を逸《そ》らした。

蓋が完全に取り払われる。

木箱の中に寝かされていたのは、おそらく仏像であった。

詳しくないので厳密な呼び名はわからないが、立っている状態の像なので、立像ということになるのだろう。全長ざっと一メートル。仏様なのか、観音《かんのん》様なのか。右手には細長い杖《つえ》のようなものを持っており、左手には布袋を持っている。アフロのような髪型だと思っていたのだが、よくよく見てみると頭の天辺《てっぺん》からは髪ではなく、またいくつもの頭が生えていた。古びており全体的に黒ずんでいたが、おそらくは木製。しかし首飾りや足下の台座には金《きん》のようなものがあしらわれており、暗い倉庫の中でも主張控えめに、きら、きらと、細部が輝いていた。

「これ、お父さんが持ってきたの？」とあすなは誰にともなく尋ねる。

「それしかねぇだろ」

惣太郎はため息をつくと、

「そういえば昔も──」とまで口にしたところで、自重するように口を噤《つぐ》んだ。

何を言い淀《よど》んでいるのだろう。惣太郎らしくないトーンダウンに違和感を覚えた刹那、鮮や

かに記憶の暗闇に光が差した。あっ、と、漏れそうになった声を抑えるも、喜佐家の面々全員が、おそらくは見事なまでに同じタイミングで思い出してしまう。表情が陰る。

考えてみると、木箱を目撃したときからうっすらとしたデジャヴはあった。こんな光景、以前もどこかで見たような。それが惣太郎の沈黙によって、取り返しがつかないほど完璧《かんぺき》に蘇《よみがえ》ってしまった。

僕らは今回とそっくりのシチュエーションを、二十年以上前に体験していた。当時どうして父があのような真似を働いたのか、動機は今になってもわからない。父は真意を語ろうとせず、僕らも僕らで父の奇行に薄気味悪さとほんのりとした恐怖を、そして何よりはっきりとした嫌悪感を抱き、コミュニケーションを諦めてしまっていた。

今回は仏像。

あのとき父がこの倉庫の中に持ち込んだのは、近所のおもちゃ屋に飾られていた、オリジナルのマスコット人形。

「じょーないじょーない」と母は気まずさを払拭《ふっしょく》するように、痛々しい空元気で場を取り繕った。「お父さんが帰ってきたら、どうしたいのか訊きましょう、ね」

「ま、そうするしかないか」と、僕も努めて、何も思い出せていないうつけの笑顔を作る。

いやぁ、しかし、大きいなあ。

意味のない感想を、独り言にしては少々大袈裟な声量でこぼしながら、僕は誰よりも最初に倉庫を抜け出した。あの忌まわしい思い出からは、家族の誰もが可能な限り距離をとる必要がある。僕らはシャッターを開け放ったまま、倉庫を後にする。

まだ十二時十分前ではあったが、一度途切れてしまった作業を中途半端に再開するよりはいいだろうという話になり、昼食をとることに決めた。全員でバケツリレーをするようにして台所から色とりどりのおせちを運び、炬燵の上に並べていく。少なくとも僕は空腹であった。しかしいざ食事が始まっても、やはり喜佐家の箸《はし》は全体的に動きが鈍い。あすなと母は魚卵と豆類、僕は酢の物、惣太郎は伊達《だて》巻きや栗きんとんなどの甘いおかず。それぞれにそれぞれの嫌いなものがあり、かといってどれかが好きということもない。必然、食事のペースも上がっていかない。珠利さんはおそらく生来小食なのだろう。信じられないほどのスローペースで申し訳程度に雑煮だけを啜っている。唯一の救いは賢人さんで、

「どれも素晴らしく美味《おい》しいですね。本当に全部手作りなんですか？」

　無理をしているという様子もなく、純粋な気持ちで舌鼓を打ってくれていた。母も日頃見られない新鮮な反応に喜び、次から次へと料理を勧める。賢人さんはさらに食べる。平和な循環が発生していた。

　僕はまだ満たされてはいなかったが、食事を終えたことにして箸を置いてしまった。テレビはいつの間にかＮＨＫに切り替わっており、餅を喉《のど》に詰まらせ救急搬送された老人のニュースが伝えられていた。そうだ、我が家でもこれから山ほど磯辺焼きが出てくるのだ。僕はいくらか憂鬱《ゆううつ》になると、ポケットからスマートフォンを取り出した。部屋の整理をしている間に充電をしたので、バッテリーの残量は三十八パーセントまで回復している。画面に表示されている通知は一件。十分ほど前に届いていたメッセージの送り主は、僕の婚約者だ。

［現在休憩中。引っ越し準備は順調でしょうか。最後に山梨土産をぜひ］

言われてみれば、山梨を根城にするのは残り三日ということになる。考えた瞬間、生まれてから今日まで過ごし続けてきた郷土に対する郷愁が初めて寂しさとなって胸を過《よぎ》った。山梨土産。名産の多い地域ではあったが、何を買えば喜ばれるだろうか。

ぼんやりと答えを探すように画面から視線を上げると、昆布巻きを摑んだまま硬直している惣太郎の姿が視界に入る。口もとを半端に開け放ったままテレビに釘《くぎ》づけになっている。ずいぶんと間抜けな顔だなと思っていると、母も同様の顔をしていることに気づく。力なく口を開け放ち、眉《まゆ》を八の字に垂らしながらテレビを見つめている。

親子揃って、何をいったい。

ようやくテレビへと視線を移した僕は、瞬く間に握力を失い、スマートフォンを自身の太ももの上に落とした。もちろん口は閉じられなくなる。ニュースだけが淡々と流れ、それ以外のすべてが静止する。

テレビ画面上ではどこかで見た仏像のようなものがワイプで表示されており、神妙な面持ちの女性アナウンサーが原稿を読み上げていた。驚きで麻痺《まひ》していた聴覚がゆっくりと機能を取り戻し、次第に言葉を聞き取れるようになってくる。

「――にある十和田白山《とわだはくさん》神社の宮司、宇山宗泰《うやまむねやす》さんが、一月二日に開催される例大祭の準備のために本殿を開けたところ、安置されているはずのご神体がないことに気づき、警察に通報しました。警察は盗難の可能性が極めて高いと見て、捜査を進めています」

画面が切り替わり、気難しそうな宮司のインタビュー映像が流れる頃には、居間にいる全員の口もとが閉まらなくなっている。

「【当時の状況は？】本殿開けたらもう、すっからかんだよ。本来はここにあるはずだから、ご神体もそうだし、ご神体を入れる箱もね、本当は向こうにあるんだけど、それもなくなってるから。どっちも盗まれたってことでしょうよ。

【犯人に伝えたいことは】返せ馬鹿ってことだけだよ。（犯人には）バチが当たるよ。確実に当たる。でもまあ、逆に言うとだよ。犯人が反省して無事にご神体を返してくれるなら、私は全部許す覚悟だよ。こっちは、明日の祭をちゃんとやりたいって、それだけなんだから。日を跨《また》ぐまでは信じて待つよ、私は。（ご神体が戻ってきたら）被害届は取りさげるよ。私も男だから。

【盗まれた理由に心当たりは？】お金でしょうよそんなもん。文化財としての価値もあるし、ご神体の台座とか首飾りには金《きん》をね、かなり使ってるから、そりゃ売ればいい値段になるでしょうよ。何年か前には近くのお寺さんの仏像も盗まれてたしね、窃盗団みたいなのはそこらにうじゃうじゃいますから」

インタビューが終わると、画面上には改めて盗難被害に遭ったご神体が表示される。「2015年、一般公開された際のご神体」というテロップがついているそれは、心なしか、少しばかり、というよりもかなり、いや、まさか、そんなはず、そんなはずは。

「これ……」とまず、あすなが呟《つぶや》き、

「いや、ちょっと形が」と母は強《こわ》ばった顔で楽観を謳《うた》い、

「でもかなり、似ていたような」と賢人さんが遠慮がちに返す。

爆《は》ぜるように立ち上がったのは惣太郎で、そのままつんのめって前転しそうな勢いで居間を飛び出した。遅れて母とあすなも立ち上がり、僕も立ち上がろうかと思ったところでニュースを最後まで見ておくべきかもしれないと妙に冷静になった。情報に何かしらの手違いがあったという可能性も否定はできない。

しかしニュースは十和田白山神社では例年一月二日に例大祭を開催しており、初詣客《はつもうで》も相まって大変な賑《にぎ》わいとなることや、今年は十年に一度のご神体開帳の年であったことなどを伝えるに留まる。仏像や神具の盗難に詳しい専門家の話が始まったところでこれ以上有益な続報はもたらされないと判断し、遅れて居間を飛び出した。残っていた賢人さんと珠利さんも僕の後を追ってくる。

そんな馬鹿なこと、あるわけがない。

僕は念じながらサンダルに足をねじ込んだ。こんな訳のわからない話があって堪《たま》るかと玄関を飛び出したところで、倉庫の中から兄の雄叫《おたけ》びが聞こえてきた。

「完全にこれじゃねぇかよ！　クソが！」

飛び込むようにして倉庫の中に入ると、惣太郎がトタンの壁面を拳《こぶし》で思い切り殴る。あすなは木箱の横で頭を抱え、母はまるで死体でも見つけたように口もとを押さえている。

「騒ぐ前にまず確認を――」と叫んだ僕の声に被《かぶ》せるように、

「もう確定だよ、どう見てもこれだよ！」と惣太郎は嚙《か》みついた。

「今、画像探すから一回ちゃんと見比べて――」

「見なくても、わかるよ！　頭から頭がにょきにょき生えてんだろうが！」

「にょきにょき生えてるのが他にもあるかもしれないだろ！」

タイムリーなニュースだけあって、スマートフォンで探せばあっという間に記事が見つかり、先ほどテレビ越しに見たご神体の画像も出てくる。確かに一見して似ている。しかしこんな木像、似たようなものがごまんとあるのだ。画面と、木箱の中身、画面と、木箱の中身。僕は瞳を素早く六往復させると、瞬く間に確信に至る。

「……これだ」

「だから言ってんだろうが！」

色みは実物のほうがいくらか暗いような気もしたが、細部は画像と寸分違《たが》わず一致している。ご神体の表情、持っている杖、袋、指先の角度、頭の形状。どれをとっても完璧に、同じ。箱の側面の掠れた文字も、言われてみれば十和田白山神社と読めることに気づいてしまったとき、

「ちょっと待てよ、十和田ってどこだよ」惣太郎が忌々しそうに倉庫内で唸り、
ひょろひょろとした細い声で母が、

「……青森県」

「おかしいだろ、さすがにそんな遠くから――」

「いちご煮」

思い出すと同時に口走っていた。僕は居間のある方向を指差しながら、

「……いちご煮、缶のいちご煮あった。戸棚、居間のいつものとこに。父さんの」

文法は荒れてしまったが、僕の言わんとすることは伝わったようだった。

一同はみるみる顔色を悪くしていく。一切の言い訳や希望的観測を挟む余地がないことを示

すように、倉庫内の空気が重たく滞留していく。

「まただよ」惣太郎は怒りを噛みしめるよう、倉庫の床を睨《にら》みつけながら言った。「また親父が盗みを働いて、またあの親父のせいでこっちが割食うんだよ……いっつも俺たちはあの駄目人間のせいで――」

「ちょっと、そういう言い方はやめなさい」と母が諌《いさ》めれば、

「二回目なんだぞ！　二回目！」惣太郎は指を二本立てて凄《すご》んだ。「親父が意味のわかんないもん盗んできて、この倉庫の中に押し込むの！　二回目だよ！」

「まだ盗んだとは――」

「盗んだんだよ！　それ以外あり得ねぇだろ！　最悪だ。なんで、あんなやつが親父なんだよ……。あぁ、もういい。もう勘弁だ。あんなやつと血が繋がってるだけでこっちまで害を被るのはもう勘弁。知らねぇよ、知らねぇ。こっちはもう独立も結婚もして、この家族はとっくに卒業してんだよ。なのに、なんで終わった家族のことで割食わなきゃなんねぇんだ。もうあんなクズは――」

ちょっと待てよ。終わった家族って何だよ。

聞き捨てならない言葉を拾い上げようと口を開きかけたところで、母が貧血を起こしたようにバランスを崩した。近くにいた賢人さんに支えられるといよいよ足腰に力が入らなくなったのか、ふらふらと後退。そのままシャッターレールを背中でなぞるようにして地面にへたり込む。

「一応、電話してみる」

あすなはスマートフォンを取り出したが、誰も父が電話口に出るとは思っていなかった。一応携帯電話は持っている。しかし平時だろうが緊急時だろうが、父が電話に出たためしなど一度もないのだ。意味合いとしては、死人に電話をかけているのと同じ。それでも今回ばかりはひょっとすると奇跡が――などと一抹の希望を抱いてしまうのだが、結局あすなは顔を顰めながらスマートフォンをポケットにしまった。

「……出ない」

どうして、こんなことに。

「いつだよ……いつ盗んだんだよ」惣太郎の疑問に答えるため、僕は頭の中のカレンダーを参照し、

「先週、十二月二十三日の月曜日にこの倉庫を確認したときはなかった。だからこれがこの中にしまわれたのは――」

十二月二十四日から今日――一月一日に至るまでの九日間のうちのどこか、ということになる。

「外部の誰かが、ここに忍び込ませてしまった可能性はありませんか?」

賢人さんが口にした仮説はこの上なく魅力的であったが、残念ながらあり得ない。

「鍵、二つもかけてるんです」僕は答える。「備えつけの鍵と、ダイヤル式の南京錠《なんきん》。鍵は電話台の引き出しの中にしまってあるんで、家の中に入らないと取り出せません。それにたぶん、鍵があっても、家の人間以外このシャッターをうまく開けられないんです」

「開けられない?」

「歪《ゆが》んでるんです。ずいぶん前から」

経年劣化なのだろう。シャッターはいつからか一度強く押し込み、レールの赤錆《あかさび》を避けるように持ち上げ、その上で左端のたわみを正すように細かく揺らしながらではないと綺麗に巻き上がっていかないようになってしまった。父、惣太郎、あすな、そして僕は問題なく持ち上げられるが、母は未《いま》だにうまくシャッターの開閉ができない。開け方を知らなければ故障していると勘違いされてもおかしくないほど、我が家のシャッターは堅く、そして重い。

もちろん、家族から犯罪者が出てほしくないと願う気持ちはあった。しかし父には擁護できない前科があり、あらゆる状況証拠が父の犯行を示唆している。そして何より、僕ら喜佐家の人間は悲しいほどに深く理解していた。父ならこういうことを、きっとやる。

理由はわからない。あの人の思考をトレースしようとするだけ無駄で、僕らはいつだってあの貧乏神の得体のしれない生態に振り回され続けてきた。

あの人は、本当に、このご神体を盗んできたのだ。

「……通報しないと」

地面に座り込んだまま鼻声で呟いた母は、いつの間にか涙で目を真っ赤に腫《は》らしていた。震える手でスマートフォンの操作を始めようとしたとき、

「ちょっ、ちょっと待てよ！」

叫んだ惣太郎は、スマートフォンをむしりとる。

「家族から犯罪者が出たらどうなるか、一回ちゃんと考えろよ！」

「考えるって、考えてどうなると思ってるの？　それにお父さんが本当にこれを盗んでしまっ

たとはまだ限らな――」

「限るよ！　現実見ろって！　無実を信じるのは構わないけど、警察呼んでやっぱり親父が盗んでたってことがわかってみろ。家族全員、あの馬鹿親父のせいで犯罪者の血縁になるんだぞ？　とりあえず一回待てよ！」

「だからってあんた、罪を受け容《い》れないでいいわけがないでしょ？　お父さんがやったことだとしたら、責任を持って受け止めないと――」

「俺の会社どうなると思ってんだよ⁉　親父が犯罪者になりゃ、会社の信用は地に落ち――」

「それは大変かもしれないけど、それを引き受けるのも家族の――」

「周の結婚だってなくなるからな⁉」

不意に指を差された僕は、瞬間的に頭に血を上らせた。

「僕の結婚と、今回のことは何も関係――」

ないだろ、と口にしようとしたところで、しかし僕は青ざめた。

惣太郎の言うことが、存外的外れでないと気づいてしまったからだ。

本当であれば今日、僕の婚約者も喜佐家に来てくれる予定になっていた。しかし日本全国、多くの企業が休みになる一月一日にどうしても仕事を休めなかった彼女の仕事は、警察官だ。八王子警察署交通課配属。彼女の父も、そして彼女の母も、警察官であった。

結婚するなら警察官にしなさい。

警視庁に内定が出たときから口酸っぱく言われ続けてきたそうだ。特殊な仕事なので伴侶《はんりょ》も同じ境遇にある人を選ぶべし。女性の警察官はほとんどが職場で結婚相手を見つける――というのはやや眉唾《まゆつば》ではあったが、とにもかくにも彼女の両親は警察官との結婚を強く望んでいた。市役所勤めの男と結婚したい。

両親は反対こそしなかったが、賛成の意は一切表明しなかった。感触は決してよくない。なのでどうか、挨拶の際は慎重を期して欲しい。婚約者から伝えられた僕は念入りに準備をしたのち、まさしく取調室に向かうような心地でご両親に挨拶をした。仁王のような顔がしっとりとほぐれるまでに要した時間は四時間半。三日酔いになるほどの晩酌につき合った結果、僕はようやく了承を勝ちとることに成功した。

君なら、よしとしよう。

そんな僕の父が、窃盗で逮捕されたとする。破談は決して悲観的な妄想ではなかった。むしろかなり理性的に見据えた未来の姿だ。僕は胸に大きな空洞ができていることに気づく。

僕の結婚が、なくなる。

考えた瞬間、耳鳴りが始まる。指先から温度が消え、心が氷になる。

そんな僕とは対照的に、あすなは大きな瞳をまた一段と大きくして惣太郎ににじり寄っていった。

「え、何？　じゃああんたはこれ、隠蔽《いんぺい》しようって言うの？」

「そうは言ってねぇよ！　でも通報する前にやることが――」

「ないでしょ！　こうなっちゃったらもうどうしようもない！　隠す？　捨てる？　そんなことしたらもっと悪いことに――」

「一旦、考える時間が必要だって言ってんだよ！　親父にも事情を訊く必要がある。ひとまず正月休みが終わるくらいまで様子見て――」

「三日後に引っ越し業者来るんだよ⁉　三日後！　だったら早く警察に連絡するしか――」

「返しに行きませんか？」

すっ、と、倉庫が静まりかえる。

僕らは導かれるように、倉庫の入口付近に立っていた賢人さんへと、視線を向ける。

賢人さんは、右手にスマートフォンを握っていた。画面をこちらに向けたまま、僕らを諭すように語り出す。

「今しがた調べ直しましたが、やはり宮司は明言しています。『犯人が反省し、日付を跨ぐまでにご神体を返すなら、被害届は取りさげる』。返せばいいんです。返せば、お父様が何をしたのだとしても、誰も罪には問われません」

惣太郎もあすなも黙り込む。確かに宮司は先ほどのニュースでも明言していた。ご神体を今日中に返してくれれば被害届は取りさげる。忘れていたわけではない。しかし真剣に検討する気も起きなかったのは、それがあまりにも非現実的であったからだ。

ここは山梨県都留《つる》市。返却先は隣県ではない。

青森県十和田市までいったいどれだけの時間がかかるのか、すぐにはイメージすることすら難しかった。新幹線を使えば四時間程度で行けるのかもしれない。飛行機に乗れたのならもう少し速く移動できるだろう。しかし元日にチケットが取れるかどうかは不透明であり、そもそもこのサイズの巨大な荷物を公共交通機関で輸送することはできない。となれば我々が選べる交通手段は車だけになるのだが、そうなった際にはいったいどれだけの時間がかかるのか。

「……無理ですよ、遠すぎます」

僕は少なからず冷めた声で言ったのだが、予想外に賢人さんは力強い声音で、

「間に合うんです」

断言した。

「Google マップ上では、正月の混雑を加味した上でも移動時間は十時間と表示されます。現在時刻が十二時十三分。すぐに出発できれば午後十時すぎには到着できる計算になる。多少道草を食ったとしても、日付は跨ぎません」

すぐに動き出せば、間に合うかもしれない。

ご神体を返せば、罪には問われない。

諸問題を一掃する奇跡のような可能性に心臓は寸刻高鳴るも、すぐには前向きになれなかった。ご神体を持ち主のもとへ返却しに行くと言えば聞こえはいいが、身も蓋もない言い方をすれば犯罪の隠蔽に他ならない。

あの父と僕たちが家族である限り、責任の何パーセントかは僕らにもあるのだ。

だから身内の粗相は、甘んじて受け容れなければ、ならない。

それこそが、家族なのだから。

そんな美しすぎるお題目が側頭部のあたりをかすめていったとき、僕は目眩《めまい》と同時に、目頭が熱を帯びていくのを感じた。さすがにこの理不尽は飲み込めないだろ。奥歯を噛みしめ、どうあがいても、そこまでの聖人にはなれないことを確信する。家族の解体まで残り三日。最後の最後までこんなものに泣かされ、諦め、これも運命と居直れるわけがない。これまでの人生

を要約し、濃縮し、わかりやすく再提示するような出来事に、どうしようもない業に、さすがに流されたくない反発心が湧き上がってくる。

「持って行ってあげたほうが……神社のためかも」

僕や惣太郎が口にしていれば都合のいい詭弁《きべん》であったが、珠利さんの言葉となると少しだけニュアンスに温かみが生まれた。確かに、僕らがこのまま警察に連絡を入れたとして、このご神体が明日の祭までに神社に返却されるかどうかはわからない。都合のいいロジックを組み上げている自覚はあったが、僕の心は青森へと大きく傾いていく。

倉庫内を、十秒ほどの沈黙が包んだ。

あらゆるものを素早く天秤《てんびん》にかける。大義名分よりも美しさよりも、何より自分の本心に問いかける。やがて二つの部品が隙間なくかっちりと嚙み合うようにして、一つの強固な答えが弾《はじ》き出された。僕は言葉を濁さず、はっきりと口にする。

「……返しに、行こう」

綺麗事を並べるつもりはない。僕はただただ、自分の結婚を、守りたかった。月並みな表現にはなるが、僕は婚約者のことが心から好きだった。あんなに心が清く、まっすぐで、そして僕のことを深く理解して受け容れてくれる人間は、この世界に二人といない。君と一緒にいるためなら世界を敵に回しても構わないという台詞《せりふ》はあまりに陳腐だが、今の僕にとっては少なからず本心であった。

「……マジかよ」

惣太郎は頭を抱えたが、道のりの途方もなさに立ちくらみを起こしているだけであった。心

はすでに固まっているようで、

「青森……青森かよ」

「悪いけど、載らない」苦しそうにこぼしたのは、あすな。「うちの車じゃ、とてもじゃないけどこの大きさの荷物は、載らない」

我が家の駐車場には現在四台の車が止まっていた。母の軽、父のセダン、あすなの小型車、そして惣太郎のスポーツカー。しかしいずれの車も、どう考えても高さが足りなかった。後部座席を倒したらどうにかなるという問題ではない。

「タクシーなら」と母は提案したが、

「運転手にバレたらどうすんだよ」と惣太郎に却下される。「それにドライブレコーダーに写る」

即座にレンタカーという言葉が喉まで出かかったが、こちらもあまりよい発想ではなかった。タクシー同様ドライブレコーダーに記録が残ってしまうし、そもそも一月一日に飛び込みでレンタルできる見込みはかなり低そうに思えた。そして何より、この家の近くにレンタカー屋など存在しない。

宅急便で送ってみればと珠利さんも控えめにアイデアを出してくれたが、失礼ながら論外であった。今日中に届けられないし、あらゆる箇所に輸送の履歴が残る。

動揺と興奮が落ち着き始め、やはり不可能なのではないかという不安が腰元あたりから這《は》い上がってくる。徐々にコートのない冬の空気に鼻水が止まらなくなってきたところで、

「アルファードにならたぶん載る」

惣太郎は木箱を見つめながら言った。

「今日はあっちの車に乗ってきたけど、浦和の家にはアルファードがある。この前帰省したときに乗ってきた、大型のミニバン。三列目を倒せば、たぶん普通に載せられる」

「でも――」と僕は尋ねる。「浦和に車を取りに行ったら」

「往復で四時間以上かかる。だから行って帰ってはできない。でも、どうにか浦和までご神体を持っていくことができれば――」

望みはあるかもしれない。

Googleマップで再度検索をすると、浦和の惣太郎の家から十和田白山神社までは車で八時間から九時間と表示される。ならば理論上、午後三時までに浦和に着くことができれば、一月一日中にご神体を返却することは十分に可能であった。すでに議論したとおりタクシーやレンタカーは利用できない。それでもどうにか浦和までの足を欲するならば、

「……誰かに、車を借りるしかない」

あすなはそう言うと、地元に明るい喜佐家の三人を順番に見つめた。

「……誰なら、頼める？」

この頃になると僕らの意見は完全に一致していた。青森を目指す他ない。

しかし誰ならばこの木箱を浦和まで運べるだろうかと考え初めると、地獄のような選択肢しか残されていないことに気づいてしまう。誰もいないわけではない。二組ほど輸送に適した車を持っている人物は思いつくのだが、どうしたって気は進まない。非常時なので贅沢《ぜいたく》は言えない。言えないのだが、それにしたってもう少しましな候補がと考えてみるのだが、結局最後ま

で二組しか思いつかなかった。

「……戸田《とだ》さんか、広崎《ひろさき》さん」


僕らは一度部屋に戻り、防寒具を纏ってから再び倉庫に集まった。

木箱の蓋を閉めて持ち上げると、庭に放置されていた台車の上に載せる。木製ということもあって想像よりもずっと軽かったが、サイズが大きいので一人では持ち上げられなかった。二人でも心細い。男性三人でようやく安全に持ち上げることに成功する。数十万円するものなのか、数百万円するものなのか、あるいはそれ以上か。正確な価値がわからない上に、このご神体には家族の命運がかかっていた。決して軽率には扱えない。台車を押す係は僕と賢人さんが担うことになる。二人して台車を自宅の敷地内から車道へと押し出したとき、

「全員じゃ行けねぇだろ」と先頭を歩いていた惣太郎が振り返った。

母、惣太郎、あすな、賢人さん、珠利さん、そして僕。六人全員が乗車できるサイズの車は限られる。万が一、戸田さんか広崎さんに車を貸してもらえたとしても、浦和で乗り換える惣太郎の車にはラゲッジスペースの関係で四人までしか乗ることができない。メンバーを選抜する必要があった。

車の所有者である惣太郎は当然外せない。ご神体を持ち上げるためには最低三人の男性が必要という知見を得ていたため、僕と賢人さんも同行する必要があった。

「私は残る」と言ったのはあすなで、彼女は家で父に関する情報を集めると宣言した。「お父さんを見つければ色々とわかると思うから、私はどうにかして今の居場所を突き止める」

重要な役割から逃げたいという弱気な選択でないのは、切羽詰まった表情から容易に推察できた。彼女なりにやるべきことを見極めたのだろう。事実、父を捜す人間は必要であった。どのようなつもりで盗んだのか、そこに同情できる余地はあるのか、はたまた僕ら家族をさらに失望させる見下げ果てた動機があるのか。推理するまでもなく、当人に訊けば自ずと事情はわかる。

「お前は残っとけ」

惣太郎が突き放すと、珠利さんは二つ返事で留守番を決めた。彼女はあすなと異なり自宅待機を命じられたことに明らかに安堵《あんど》していたが、それを咎《とが》めたいとは思えなかった。惣太郎と結婚した彼女の姓はもちろん喜佐であり、今では立派に僕らの家族だ。しかし本来ならば父の尻拭《しりぬぐ》いをしなければならない立場ではない。ある意味では僕ら以上に、完全なる貰《もら》い事故の被害者であった。

「私はね、行くよ」

母は予想外に強い口調で言うと、覚悟のほどを示すように毛糸の手袋を力強く引っ張った。

「家族のことは、お母さんの責任でもあるんだから」

あすなと珠利さんを残し、僕ら四人は台車とともに走り始める。

砂利が交じり、ひび割れも目立つアスファルトの上を走れば、木箱はがたがたと大きく揺れた。決して落とさぬよう、決して壊さぬよう、しかし一分一秒を無駄にせぬよう、僕らはぐらぐらと進み出す。

僕が言葉にするまでもなく、おそらく家族の誰もが理解していた。ご神体が載るほど大きな車を持っているのは、戸田さんと広崎さんくらいしかいない、と。それでも敢えて皆が口に出さなかったのは、可能なら深く関わり合いになりたくないから。どちらもまったく違ったベクトルで癖が強い。道端で挨拶をするくらいなら構わないが、家族の一大事に積極的にコンタクトを図りたい人物ではない。

最初に目指したのは、喜佐家のすぐ隣に位置する戸田家。

実際は田んぼを挟んでのお隣なので、家屋までは数百メートルの距離がある。戸田さんは八十手前の男性。子供たちは全員巣立ち、四年前に妻に先立たれてしまった関係で、現在は広い戸建てに一人暮らしをしている。間違っても悪人ではないのだが、少々陰謀論に毒されやすい人間で、関わり方を間違えると大火傷《やけど》をする可能性がある。電磁波やマイクロチップといったジャンルよりは、宇宙人やキャトルミューティレーションといった方面に造詣《ぞうけい》が深く、田んぼに異常が見られると猪や熊よりもまず宇宙人の仕業を疑うというかなり独特な思考を持つ人物だ。

幸運なことにビニールハウスの中には、戸田さん愛用の軽トラックが停車してある。在宅だ。惣太郎は喜びのまま力強くインターホンを押したのだが、しかし応答はない。焦りを隠すことなくそのまま三度ほど連打。

「宇宙人です！　戸田さん、大きい宇宙人！」

どうにか玄関口に出てきて欲しい思いから母は混じりっけのない嘘を叫んだが、戸田さんが出てきてくれることはなかった。居留守を使えるほど器用な人ではないので、本当に不在なのだろう。

諦めて再び車道に出た僕らは、もと来た道を戻るようにして広崎家を目指す。

広崎さんの所有している車はトヨタのハイエース。おそらく八人近く乗車できる車両と思われる。車だけに注目するのなら、どう考えても戸田さんの軽トラックより使い勝手はいい。にもかかわらず広崎さんへの声かけを後回しにした理由はいたって単純で、有事の際の広崎さんは戸田さん以上に関わり合いになりたくない危険人物であったからだ。

化け物じみたゴシップ好きである上に、信じられないほど、口が軽い。

戸田さんの家を目指していたときとは異なり、今度は山道を緩やかに上っていく形になる。当然、運動不足の体には応《こた》える。ぜえぜえと息を切らしながら、一体全体どうしてこんなことをしているのだろうと理不尽に対してふつふつと疑問を抱き始めたところで、広崎家に辿り着く。

「広崎さん！　広崎さん！」

この辺りの家の中では最もモダンなデザインの玄関から、ちょうど奥様が出てきたところであった。ド派手な赤いダウンジャケットを着ているところを見ると、外出の予定があると見える。

「広崎さん、車を、車を貸していただけないですか？」

母はなるべくはっきりとした明瞭《めいりょう》な発音を心がけていたが、もう一つうまく聞き取ってもらえない。車、自動車、使いたい、大丈夫ですか、お願いします。次々に表現を変化させてコミュニケーションを図るが、奥様は不可解そうに首を傾げるばかり。日本に住み始めてまだ数年。奥様が困ったように玄関を振り返ると、

「おぉ、喜佐さん」とタイミングよく旦那さんが現れる。「あけましておめでとう」

反射的にあけましておめでとうございますを返しながら、僕らは早速車を貸してもらいたい旨を伝えた。

「え、何々、車？　何があったの」

「ちょっと、諸事情ありまして、どうしても埼玉まで行きたくて」

「埼玉？　そりゃ無理だよ。今からコレと車で名古屋《なごや》だから」

言うやいなや広崎さんは奥様の腰にぬるりと手を回し、ぐっと抱き寄せた。抱き寄せられた奥様は勢いのまま広崎さんと口づけを交わし、嬉しそうに微笑む。

広崎さんは小規模ながら農機のレンタル会社を経営している社長。浅黒く日焼けした五十代中盤の男性で、休日は奥様とともにゴルフに行く姿を度々目撃されている。奥様の名前はマイカさん。フィリピン出身の女性なのだが、広崎さんが彼女とどこで出会ったのかはわからない。結婚は三年前。マイカの旦那が将司《まさし》じゃかっこつかないから、これから俺はリックでいこうと思うんだ。広崎リック。意味不明な宣誓は町内の人間にとって記憶に新しい。以降、リックさんと呼んであげるとたいそう喜ぶ。

大好きなものは奥様とゴルフとビール。それから、近隣住民のゴシップ。

「何々、何だか、ただならないじゃない。急に埼玉だなんて。それにその大きいの何？」

「あ、いや」

「ちょっと――」俯《うつむ》いてしまった母に助け船を出すつもりで口を開いたのだが、うまく二の句が継げない。「複雑な、事情があって」

「複雑な事情？　何より複雑な事情って。新年一発目から気になるじゃない」

いたずらに広崎さんの好奇心ばかりを煽ってしまう。

この段になり、ようやく僕らは言い訳というものを何一つ考えていなかったことに気づかされる。慌てていたばかりに、理論武装があまりになおざりになっていた。一月一日、謎の木箱を台車に載せ、埼玉まで行きたいので車を貸してくれと頼み込もうとすれば、広崎さんでなくとも誰だって怪しみたくなる。

すみません、やっぱり何でもないですと言ってこの場を後にできたら楽だったのだが、戸田さんが不在の今、広崎さんは僕らにとって唯一の希望であった。

焦《じ》れた惣太郎が、とにかくお願いなんでと力業に出ようとしたところで、

「はじめまして」と賢人さんが前に進み出た。「喜佐あすなさんと結婚することになりました、高比良賢人と申します」

「おぉ、あすなちゃん結婚するんだ。喜佐さん、こりゃあ上物の男だよ」

広崎さんはぐわっはっはと高笑いしながら母のことを覗き見た。

「ご挨拶が遅れてしまい申し訳ありません。実はですね、僕らはとある大会に参加する予定だったんです」

「……大会？」

「ええ、それも全国大会です」賢人さんは淀みなく、堂々と語った。「この大会は家族でエントリーする必要があり、今回僕ら『チーム喜佐』は、ご覧の四人のメンバーで挑むことに決めました。お母様、惣太郎さん、周さん、そして僕」

突如として始まった完全なる法螺《ほら》に、僕らは内心震えていた。賢人さんの話がどこに向かうのかもわからない。しかし嘘を露呈させるわけにもいかないので適当に頷き、どうにか話に信憑《しんぴょう》性を持たせようと、そのとおりなんです、ええ、まったくもってそのとおりです、というような表情だけを作ってみせる。当の賢人さんはすでに腹を決めているらしく、まったく隙を見せない語り口で、

「今日の朝、最後の作戦会議を終え、いよいよ決戦の舞台である浦和に向かおうとした僕らは、悲しい手違いに気づきました」台車の上の木箱を示す。「こちら、競技で使用する大事な道具が、会場の浦和ではなく、僕らのいる山梨に届けられてしまっていたんです」

「はぁー」と広崎さんは、納得したように唸った。

「もちろん、本来であったなら僕らは電車で浦和の会場まで行く予定でした。しかしこの荷物を持って電車には乗れません。そこで、ご迷惑を承知の上で、現在広崎さんにお願いをしているという状況です。僕らはこの大会に向けて入念に準備をしてきました。我々にとって大会制覇は、まさしく悲願なんです」

「そりゃ残念だとは思うけど、協力は——」

「正直に申し上げます」

賢人さんは広崎さんの言葉を遮ると、少しばかり声の大きさを落とした。

「少々、手前味噌《みそ》な話にはなってしまいますが、我々は目下のところ優勝候補の筆頭です。出場できればほぼほぼ間違いなく、優勝できます。浦和にこの荷物を持って移動するだけで、優勝が手に入るんです」

賢人さんはそこで言葉を切り、

「優勝賞金が出ます」

賢人さんの話に驚きそうになるが、顔に出すわけにはいかない。広崎さんが少しばかり前のめりになったのを確認した賢人さんは、ゆっくりと両手を揉《も》んだ。

「ただ、僕らが求めているのは、お金ではありません。あくまでも名誉と、家族全員で大きな闘いを乗り越えたのだという達成感。これを求めて今日まで練習に励んできました。なので、です。このまま優勝できたとして、賞金が手に入った際には、ですよ？　これはもう、僕らの難局を救ってくださった広崎さんにお渡ししても、ね？」

と、こちらを振り返る。

僕が大きく頷くと、広崎さんの目の色が、明らかに変わる。

「そう話してたんですよ」と僕が強ばった笑みで肯定すると、

「……優勝賞金はどんくらいなのよ？」と広崎さんが食いつく。

「えぇと、ですね――」そう言って賢人さんは間を取りながら、我が家の中で最も懐の暖かそうな惣太郎のことをちらちらと横目で見つめた。「おそらく、ひゃ、ひゃくま――」

「十万！　十万！　十万！」

惣太郎がオークション会場のように繰り返しながら賢人さんを見つめ返すと、広崎さんは興味を失したように俯く。これではまずいと判断した賢人さんはもう一度、広崎さんに向き直り、

「二十万だったような」

さっと表情が明るくなった隙を逃さず、無責任に決定打を放ったのは、

「三十万でした」母であった。

根拠もなく釣り上がった優勝賞金に納得した広崎さんは、ぱんと一つ両手を叩《たた》くと、マイカさんに行き先の変更を伝えた。名古屋観光を楽しみにしていたらしいマイカさんはしばらく不平らしきものを口にしていたが、帰りに銀座《ぎんざ》で好きなものを買ってやると告げられると機嫌を直し、やはり執拗《しつよう》に広崎さんと唇を重ねた。

時刻は十二時三十八分。

ご神体返却のリミットまで、残り十一時間二十二分。

僕らは慌てながらも、慎重に広崎さんの車へとご神体を載せ替える。荷室の扉を勢いよく閉めたところで、

「ところで、何の大会に出るの？」

尋ねられた僕は慌てて賢人さんを捜したのだが、すでに車内に乗り込んでしまっており助けは求められない。すぐに答えなければ。僕はリアガラス越しに木箱を見つめながら、どんな競技ならこれだけの大荷物が必要なのかを音速で考えた。しかしどうにも中に眠るご神体の姿を頭から拭うことができず、さらには数時間前に見たテレビ番組に大会のイメージを引っ張られた。

苦しみながらどうにか僕が捻り出したのは、

「……ニューイヤーロボット、コンテスト、です」

鉛筆を動かす手を止めると、あすなは鬼気迫る声を家中に響かせた。

「何としてでも、お父さんを見つけるから」

あすなは居間に戻ってくるやいなや炬燵の上に一枚の紙を広げ、人差し指で細かくつついた。そして遅れて入ってきた珠利が遠慮がちに覗き込んでいることを確認すると、これが現在の喜佐家の間取り図であると説明する。

三十年以上前、この家を改築した際に大工から提出してもらった設計図だ。当然、紙は干からびたように黄色く変色している。倉庫にほんの数枚だけ残っていたものであった。

「古い上に、近所に住んでた大工さんに施工してもらったから、家もこの間取り図も造りは雑。でも大体このとおりだから、スマホでこの図面を撮るなりして、一緒に家中を探して欲しい」

「……何を探せば」

「お父さんの居所の手がかり。絶対にあるから」

「電話、やっぱり繋がらないんですか？」

指摘されたあすなはすぐさまスマートフォンを摑むと、素早い動作で父さんに電話をかけた。しかし電話口から応答があるはずもなく、まもなくどこからか重たいバイブレーションの音が響き始める。あすなは耳を澄ましながらゆっくりと立ち上がると、音の発信源を探して廊下に出る。

電話台の引き出しの中から携帯電話を見つけたあすなは、居間に戻ると少々乱暴な動作で炬燵の上に放り投げた。

「お父さんは絶対に電話には出ない。一番安いプランで契約だけはしてるけど、どこに行くにしても携帯は家に置きっぱなし」

どうあっても連絡はとれないという事実に強度の不安を覚えたのか、珠利は小さな鼻を震わせ始めた。そして喉をしゃくり上げると、涙をはらはらとこぼす。

あすなは面倒くさそうに天井を見上げてからため息をつくと、苛立たしさを隠すことなく珠利をきっと睨みつけた。

元来根は優しいはずなのだが、あすなは人を慰めることを極端に苦手としていた。当人は親切にしているつもりなのだが、声が少しばかり低いのと、眼力がいささか強いせいで意味もなく相手を畏縮《いしゆく》させてしまう。不得手だと割り切れたのが十代後半。慣れない励ましの言葉で鼓舞するよりも、いっそ突き放すほうが性に合っていると判断したのか、以降は年少の周相手にも言葉を尖《とが》らせるようになった。

「悪いけど、今はしっかりして」

「あの……もしこれ、最悪の場合、惣太郎の会社も――」

「わかんないよ。私にはわかんない」

あすなはハイカラな染め方をした髪を掻き上げると、叩くと撫でるのちょうど中間の力で、珠利の頭をぽんぽんと何度か触った。

「喜佐の人間でもないのに、こっちの問題に巻き込んじゃって悪いと思ってる。ただ、今は少し聞いて。家の中からお父さんの手がかりを探して欲しいって言われてもぴんとこないのはわかる。でも、この家には一つだけおかしな点がある」

珠利は顔を上げると、洟《はな》を一つ啜った。

「お父さんはとにかくいっつも家にいない。どこかに遊びに行っては、そこの戸棚にお土産だけを残す。それの繰り返し。家にいる時間が極端に短いから、当然この家の中にもお父さんの荷物はほとんどない——ほとんどないからこそ、引っ越し三日前だっていうのに、荷造りほったらかしにしてどっかに遊びに行くことができてるの。でもね——」

あすなは視線を間取り図へと落とす。

「いくら何でも、荷物が少なすぎる」

鉛筆に向かいかけていた手を止める。

あすなは間取り図を持ち上げると、ひとつひとつの部屋を指差しながら説明を始めた。ここが両親の部屋、私の部屋、周の部屋、台所、浴室。惣太郎と珠利が結婚したのは今から三年前。珠利がこの家に来たのは今日が初めてではないが、居間以外の部屋に入った経験は皆無であった。

「倉庫はすでに見た。でもお父さんの荷物らしいものは特になかった。両親の部屋、今は物置みたいになってる元子供部屋、この辺りにないのなら、床下か屋根裏を漁《あさ》ってでも——」

「この……これは？」

「昔使ってたトイレ」

喜佐家は二回の改築を経て現在の形に落ち着いたものの、一九九二年に二度目の改築を行うまで、トイレは家の中に存在しなかった。用を足す際には家の外にある狭い木造の小屋に向かう必要があり、雨の日は体を濡《ぬ》らすことになった。現在ではまったくと言っていいほど見られなくなったが、防臭機能が不十分だった当時はまま見られる形式であった。

あすなは外のトイレも同様に確認しなくていいことを伝えつつ、とにかく家中のありとあらゆる場所をひっくり返して構わないと口にした。引っ越しの準備は順調に進んでおり、小物の類はほとんど段ボールに収納済み。今こそ家の中をくまなく探すことができる絶好の機会に他ならない。父さんの荷物が見つかったところで、父さんの居所に繋がる情報は出てこないかもしれない。今回のご神体騒動の原因を突き止められるとも限らない。

「でも」と、あすなは語気を強める。「この家族の真ん中はずっとお父さんだった。お父さんを捜すことが、あらゆる問題を解決する一番の近道に違いない。少なくとも今の私たちにできることはこれしか――」

「あの……訊いてもいいですか？」

「何」

「惣太郎、倉庫から出てきたあれを見たとき、二回目って、言ってたと思うんです」

あすなは沈黙する。

明らかに、触れられたくない話題であった。あまりにも事情が込み入っており、なおかつ喜佐家の誰もが、まだあの事件の全容を飲み込めていなかった。語りたくないというのも本音なのだろうが、語ろうにも語れないというのが実際でもある。珠利もあすなもその話題に対して決してポジティブな反応を見せていないことは承知している様子であったが、しかし引き返すことはしなかった。

「以前もあったんですか？　こういうこと」

「ちょっとごめんだけど、今、説明してる時間はない」

あすなは急いたように、廊下へと繋がる襖に手をかける。

「必要なことは後で絶対に話すから、今はとにかくお願い。それと最初に一つだけ約束して欲しい」

「……約束？」

「この家から仮にどんなものが出てきても、それを他の家族には伝えないで」

意図をはかりかねた珠利は黙したが、喜佐家で育ってきた人間であれば、あすなが何を危惧《きぐ》しているのかは自ずと理解できる。かつてあすなの父、喜佐義紀《よしのり》は、妻子のある身でありながらとある女性との不貞行為に及んでいた。浮気相手との関係は完全に清算されたはずであったが、その後も密《ひそ》かに通じていた可能性は否定できない。文通や、贈り物の形跡などが見つかったとして、それを家族の誰か――とりわけ母さんが知ることになれば、彼女は大いに傷つくことが予想された。

「何かを見つけたら、まず私のとこに報告に来てほしい。お願い」

「……わかりました」

珠利はあすなの提案どおり間取り図をスマートフォンのカメラ機能で撮影すると、あすなとともに居間を飛び出した。二階に駆け上がり、廊下を走り回り、戸棚という戸棚を開けては閉める。屋根裏を探し、天井付近を強引につつくような音も響いた。かと思うと強度を探るように、こつこつと床を叩く音も響かせる。床下に繋がる継ぎ目を探していた。

この日の最高気温は摂氏七度。最低気温はわずか二度。

居間では石油ストーブが稼働していたが、それでも完全には暖まりきらない。断熱機能が貧弱な喜佐家の中に、快適と言える場所は少なかった。動き回っていれば多少は体も温まるだろうが、快活に過ごせる気温ではない。二人は定期的に暖を求めて居間に戻ると、しばし炬燵で体を温めてから再び居間を出た。

広い家ではない。調査を始めてから一時間もすれば探すべき箇所にはあらかた手が伸びてしまい、徐々に手詰まりの気配が見え始めてくる。あすなは居間の中央で腕を組むと、次なる一手を考えるように目を閉じた。壁面の一点を見つめ、つま先でとんとんとバスドラムを小刻みに叩くよう、床を鳴らす。

「あの」

珠利が勢いよく居間に飛び込んできたが、あすなの表情に期待の色はわずかばかりも存在していなかった。もとより、あすなは他者に期待することをよしとしていない。あらゆる物事を自分で決定したいと願う気持ちを自己中心的であると誹《そし》られることもあったが、彼女の本質はどこまでいっても強さであった。事実として彼女は、これまでの人生の多くの局面を独力で乗り超えてきた。

どこか珠利に物足りない印象を覚えていたあすなが、彼女に対して過剰な期待を抱けないのも無理からぬことであった。どうせ、取るに足らない発見を口にするのだろう。どこか冷めた表情で珠利を迎えたあすなだったが、一枚の紙を見せられると途端に目を見開いた。

短冊形の白い和便箋《びんせん》に、ボールペンの文字がさらさらと躍っている。

「これ、どこに?」

「倉庫の中です。一応と思って探したら、端っこのほうに落ちてて」

あすなは、珠利の手の中に収まっている紙切れを険しい表情で見つめていた。いつまでも腕を組んだまま紙を受け取る気配がないので、自分が紙面を読み上げるべきだと判断したのだろう。珠利は甲高くも小さな声で、ゆっくりと紙面を読み上げた。

喜佐様
ひとまず五万円失礼いたします。残りの四十万円については、また後日、正式にご神体の引き渡しが済んだ際にお願いできればと思います。くれぐれも内密に、そして厳重に保管をお願いします。

読み上げると、珠利は動揺から体を震わせた。

「これ、お義父《とう》さんが別の誰かとやり取りして、あの箱を保管してた——ってことですよね?」

「……外部の誰か」

「窃盗団とか」

珠利は咄嗟《とっさ》に口にしたが、あすなに見つめ返されると矢継ぎ早に弁明を始めた。

「すみません。さっきテレビで神主さんみたいな人がそんなこと言ってたんで、つい。でもこれ、そういうふうにも読めるメモで。何だか……」

「お父さんが、外部の誰かと結託してた、か」

あすなはぼそりと呟くと、しばらく可能性を吟味するように黙り込んだ。これまでの状況とメモの内容を参照してみれば、父さんが外部の何者かと協力関係にあったと見るのが自然であった。しかも金銭の授受が発生していた形跡が読み取れる。果たして取引相手は珠利が口にしたように窃盗団であったのだろうか。

車で移動中の惣太郎たちにも、このメモの存在を共有すべきではないか。

珠利が提案すると、あすなは伝えてあげて構わないと返した。あすなが漏洩《ろうえい》を恐れているのは、父さんの不貞行為に纏《まつ》わる情報。今回のご神体騒動に関するものであれば止める必要はない。どころか、積極的に全員で共有してよいと考えていた。

「それと、もう一ついいですか？」

珠利は炬燵の上に置いたままになっていた間取り図を手に取ると、中央辺りの一点を細い指で示した。

「ここって……」

「あぁ、この向こう側ね」

あすなはよくある質問を耳にしたといった様子で歩き出すと、居間の壁面を拳で二度ほど叩いた。軽快な音ではあったが、不意の物音に持っていたものを落としそうになる。珠利は気を取り直して、そこがと言葉を続けようとしたが、あすなは興味なげに話を続けた。

「ここは改築したときの影響で意味のない二重構造になってるだけ。たぶん、ものすごく薄い空間だろうけど、図面のとおり向こう側には意味のない空洞がある。耐震性を確保するために柱を動かせなかったからこうなったってお父さんからは聞いてるけど――」

「その、そこが――」

「この向こう側はどこにも繋がってない。空気が通るようにはなってるけど、四方を壁で嵌《は》め殺しにしちゃったから――」

「行けるんです。たぶん」

聞き間違いをしたと思ったのか、あすなは小さく首を傾げた。

「反対のこっち側の壁の一部、扉みたいになってるんです。だから、きっと行けます」

残り937キロメートル

くるま

「つまるところ、そのボールをフィールドの端にある籠《かご》に運べた数で勝敗が決まるんです」

広崎さんは心底納得したように相槌《あいづち》を打つと、ＥＴＣゲートを通過するためにぐっとブレーキを踏み込んだ。ゲートが開くと再加速。母、惣太郎、賢人さん、僕、そして広崎さん夫妻の計六人と、十和田白山神社のご神体を乗せたハイエースは、都留インターから中央自動車道へと進んでいく。

「そりゃあ、ずいぶんと大変そうじゃないですか」

「仰《おっしゃ》るとおりです」と賢人さんは頷《うなず》いた。「大変に難度の高い競技と言えます」

ニューイヤーロボットコンテストという架空の大会をでっち上げたはいいが、その詳細を訊《き》かれると僕は言葉に詰まった。ルールが少々複雑で。適当な言葉で間を繋《つな》ぎながら視線で家族に助けを求めると、賢人さんが笑顔で話を引き取ってくれた。

ニューイヤーロボットコンテスト（通称ニューイヤーロボコン）は、一般的な理系専攻の学生によるロボコンとは異なり、家族単位での出場が義務づけられている特殊な大会。それぞれの家族がレギュレーションの中で思い思いのロボットを作り上げ、全国優勝を目指して毎年火花を散らしている。基本的にはボールをフィールドにあるA地点から、B地点にいくつ運べたかを競うシンプルな競技なのだが、相手チームへの妨害行為も認められているため戦略が大変に重要になってくる。移動、攻撃、防御。すべてを一台のロボットでまかなわなくてはならず、なおかつ参加している家族のメンバー全員がコントローラーを握らなければいけないというのも今大会の特徴。腕を動かす係、足を動かす係、攻撃用のロケットを動かす係。全員の息が合わないと、勝利を摑《つか》むことはおろか、ただロボットを動かすことさえままならない。

僕は最初こそ賢人さんの如才ない即興劇に戦慄《せんりつ》していたのだが、途中からなるほど、本当にこういう競技がどこかにあるのだろうと理解できた。あまりに説明が滑らかにすぎる。少なくともモチーフにした何かが存在しているのだ。

「義紀さんは、メンバーから外したんだ？」

「はい？」

「コンテストのメンバー」

広崎さんは振り返ると、こちらに向かって白い歯を見せた。

運転席には広崎さん、助手席にはマイカさん。二列目に僕と賢人さんが座り、三列目に母と惣太郎が座る配置になっている関係で、どうしたってこの質問には僕が答えなければならなかった。僕はルームミラー越しに苦笑いを見せつけ、そうしましたとだけ答えておく。

「まぁ、そうなるわね。義紀さんはほら、家族の和を乱す側の人だろうし」

そのとおりであったのだが、外部の人間から言われると居心地の悪い胸騒ぎが走った。羞恥《しゅうち》心と痛みが胸にずしんとのしかかり、反論を試みたくなる疼《うず》きが刹那《せつな》、胃袋の上辺りを駆け抜ける。しかし反論できる材料などまったくないものだから、曖昧《あいまい》な苦笑いに逃げることしかできない。そうして当たり障りのないリアクションをしている自分に気づいたとき、やっぱり僕は心の底から父のことが許せないのだなと再認識する。

本当に、恥ずかしい人だ、と。

悲しいことに父がかつて浮気をしてしまったことは、狭い町内では周知の事実となっている。噂はたった一人の力で広まるものではないが、拡散にあたって八面六臂《ろっぴ》の活躍を見せたのは他でもない広崎さんだ。なぁ、知ってるかい、義紀さんとショップ栗田《くりた》の娘さんの話。もちろん僕らに彼を責める権利はない。ただ、広崎さんとの関わり方には細心の注意が必要であるということを、あの一件から大いに学んだ。

だから今回も、可能ならこの人の力は借りたくなかった。万が一にも積み荷が盗品であるとバレてしまった日には、お金を二兆円包もうが絶対に口を塞《ふさ》ぐことはできない。

「あの、あすなちゃんの旦那《だんな》さんの……」

「賢人です」

「賢人さん。あなた色男だからモテそうだけど、男はやっぱりね、浮気は絶対にいけないよ」

僕は気まずさに顔を顰《しか》め、小さく後ろを振り返った。車内が広かったこと、そして高速道路を走行していたためロードノイズが大きかったことが奏功し、広崎さんの言葉は母の耳には届いていなかった。母は車が道路の継ぎ目で揺れる度に、不安げに木箱の様子を窺《うかが》っている。

「浮気をしない、そんで、奥さんを抱き倒す。これに尽きるよ」

「情熱的ですね」

「そのとおり、すべてはパッションですよ。家庭円満はそこに集約される」

「勉強になります」

賢人さんが大人の対応で返すと、広崎さんは助手席に座るマイカさんの太ももをむにゅりと撫《な》でた。マイカさんは表情を変化させることなくあっさり手を払いのけると、スマートフォンの画面を広崎さんに見せつける。おそらくはティファニーの商品紹介ページ。車に乗り込んだときから、彼女は銀座で買ってもらうべき商品の選定に忙しい。これという商品を見つけると広崎さんに見せつけ、広崎さんはちらりと脇見すると機械的にいいねぇと唸《うな》る。すでに三度ほど繰り返されていた光景だ。

「あれ、周くんも結婚だって話だよね」

「あ、そうなんですよ」

「情熱だよ情熱。まっすぐな情熱で抱き倒す」

「頑張らないとですね」

「違う違う、頑張るんじゃないよ。自《おの》ずとむくむくっと湧き上がってくるもんなんだよ。いい夫婦っていうのは、情熱がね」

「あはは」

「冗談言ってるんじゃないからね。夫婦ってのはそれで成り立つんだから」

いたく感心している表情だけを整え、確かにそうかもしれないですねと、僕は心にもない言葉を返した。

何とも単純で、この上なく下品な人だ。

僕は意識を窓の外へと向ける。帰省ラッシュとUターンラッシュの間に挟まれた一月一日の中央道は、想定していたよりずっと快調に走った。現在時刻は十三時十五分。藤野《ふじの》パーキングエリアまで残り三キロの看板を通過すると、車はまもなく神奈川県へと入る。

後席に座る惣太郎からLINEでメッセージが送られてきたのは、そこからさらに三十分ほどが経過した頃だった。車は順調に距離を稼ぎ、東京都は青梅《おうめ》市に到達。首都圏中央連絡自動車道に乗り換え、もうまもなくで埼玉県入間《いるま》市というところまで来ている。

惣太郎が直接話しかけてこないことに意図を感じた僕は、一度運転席の広崎夫妻を覗《のぞ》き見た。こちらに注意を払っている様子はなかったが、念のためネットニュースでも見ているような何気なさを装い、メッセージに目を通す。

[珠利から来た写真を転送する。家の倉庫から出てきたらしい]

添付された画像をタップすると、一枚の紙切れが表示される。判読できるように拡大すると、僕は平静を装うのも忘れて画面に釘《くぎ》づけになる。

喜佐様
ひとまず五万円失礼いたします。残りの四十万円については、また後日、正式にご神体の引き渡しが済んだ際にお願いできればと思います。くれぐれも内密に、そして厳重に保管をお願いします。

このメモから正しい考察を積み上げていくためにはいくらかの時間と、何より事実だけを見極める冷静さが必要だった。僕は深い呼吸を続けながら、文章を三度ほど通読する。

ご神体という文言が明記されていることからして、この手紙があの木箱の中身について語っているのは間違いなさそうであった。今さらではあるが、やはりあれはれっきとした十和田白山神社のご神体なのだ。

［珠利とあすなは、窃盗団とのやりとりを疑ってる］

追加で送られてきた惣太郎からのメッセージにはいくらかの飛躍を感じたが、よく嚙《か》みしめてみれば存外的外れでもない推論かと思えてきた。木箱をただ持ち上げるだけでも大人三人の力が必要なのだ。神社からの盗難、山梨への輸送、自宅倉庫への収容。すべての作業を一人でやったと考えるのはあまりにも非現実的だ。父には協力者がいたと言われたほうが、むしろしっくりとくる。

窃盗団という響きはずいぶん安っぽかったが、考え得る限りもっともリアリティのある仮説であった。思い出したくもない悪夢だが、二十年前のマスコット窃盗事件。あのとき、父と「おもちゃん」との間には明確な関係性があった。しかし今回、父とあのご神体とを結びつけるものは何一つとして見つけられない。ご神体を欲したのは父ではなく外部の人間であり、父の目当てはあくまで金銭。妥当な推測だ。

父はいつものようにふらりと家を出ると、青森へと向かった。青森に行くことに特別な意味があったのかはわからないが、個人的には、何となくだろうと推測する。何においても強い願望や執着のない人間だ。流されてよい状況のときはどこまでも流される。選択肢を提示されたとしても自身が選ばなくてもよいのだと判断すればとことん何も選ばない。そんな父は旅先の青森で、ご神体の窃盗を企てている人物と出会ってしまう。

手付金五万円、成功報酬四十万円。

少なくない金額を提示され、父はご神体の窃盗に力を貸すことを決めた。喜佐家の倉庫を保管場所として提供し、犯人たちから謝礼金を受け取る。

所詮《しょせん》は現状見えている景色から組み上げた仮のストーリー。後になって事態を詳《つまび》らかにしていけば、いくらかは父に対して同情できる背景が見えてくるのかもしれない。しかしそれでも、手元にある情報だけで、僕はすでに十分に失望することができていた。

後席の母を確認すると、涙を隠すように両手で顔を覆っていた。先のメモを確認したのだろう。少し取り乱しすぎていることを注意しようかとも思ったが、体を丸めていたのでルームミラーには映らない角度であった。広崎さんに異変を悟られることはあるまい。朝からあまりに多くのことが起こりすぎていた。母にも心を落ち着かせる時間が必要だった。

解体を目前にして、またも父の持ち込んだトラブルがこの家族を苦しめる。

僕はこれまでの人生でこういった局面に遭遇する度に、毎回判で押したように同じ思考に囚《とら》われた。まずは父を恨み、父を許してしまう母に呆《あき》れ、家族の問題に無関心である惣太郎とあすなに憤る。そして最後には、自分はこんな家族は築くまいという強い使命感に駆られる。

家族はこうあるべきではない。間違ってもこんな父親に、僕はなるまい、と。

「このまましばらく真っ直ぐで、オートバックスが見えたら右折で」

惣太郎が道案内を始めたということは、彼の家が近づいているということだった。緊張で時間感覚が乱されていたが、車に乗ってからもう間もなく二時間が経過しようとしている。

「大会、間に合いそうかい？」

振り返った広崎さんに対して誰よりも最初に返事をしたのは、意外にも母であった。

「本当にありがとうございます。広崎さんの分も頑張ります」

先ほどまで涙を流していた人間とは思えないほど、澄み切った瞳《ひとみ》をしていた。焦りもあって表情に余裕はないが、声は一切掠《かす》れていない。一瞬にして何かを切り捨て、新たなものに希望を見出《みいだ》し、前を向く。逞《たくま》しさと悲しみがちょうど同量ずつ含有されている、いつもの母の表情だ。

わずかでも時間を惜しみたかったが、惣太郎の家の前に車を横づけし、ここがニューイヤーロボコンの会場ですと嘯《うそぶ》くわけにはいかなかった。一応のところロボコンの会場らしきところへ向かう必要がある。そこで広崎さんには、惣太郎の家から歩いて五分ほどの位置にある公民館を目指してもらっていた。

「え、ここ？」

ナビが到着を告げた瞬間、広崎さんは想像以上にこぢんまりとした公民館の外観に驚いた。実物の画像を確認していなかった僕らも驚いた。建物は小さな図書館くらいの大きさしかなく、全部で六台止められる駐車場は二台しか埋まっていない。しかしうだうだと言い訳を並べる時間も、もう少し大きな会場を指定しておけばよかったと後悔する時間もない。

「中は、意外に広いんです」僕が言い切ると、

「狭いフィールドの中をいかにスムーズに移動していくかというのも、この競技の醍醐味《だいごみ》の一つなんで」と賢人さんも補足してくれる。

車を降りると、すぐさまリアゲートを開けてもらう。先に台車を地面に降ろし、続いて木箱に手を伸ばす。右サイドからは僕が、左サイドからは賢人さんが引っ張ろうとしたのだが、慌てていた僕らは呼吸を合わせることを忘れていた。

持ち上げる準備を整えるタイミングが、ほんのコンマ数秒、遅れた。

虚を突かれた僕はつるりとした表面に手を滑らせ、木箱を掴み損ねる。すっ、と、氷のような絶望感が体を走ると、容赦ない衝撃音が走る。木箱は台車を弾《はじ》いて地面に落下。運悪く締め方の甘かった留め具も外れ、弾かれた蓋《ふた》が開いてしまう。

日の光に照らされたご神体と目が合ったのは、ほんの一瞬。中身は見られていないだろうと信じてすぐさま留め具を嵌めたのだが、ぞっとするほど耳の近くで、

「今の何」

恐る恐る振り返れば、そこには広崎さんの疑いの眼差《まなざ》しがあった。

惣太郎も母も、そしておそらくはこの僕も、取り繕えないほどの動揺を顔一面に浮かべていた。運の悪いことに、見えてしまったのはご神体の上半身。誰がどう見ても、ロボットコンテスト用のロボットには見えない。

「逆に広崎さん――」賢人さんはすぐさま転がっていった台車をもとの位置へと戻しながら、

「今見えたこの箱の中身、何だと思われましたか？」

「何か、仏像みたいなのが――」

「それです」賢人さんは言い切ると、人差し指を立てた。「どう見ても仏像にしか見えない。なのにどのチームよりも高性能なマシーン。相手を油断させるこのギャップこそが我々を勝利に導くんです。よく見てください、この箱だって見るからにロボットが入っているそれではない。すべての小さな配慮が勝利に繋《つな》がる我々の――」

「いやいや、さすがにこれは仏ぞ――」

「今はこうなんですって、広崎さん！」

力強く言い放ったのは母だった。

「時代が変わったの。固定観念に縛られちゃ駄目なんですって。このほうがずっと速いの」

なぜだか年長者に言われると説得力も増すようで、広崎さんは首を傾げながらも黙り込んだ。

しかし組んでいた腕を解《ほど》いて首筋を丁寧に揉《も》みしだくと、やはりそんなはずがないと思い直したのか、徐々に懐疑の色を濃くしていく。バレてしまう。もはやここまでかといっそ死を覚悟した僕らを救った一声は、

「三十万！」

マイカさんは力強く叫ぶと、公民館の入口を指差した。

「三十万！　急いで！」

マイカさんの鬼気迫る一声に、広崎さんも山梨から一路埼玉県を目指した理由を思い出す。これではいけないと引き留めたことを詫《わ》び、三十万三十万と叫びながら握り拳《こぶし》で僕らを鼓舞してくれる。僕らもまた合い言葉のように三十万三十万と唱和し、木箱を載せた台車を押しながら公民館の入口へと走る。

言うまでもなく公民館に用事など何もない。そのまま一直線に裏口まで駆け抜け、惣太郎の家を目指して台車を押す。歩道の上を転がる車輪の音は相当に耳障りであったが、一月一日の住宅街は幸運なことに通行人も少なかった。誰に見咎《みとが》められることもなく惣太郎の家に辿《たど》り着く。

３ＬＤＫ、庭つきのマイホーム。二年ほど前に建てたという話は聞いていたが、母も僕も訪問するのは初めてであった。敷地面積は想定を下回っていたが、建物自体の造りは大変にモダンでいかにも惣太郎が好みそうな高級感を醸していた。しかし中に入って少しお茶をというわけにもいかず、僕らは駐車場に止まっている黒塗りの高級ミニバンに向かって一目散に走る。三列目のシートを側面に上げ、賢人さんと協力して木箱をラゲッジスペースに押し込む。

しかし、入りきらない。

押せども押せども、木箱の端がリアゲートより外側に飛び出してしまう。せっかくここまで来たのに、こんなオチはあんまりだ。絶望に天を仰ごうかと思ったとき、惣太郎が二列目の背部に工具箱が挟まっていたのを発見する。工具箱を横にずらしてやるとするり、木箱の全体がラゲッジスペースに収まった。僕らはその場に倒れ込みそうなほどに安堵《あんど》したが、これを笑い話にできるかどうかはこれからの僕らに懸かっていた。

スライドドアを閉め終える前に、発進。

このまま十和田白山神社に向かいたいのが偽りのない本心ではあったが、さすがに不義理がすぎた。理由はどうあれ、広崎さんは貴重な元日に百キロもの距離を走破してくれたのだ。惣太郎が近くのコンビニに車を止めた意味を、この場にいる誰もが深く理解していた。

「言っとくけど、俺一人じゃ三十万なんて出せねぇからな」

　惣太郎はシートベルトを外しながら言うと、まず金額を勝手に決定してしまった母を批難してから、

「周、半分出せ」

「は、半分？」僕は目が点になる。スポーツカーと高級ミニバンを乗り回す経営者相手に、公務員の僕が折半。「……出せるわけないだろ。こっちは結婚前だよ」

「だから、結婚式のために金貯めてんだろ」

「いや、それは、結婚式用に貯めてるんであって、優勝賞金のために貯めてたわけじゃ――」

「俺だってニューイヤーロボコンのために金貯めてねぇよ！　どうせ結婚式はご祝儀で利益出るんだから、ここでケチるなよ！」

「利益なんて出ないよ！」

「出るよ！」

「出ないって！」

「俺は出したよ！」惣太郎は運転席横の小物入れを拳で叩きながら、「メシのランク下げて、引き出物ケチって、顔見知りレベルのヤツ全員呼べばどうとでもなるんだよ！」

　こうなったときの惣太郎は絶対に引かない。僕は啞然《あぜん》としながらも、ひとまず車を降りてしまうことに決めた。母や賢人さんが気を遣い始める展開は避けたい。母はパート勤め。賢人さんの正確な収入はわからないが、同僚であるあすなの薄給具合は十二分に承知していた。あらゆる意味で気軽に頼っていい相手ではない。

コンビニATMへの道すがら激しい価格交渉を繰り広げ、どうにか僕の出資額は九万円ということで決着がつく。ATMから吐き出された九枚の万札を抱きしめながら、僕は心の中で婚約者に詫びた。

一方の惣太郎は、残念ながら準優勝だったので賞金は十万円だった。予想外の大敗を喫して賞金は出なかった等の言い訳を直前まで考えていたが、最後には文句を垂れながら二十一万円をATMからおろした。相手は広崎さんだ。何かしら味噌《みそ》がついてしまえば、喜佐家にとって大きな厄災に繋がってしまうとも限らない。

「袋とかは、お前が買え」

捨て台詞《ぜりふ》のように言われたので熨斗《のし》袋と筆ペンを購入し、この中では最も字がうまい母に車内で一筆したためてもらう。祝優勝。ピン札は用意できなかったが、さすがにそれで勘ぐられるようなことはあるまい。三十万を包んだところで公民館の裏手に回り、今度は裏口から入って表に出る。

「やりましたぁ！」

何もめでたくないのに優勝したふりなどできるのだろうか。試合をしてきたと言い張るにはあまりにも戻ってくるのが早すぎるのではないか。駐車場脇のベンチに座る広崎さんの姿を見てもまだ心は固まりきっていなかったのだが、先頭に立った賢人さんのガッツポーズがすべての不安を吹き飛ばしてくれた。

力強く、爽《さわ》やかで、それでいて確かな喜びが感じられる質量のある笑みと所作。あまりに自然に喜ぶので、不思議と賢人さんを祝いたい気持ちが僕らの頬にも笑みとなって浮かんでくる。

熨斗袋を手渡す瞬間はあまりに意味のない出費に目頭が熱くなるも、それもいっそ歓喜の落涙といった雰囲気に映ったらしい。広崎夫妻は僕らを大いに讃《たた》え、埼玉まで行きたいと言われたときはどうしようかと思ったけど、やれやれ本当に優勝してくれるとは——というような思い出話を始めたので、僕らは慌ててその場を後にする。

「ありがとうございました！」

手を振って広崎さんに別れを告げ、路上に止めていた惣太郎のミニバンに飛び乗る。

乗り込んだ瞬間にナビを十和田白山神社に設定すると、到着予想は八時間三十分後と表示される。現在の時刻は午後三時二分なので到着予定は、

午後十一時三十二分。

間に合う。

惣太郎は必要以上に力強くアクセルを踏み込むと、ほとんど赤であった黄色信号を三つほどぶち抜いて国道463号を進み、ナビの指示に従って新見沼大橋《しんみぬまおおはし》有料道路へと入った。乱暴な運転のおかげで到着予定時刻が二分ほど早まったことを確認すると、惣太郎はようやく前のめり気味だった姿勢を正し、深呼吸をしながら背もたれに体を預けた。

もう広崎さんもマイカさんもいない。意味のわからない演技をする必要もなく、後はひたすら事故なく車を走らせるだけでいい。もちろん八時間以上のロングドライブの経験など誰にもない。今後もドライバーの交代や給油、渋滞回避など、いくつかの懸念事項は想定されたが、車内の空気は劇的なまでに弛緩《しかん》した。

惣太郎は進行方向を見つめたまま今一度、優勝賞金を三十万円に設定した母に対して苦言を

呈した。そしてそのままの流れで九万円しか拠出できなかった僕を責め、そもそも金で広崎さんを釣ろうとした賢人さんにも批難の矛を向け、しかし最終的には思い直したようにハンドルの縁を拳でひとつ叩いてから、

「ったく……全部あのバカ親父のせいだよ」

悲しいほどに、そのとおりであった。

まったく、何てことをしてくれたんだ。叫んで父を糾弾したい気持ちはあったが、荒れている惣太郎を見るといくらか怒りを吸い取られた。のたうち回っても状況は変わらないし、感情を剝《む》き出しにしている人間はシンプルに見苦しい。

母が助手席を選んだので、僕と賢人さんが後席に並んでいた。ご神体盗難のニュースを見たときから一瞬たりとて心の休まる瞬間はなかったが、ここにきてようやく少しばかり落ち着ける状況になった。僕は深く息を吐くとここまでの一連の出来事を振り返り、

「賢人さん、すごいですね」

「何がですか？」

「いやなんか、広崎さんの説得から何からあまりに堂々としすぎてて」

「はは、ならよかったです。あれで結構緊張してたんですけどね。コートの内側は汗でびっしょりでした」賢人さんは笑いながら胸を叩くと、「意外に僕らの仕事って、イマジネーションと度胸が鍛えられるんです」

「そんなお仕事なんですか？」

「あすなさんから詳しくは聞いていませんか？」

「何となく美術系だとは」

「僕らの仕事は舞台美術。『大道具さん』などと呼ばれる領域の仕事になります」

あすなと賢人さんが勤める会社はイサイ美工という名の美術会社で、本社は山梨県甲府市にある。テレビ番組や、イベント、演劇などの舞台美術を手がけているそうだ。基本的に映画のスタジオやテレビ局にはお抱えの美術スタッフがいるのだが、イサイ美工は独立した法人だそうで、様々な仕事を多方面から請け負っている。

クライアントの要望に対してどのようなデザインがいいかを考える作業はまさしくイマジネーションを求められ、それでいて答えのない世界の中で生きていくには度胸も必要。思い切ってアイデアを捨ててしまおう、いや、やはりこれでいい、我々の案のほうが絶対にいいのでこちらでいかせてください。よもやこんな形で役に立つとは思わなかったと笑いながら、賢人さんは自身の仕事を説明してくれた。

「そんな職場で、あすなさんとも巡り会えました」

「姉、気難しくないですか？」

「神経質で個性的なのはこの業界、全員お互い様です。四日前まで熊本の現場に泊まり込みで三泊の出張をしてたんですけど、誰も彼もわがまま言いたい放題でしたよ。何だったら、我々はいくらか寛容な部類です」

「寛容ですか」と僕は笑ってしまう。

「まあ、あすなさんも、湯船のない部屋はＮＧだと少々ゴネてはいましたけど」

堪《たま》らず噴き出してしまうと、惣太郎が乱暴に車線変更をした影響で体がぐっと右に持って行かれる。車は東北道を仙台《せんだい》方面に向かって北上していた。

「姉が普通に結婚して家族を作るなんて、思いもしませんでした」

「普通に結婚して家族、ですか」

「まあ、何というか――」僕は少し言葉を選び直し、「だいぶ世間の感覚とはズレてる感じの人だったんで。前衛的というか、進歩的というか」

「結婚って何なんでしょうね」

僕に質問しているようにも聞こえたし、自身に問いかけているようにも聞こえた。思えば僕ら二人は、互いに結婚を間近に控えた男同士であった。結婚とは何なのだ。父に端を発するトラブルに巻き込まれている最中《さなか》ということもあって、賢人さんの言葉は必要以上の意味を纏《まと》い、僕ら二人の間をもやもやと漂った。てっきりこの話題はこのまま抽象的な感慨とともに沈黙の中に溶けていくのだろうと思っていたのだが、賢人さんが続けた言葉は予想外にぐっと本質に踏み込み、

「最近の若者は、非婚化、晩婚化が進んでるなんて言うじゃないですか」

僕は声を上ずらせながら、はいと答える。

「でも実はね、概《おおむ》ね大体の人が結婚をする『皆婚社会』のほうが特殊なんです。歴史的に見ても一九五〇年代から七〇年代の間くらいしか達成されていません。そういう意味では、ですよ。普通に結婚するほうが実は変、と言えるかもしれない」

「……お詳しいんですね」

大学で文化人類学を齧《かじ》っていたんですと語ると、車がまた急な車線変更に揺れる。賢人さん

はドア上部についている持ち手を握り、

「男は外で仕事。女は家で家事。多くの人は古くさい家族像ですねと言うのでしょうけど、これも実は歴史的に見るとかなりモダンです。アメリカでは一九五〇年代くらいから始まり、日本ではもう少し遅れて一九七〇年代くらいにピークを迎える。それまで家族の形は実に様々な要因によって大いに揺さぶられ、めまぐるしく形を変化させてきました。歴史的に母子の関係は強固であることが多いですが、母が子供の父親が誰であるかに関心を持たない時代もありました。チンパンジーの群れなんかと同じで、共同体みんなで子供を育てるから、夫が誰であるのかはあまり重要ではないんです。大昔は夫が妻のもとへと通う妻問婚が採用されていた時期もあり、このとき夫婦は必ずしも一緒に住んでいません。僕らがごく自然にそこにあると信じている家や家族は、律令制度が始まった頃、政治的、経済的理由で作られた人工的な産物です。今はたぶん、昭和に固着した家族像の残り香の中で、新たな形を探している過渡期。果たしてそんな中、結婚という制度はどんな意味を持っているんでしょうね」

「男女が子供を儲《もう》けるために必要とされる行政的なシステムなんじゃないですか」

「お子さんのいないご夫婦も結婚はされますよ」

「それはそうか」

たった一手で論破された僕だったが、特にそれ以上言葉を重ねることはしなかった。正直、あまりこの手の話題には興味がない。深く追究していけば少しだけ賢くなった気になれるのかもしれないが、結局のところ賢くなった気分になるだけだ。市役所勤めの僕に言わせれば、結婚は戸籍を一緒にするための法的手続きでしかない。それ以上の意味は、結婚する各々が勝手に考えればいい。

　歴史的に見ようが文化人類学的に見ようが、今の普通が僕らにとっての普通なのだ。普通を逸脱する人を責める気は毛頭ないが、普通のレールに無理なく乗れる人間は普通のまま過ごすのが一番いい。

　僕は結婚する。父になれるかどうかはわからないが、将来的には子供ができたらいいなと思う。どんな旦那、どんな父でありたいかという理想はうまく持つことができていないが、反面教師だけは常に明確であった。

　家族を蔑《ないがし》ろにして、こちらのことを見つめようともしない自身の父、喜佐義紀のようには、死んでもなりたくない。

「何か複雑な事情があったんでしょう」

　気づくとラゲッジスペースの木箱を睨《にら》みつけていた僕に、賢人さんは優しく語りかける。

「家族だからこそ共有できるものがあるように、家族だからこそどうしても伝えづらいことがある。伝えるために信じられないほど遠回りなことをしてしまうこともある。きっと、何かしら思うところがあってこういうことになってしまったんです」

「同情できるような理由だといいんですけど」

「信じましょう。信じて、とにかく今日中に返すことだけを考えま――」

　と言ったところで、これまでで一番大きく車が揺れる。またも強引な車線変更だ。賢人さんは小さく驚きながら、持ち手を強く握り直す。さすがに運転が荒すぎる。一分一秒でも早く着きたい気持ちはわかるが、派手な運転で警察に目をつけられればここまでの道のりが水泡に帰

する。堪らずもう少し安全に運転しなさいと母が注意すると、

「違うんだよ」

惣太郎はサイドミラーを見つめながら舌打ちを放った。

「気のせいじゃねぇ……最悪だ」

「何、どうしたの」

「うしろ」

僕と賢人さんは即座に後ろを振り向く。しかし一メートルほどの高さがある木箱のせいで、後方の視界はほとんど遮られていた。よく見えない。何が起きているのだと尋ねると、惣太郎はサイドミラーを見つめ続けたまま、あぁ、と唸る。そして毟《むし》るよう乱暴に頭を掻くと、ひとしきり恨み言を並べてから、

「変な車に、ずっとつけられてる」

いえ

「……何これ」

あすなは囁《ささや》くように言うと、元子供部屋の壁から手を離した。そして確かめるように再び壁を押さえる。また手を離す。それを三度ほど繰り返す。ほんのわずかであったが、その壁には遊びがあった。手で触れる度に微《かす》かに木と木のこすれる音がする。

「開きそう、ですよね？」

「……信じらんない」
父さんと母さんがこの家を購入したのは、今から四十年以上前——一九八四年の春に遡《さかのぼ》る。山梨県都留市に建つ平屋建ての空き家は、当時すでに築十年以上が経過していた上に脆弱《ぜいじゃく》な造りをしていた。内壁は薄く、柱は細く、玄関は歪んでいた。しかし財力に乏しい夫婦二人に贅《ぜい》沢《たく》を言う余裕はなく、内見をしたその日のうちに購入を決意した。最初の間取りは倉庫つきの1LK。風呂《ふろ》はあったがトイレは屋外。夏は暑く、冬は寒い家だったが、雨風を凌《しの》ぐことはできた。

最初の改築を決意したのは、母さんの妊娠がわかった一九八八年。後に惣太郎と名づけられる長男が生まれてくるまでには、もう少しまともな家にしようと夫婦で話し合い、近所に住む大工に相談を持ちかけた。美観にさえこだわらないなら金額は相当に落とせる。了承すると、大工は他の現場で余った端材などを中心に、なるべく金をかけない方向で改築を進めてくれた。居間は残しつつ、とりわけ劣化の酷《ひど》かった西側を作り直す。それまで庭だった箇所に建物を延長し、新たに部屋をひとつ増やした。相変わらずトイレは屋外のままであったが、間取りは2LKに拡大された。居間と隣の部屋との間に意味のない空間ができてしまったのは、このときであった。

基礎を壊していいなら綺《き》麗《れい》な部屋にできるが、大がかりな工事になるので勧めはしない。蓄えも少なく、子育てにどれほどの費用がかかるのかもわからぬ二人は、言われるまま安価な工事を採用した。結果、居間から覗く欄間の向こう側は、眺めることはできるが立ち入ることはできない奇妙な空間に変貌《へんぼう》した。しかし生活に支障をきたすわけではない。新たにできた部屋を惣太郎のための子供部屋とし、夫婦は謎の空間のことは忘れて過ごした。

二度目の改築は二人目の子供、あすなの誕生と共に執り行われた。空間的な問題もさることながら、それ以上に台所と風呂の老朽化が顕著であった。水回りを一新し、トイレも家の中へと移動させた。狭いながらも二階部分が誕生し、これにて間取りは現在の４ＬＫになる。


あすなは壁を上下左右に揺らすと、いよいよ横滑りすることに気づいた。引き戸だ。わずかに開いた隙間に手を差し入れると、襖《ふすま》ほどの大きさの薄い壁が、するすると横にずれていく。

あすなが今日までこの引き戸の存在に気づけなかったのも無理のない話であった。

そもそもあすなをはじめとする多くの人間が、元子供部屋であるこの物置を使用しない。冷暖房器具などの季節家電も収納されていたが、基本的にはごみ捨て場のような扱いを受けていた空間であった。貧乏性ゆえに捨てられないもの。いち早く廃棄したいのだが処分するためには面倒な手続きと費用が必要とされそうなもの。そういった品々を見ずに済むよう、都合よく忘れたことにして放置できる場所こそがこの物置であった。何か強い目的意識がない限り、この部屋に入室しようとさえ思わない。

また数日前まで引き戸の前には古い畳が立てかけられていた。たまたまではなく、父さんの手によって意図的に立てかけられていたのだが、あすなは知る由もない。引っ越し直前で部屋が整理されていた今だけが、引き戸の存在に気づくことができる数少ない好機であった。

あすなが力をいれると、引き戸は音もなく開く。

全開になると、滞留していた空気が埃《ほこり》とともに動き出し、目の前を新鮮な空気がとおり抜ける。同時に珠利が悲鳴をあげた。

大声で叫んで物置側へと戻り、あすなの後ろに隠れると咄嗟《とっさ》に謝罪の言葉を述べた。あすなは驚かせてすまないと詫びてから、しかし何もそこまで驚く必要はないだろうとすぐに苦言を呈する。

「……大きな声あげて、ごめんなさい。いきなり目が合って、びっくりしてしまって」

あすなは目の前にあった招き猫型の貯金箱を摑んだ。惣太郎が上京する直前まで使用していたもので、往時は底気味悪い目つきがしばしば幼かったあすなと周を怖がらせた。あすなは貯金箱の位置をずらすと段差に足をかける。物置側と、隙間部屋との間には五十センチほどの高低差があった。改築前の土台が影響した関係で、隙間部屋のほうがわずかに高くなっている。

「こんなことだろうとは思ってたけど」

あすなはため息をつくと、欄間へと顔を近づけた。居間よりも隙間部屋のほうが高い位置にあるので、背伸びをしたり踏み台を用意したりといった必要もなく、簡単に向こう側を見渡すことができた。覗けば当然、彫刻の隙間から居間が見える。

「よくもまあ、こんな……」

あすなは視線を隙間部屋へと戻し、室内をぐるりと見渡した。

もともとからして部屋として活用される想定ではない、居間と物置との間にある死んだ空間であった。奥行きは三メートルほどあったが、幅は八十センチ程度しかない。まさしく鰻《うなぎ》の寝床。天井照明はないものの、欄間からも北側の壁にある小さな窓からも光は差し込んできており、室内は十分に明るい。

そんな隙間部屋には所狭しと段ボールが積み上げられていた。三日後に利用する引っ越し業者の段ボールで、すべての側面にマジックで「大月」と記されている。すなわち、すべて父さんと母さんの引っ越し先に運ばれる予定の荷物だ。

「ここに荷物を詰めてたわけだ。どうりでお父さんの私物もほとんど見当たらない」

狭い室内に人が二人も入れば大いに窮屈であった。遠慮した珠利は物置側に留《とど》まり、あすなの様子をちらちらと窺う。

あすなは、まだ封のされていない段ボールに手を伸ばすと、上部に入っていた書籍を取り出した。水色の表紙の、Ａ４サイズの教科書。あすなは不意に小さな声を洩《も》らすと、呆れたような苦笑いを浮かべた。

それは、あすなが小学生のときに一時期だけ使用していた、書道教室のテキストであった。さらにその下には、弓道で使用する矢筒も入っている。こちらもあすなが、かつて使用していたものであった。

「……どうしてこんなもの」

あすなは書道のテキストを手に取り、まるで質感を確かめるようにぱらりと捲《めく》る。紙面の間から漂う埃のような独特の臭気が、二十年以上前の記憶を呼び起こす。

あすなが書道に興味があると言い出したのは、彼女が小学二年生の夏の日であった。

母さんはどうせ毛筆の授業が来年から始まるのだから我慢したらどうだと言ったのだが、あすなは一度言い出したら聞かなかった。どうしても書道がやりたい。まだネット環境の整備されていなかった当時は、教室を探すのも簡単ではなかった。周囲につてのある人間がいないとなれば電話帳に頼るしかない。

三駅先の谷村町《やむらまち》に一軒だけ、書道教室がある。母さんが電話を入れると、いつ来ても構わないと言われたので、早速翌日から通うことになった。道具は貸してくれるとのことだったので、手ぶらで電車に乗り込む。あすなはすでに一端の書家にでもなったような気難しい表情で座席に座ると、目的の駅に到着するまでひたすら指で太ももの上に文字を書き続けた。

書道教室は毎週土曜日、午後二時から三時の一時間。四週通ったあたりで、いい加減教科書と道具が必要だと言われ、なるべく安価なものを購入した。そこからさらに五週ほど通ったところで、しかしあすなは唐突に書道に対する一切の興味を失った。

違った。

何が違ったのだと母さんが尋ねると、あすなはとにかくすべてが違うと訴えた。後にわかることだが、あすなが書道に興味を持ったきっかけはテレビ番組で紹介されていたアート作品であった。黒の墨だけではなく様々な色を用い、ときに絵を添え、形を大きく崩して躍動感のある字を書く、芸術としての価値に重きを置いた作品。文字どおり型破りな作風を求めていたあすなにとって、正しい姿勢、筆の持ち方、美しい楷書《かいしょ》体などを覚える作業はすべて興味の外にあるものであった。

違うから、もういい。

きっぱりと言い放つと、あすなはこの日を最後に書の道を諦めた。

弓道に挑戦してみたいと言い出したのはそこから二年後の秋、あすなは小学四年生になっていた。またも電話帳に頼ると、小学生を預かってくれる教室は甲府にしかないことがわかる。県内ではあるものの、電車で片道一時間半。それでも本当に通うのかと母さんが問えば、距離など関係ないと胸を張り、あすなは早足で電車へと乗り込んだ。そして甲府までの車内、ひたすら目を閉じて、精神統一を試みた。

もういいからやめる。

通い始めてから三カ月。教室を出るなり、あすなは迷いなく言い切った。

あすなが弓道に興味を持ったのは、やはりテレビ番組がきっかけ。私もやってみたいと思ったのは、しかし私もこんなふうに気持ちよく弓を引いてみたいと思ったからではなかった。弓を地面に対して水平に持って引けば、正確性も、矢の威力も、格段に増すはず。独自の分析に基づいた仮説を検証するため、どうしてもあすなは本物の弓矢に触れてみたいと願った。なぜみな、同じ射法しか試さない。私が革命を起こしてやるから、刮目《かつもく》して見よ。半ば道場破りに近い気持ちで通い始めたあすなは、いつまでも大人しく指導を受け続けていられなかった。

あすなは中学では陸上競技に精を出し、高校では友人たちとの軽音楽に励み、卒業すると四年制大学で英文学を学んだ。新しいものに次々に手を出す割に熱中する気配がない。いったいどこに就職するのだろうと家族が興味深く動向を窺っていると、もう二年だけ学校に通いたいと言い出した。

服飾系の専門学校。興味が多いのはいいことだが、それはあまりに節操がないのでは。母さんは遠回しに小言を漏らしたが、例によってあすなの決意は固かった。あすなは宣言どおり専門学校に二年間通うと、アパレル系の仕事に就くことなく現在の舞台美術の会社へと就職した。

すでに働き始めてから八年が経っている。辞める気配はないどころか、結婚相手まで職場で見つけたのだから天職である。

あすなは飽き性ではなかった。ただこだわりが強い故に、どうしても自身の肌に馴染《なじ》むものを見つけるまでに時間がかかってしまう。書道から現在の舞台美術の仕事に至るまで、彼女は一度だって手を抜くことはなかった。真剣に自分の人生と向き合っているからこそ、次から次へと自身のステージを変化させてきた。

多くの人間は、これという道を見定める前に、歩くことに疲れてしまう。あすなは万人が得がたい才能を持った、ひときわ実直な人間であった。


あすなは書道教室のテキストをそっと段ボールに戻すと、隙間部屋の南側へと目を向けた。北側には段ボールが積み上げられている一方で、廊下に面した南側には天井まで棚が伸びていた。ずらりと並んでいるのは何冊もの手帳と、スケッチブック。あすなは試しにスケッチブックのうちの一冊を手に取る。ぱらぱらと捲ってみれば、次々に現れるのは、風景画。この家で最も芸術に明るいのはあすなであったが、あすなが描いたものではなかった。もとの位置に戻すと、今度は手帳を見つめる。

その数三十冊以上。文庫本ほどの大きさの手帳の背表紙には、例外なく父さんの字でタイトルと数字が振られていた。一番左は「行きたいところ1」、一番右は、「行きたいところ33」。あすなは迷わず最も大きい数字の振られた33番を手に取ると、中身を改めた。

だらしない人間の割に、字だけはうまいのが父さんであった。手帳にはまず行ってみたいと思った地名が記され、続いて行ってみたいと感じた理由が書かれている。滋賀県沖島《おきしま》、琵琶《びわ》湖の中にある有人島。展望台や資料館アリ、興味深い。台湾九份《たいわんきゅうふん》、有名アニメ映画の舞台のモデルとも言われている地域。景観ヨシ。スケッチにも適する。思いつくままに記されたメモは、手帳の中盤辺りで途切れている。あすなは、最後に記されていた地名を確認する。

岩手県鶯宿《おうしゅく》温泉、五百年近い歴史アリ。農場、田沢《たざわ》湖なども近い穴場。

「お父さんの居場所がわかった」

あすなは手帳を閉じ、表紙を人差し指の爪でぱちぱちと二度ほど弾くと、

「二十年前の『おもちゃん』のこと、わかる？」と尋ねた。

「……おもちゃん？」

珠利が物置から探るような声を出すと、あすなは少し申し訳なさそうに首を振った。珠利はしばらく困惑していたが、質問の意図を理解するとごめんなさいと頭を下げる。あすなは言葉を選び直した。

「……惣太郎が二回目って言ってた件。二十年前、今回と同じように倉庫の中に盗品がしまわれていたことがある。そのとき倉庫に入れられていたのが、『おもちゃん』って名前の人形。ここから歩いて十五分くらいのところにあった、おもちゃ屋さん、『ショップ栗田』のマスコットキャラクター」

「……盗んで来ちゃったんですか？」

「そう」

「お父さんが？」

あすなは黙り込んだ。二十年前のあの日を思い返せば、返事をするのは簡単ではない。しかしここで黙り続けるわけにはいかないと判断し、沈黙が不可解な長さにまで延びない頃合いで、

「そう」と返事をした。

「……どうしてそんなことを?」

「誰にもわかりっこない。ただ――」

あすなは振り返り、珠利のことをまっすぐに見つめた。

「そのおもちゃ屋の店主とお父さんは、不倫をしていた」

残り789キロメートル

くるま

「どんなヤツか、顔見てくれ」

運転席の惣太郎は叫んだが、僕らは惣太郎がどの車を指しているのかがわからない。賢人さんが詳細を尋ねると、

「真後ろ。シルバーの社用車みたいな車」

やはり真後ろは木箱の影響でどうしても視界が悪い。側面の窓から顔を出そうかとも思ったが、本当に尾行されているのだとしたら、あまり目立つ行動はとりたくない。

時刻は午後三時五十八分。埼玉の公民館を出てからすでに一時間ほど、山梨の家を出てからは三時間以上が経過していた。車はひたすら東北道を北上し、先ほど栃木県栃木市に到達。どこか緊張感を失いかけていた車内に、不気味な焦燥感が戻ってくる。

「いつから、つけられてますか?」

「わからない。でも――」

二十分くらい前から目につくようになった、と、惣太郎は語った。

あおり運転だと騒ぐほどではないが、少しばかり居心地の悪い車間距離の車が背後にいる。目障りだなと感じて追い越し車線を利用するも、スピードを上げると車線を変えてぴたりとついてくる。突き放そうとさらに加速しても負けじと踏ん張る。いよいよ時速百四十キロに迫ろうかというところで、さすがにスピードを出しすぎていることを自覚した惣太郎は走行車線に戻った。いっそこのまま抜き去ってもらおう。一転して速度を抑えて走ってみたのだが、商用とおぼしきシルバーのバンタイプの車は、するりと真後ろに戻ってくる。そして絶妙に気味の悪い距離感で追走してくる。

「二回も撒《ま》こうとした。でもずっと真後ろから動かない」

「……なんで、誰なの」と母は不安そうに振り返ったが、答えのわかる人間はいない。

「煽《あお》られてるだけって可能性は？」と僕は尋ねる。

「ねぇよ。因縁つけられるような運転してねぇよ」

「いや、兄ちゃんの運転、荒いんだって」

「荒くねぇよ！」

「自覚持ったほうがいいんだよ！　荒いよ！　スピードは出しすぎだし、ウィンカー出すのはいつも遅いし――」

「ちょっと今、そういうのやめて！」

母に一喝され、僕らは黙り込む。

惣太郎の運転は間違いなく荒かった。しかし冷静になってみれば、惣太郎の言うとおりかもしれない。今日の惣太郎は、トラブルに発展するほど問題のある運転はしていなかったように思える。急いでいたのでスピードは多少出ていたが、他の車を次々に抜き去るような乱暴な運転はしていなかった。車間距離も常識の範囲内。

だとしたら、どうして後ろの車はついてくる。

「若い男性……な、気がしますよね」

「ですね」

後方の視界は狭い。しかし完全に見えないわけではなかった。車間距離がちょうどいい一点に達するごく短い間だけ、細いリアガラスの向こうに後方車両の姿を捉《とら》えることができた。惣太郎の言うとおり、飾り気のないシルバーのバン。運転席に乗っているのはどうやら、二十代、あるいは三十代くらいの男性のように見える。しかしそれ以上のことはまるでわからない。

「これのこと狙って、追いかけてきたの？」

母は誰にも答えることのできない質問を投げかけると、不安げに木箱を見つめる。

さすがにそれは疑心暗鬼になりすぎているだろうと笑いたいところであったが、そう考えたくなるのも無理のない話であった。惣太郎の運転がそこまで荒れていない現状を鑑《かんが》みれば、外部の何者かが僕らをつけ回す理由はそれくらいしか考えられない。

窃盗団――という単語が、頭の隅をかすめる。

詳しい事情はわからないが、父は外部の何者かと協力関係にあったと考えるのが自然であった。それが本当に窃盗団であるのか、もっと別の呼称が適切な組織なのか、はたまた個人であるのかはわからない。いずれにしても、父以外に窃盗にかかわっている人間は確実に存在している。

しかしどうして僕らがご神体を輸送しているとわかったのかは、大いに謎であった。

惣太郎の車の窓ガラスは全体的に黒いスモークがかかっており、外からは内部が視認しにくくなっている。百歩譲って車内を透かして見ることができたとして、木箱の外観を見ただけでそれが盗品のご神体であると気づけるものだろうか。そもそもいつから僕らのことを追いかけているのだろう。たまたま窃盗団の一人が高速道路を走っていたところ、たまたま盗んだご神体を輸送している車を見つけたので、そのまま追いかけることに決めたなどという奇跡は、どうにも想定しにくい。

山梨の家を出たときからつけられているのか。あるいは浦和で惣太郎の車に乗り換えたときからか。

「一回、高速を下りてしまってはどうでしょう」

賢人さんの提案を聞くと、惣太郎は小さくナビを確認した。現在の到着予定時間は午後十一時十五分。スムーズに進み続けていたおかげで、出発時よりも二十分近く到着時間を早めることができていた。

「今これ、何県だ」惣太郎に尋ねられたので、

「栃木」と僕は答える。

「次のインターは」

答えてくれたのは賢人さんで、「五キロ先に、上河内《かみかわち》というところがありそうです」

「下りるか……」

惣太郎はスピードをキープしたまま、五キロ先のインターを待つ。背後の車は変わらずぴったりとつけてくる。まもなく上河内まで二キロの看板が現れ、すぐに一キロの看板が現れる。視界の先に分岐が見えると、惣太郎はウィンカーを左に出した。車を出口のある左車線のほうへと滑らせていくと、賢人さんが運転席に向かって叫んだ。

「後ろも、出口側についてきます」

「戻る！」

惣太郎はウィンカーも出さず、強引にハンドルを右へと戻した。急な動作に車体はぐわんと揺れ、一瞬、横転の予感が車内を走るも、車はすぐさま安定。冷や汗を拭《ぬぐ》うまもなく僕は振り返る。リアガラスの隙間から後方を確認すると、シルバーの商用車は――

ついてきていた。

驚きと戸惑い、それから得体の知れない恐怖心が、全身に鳥肌を立てる。

「何なんだよ、アイツ……」

もはや疑いを挟む余地はない。後ろの車は明らかに、僕らのことをつけている。

惣太郎は気味悪そうにルームミラーを何度も睨《にら》み、賢人さんも後方を見つめたまま言葉を失う。母は相当に参ってしまっているようで、うわごとのように戸惑いの言葉を並べ続けていた。

「なんで、いやだ、やめて、怖い怖い、何これ、どうしたらいいの」

僕らの挙動の一部始終を、後ろの車は余すところなく確認していたはずだった。一度出口に向かいかけ、強引に走行車線に戻る。ある意味では、お前の尾行に気づいているんだぞと伝えてしまったようなものであったが、しかし後ろの車の走り方には、不気味なほどに変化がなかった。

体当たりするでもない。併走して怒鳴りつけるわけでもない。止まって欲しいと警告するわけでもない。ひたすら僕たちの車が停車する瞬間を窺《うかが》っているようだと気づいたとき、漠然と感じていた恐怖に生々しい立体感が付与された。

もしもガス欠でも起こしたら、どうなる。

「次のインターで絶対撒くぞ」

惣太郎がハンドルを握り直したとき、矢板《やいた》インターまで残り八キロの看板がとおりすぎていった。

「撒く？　撒くってどうするの？」

「とにかく撒くんだよ！」

音もなく始まったカウントダウンに、凍えるような緊張が走る。下道ならいざしらず、高速の八キロは実にあっという間に消化されていく。瞬く間に残り五キロの看板をすぎ、気づけば二キロの看板が現れ、残り一キロになっている。後方には相変わらずシルバーの商用車。

左側に矢板氏家《うじいえ》方面の出口を知らせる矢印が見えたとき、惣太郎はあろうことか、目指すべき方向とは逆である右のウィンカーを出した。僕は目を疑う。どうするのだろうと思った刹那《せつな》、惣太郎は右の車線に向けてハンドルを傾ける。シルバーの商用車も続いて右車線へと移動する。出口への分岐はみるみる近づく。もう出口はとおりすぎてしまうぞと思ったとき、僕は自分が聞き間違えをしていたのだと理解した。次のインターで撒くと口にしていたように思っていたが、そうではなかったのだ。でなければ、惣太郎はうっかり出口の看板を見落としてしまったのだろう。納得しかけた、そのとき。

惣太郎はハンドルを思い切り左に切った。

「ばかばかばかばか!」

僕の叫び声と共に、百キロで走っていた車体が急激なハンドル操作に揺れる。右側の追い越し車線から、走行車線を跨《また》ぎ、一気に出口を狙う。先ほどよりもさらに強く、シートベルトが体を引きちぎらんばかりに締めつける。どん、と何かが破裂したような音が響き、車が揺れる。急な旋回にタイヤが割れたのかと冷や汗が滲《にじ》むも確かめる術《すべ》はない。母も何かを叫んでいる。左側のタイヤは宙に浮き、僕らの腰もシートから浮く。命を守るために上部の持ち手を握りしめながら前方を確認すると、すぐ目の前には走行車線と出口とを隔てる分離帯が迫っていた。そして分離帯に気づかせるための黄色い大きなポリタンクが、もはや手で触れられそうなほどすぐそこにある。僕は衝突を確信した。頭の中が惣太郎への恨み言でいっぱいになったとき、しかし車はさらに左へと旋回。

車体の右側面がマッチのようにガードレールをわずかに擦《こす》り、どうにか出口への分岐に突入する。左のタイヤが地面につき、車は安定。

ふざけるなよと僕らが叫ぶ前に惣太郎は、

「後ろ!」

振り返り、視界の悪いリアガラスを凝視する。すると後ろには、

「来てない! 撒いた!」

背後に車の姿は一台もない。

一方、走行車線を見ると、例の商用車がそのまま東北道を北上しているのが見えた。どこか戸惑うように走行スピードが落ちているような気がするのは、気のせいか否か。いずれにしても、こうなれば再度僕らの背後に忍び寄るのは簡単ではなかった。

僕と賢人さんが安堵《あんど》の息をつくと、意識を失いかけていた母は惣太郎を怒鳴った。何て乱暴な運転をするのか、家族全員死ぬところだったじゃないと口にしたところで、しかし惣太郎の強引さに救われたことに気づいたのか、そっと言葉をしまうと、脱力したようにシートにもたれかかった。

しばらく走行するも、幸いにして車に異常はみられなかった。タイムリミットがあることを考えればすぐさま高速に乗り直したいところであったが、命懸けで撒いた商用車との再度の遭遇は意地でも避けたかった。短い話し合いの後にしばらく下道を進むことを決め、目に入った国道沿いのガソリンスタンドで給油をする。

「ガソリン代も高速料金も、絶対に親父に払わせるからな……」

惣太郎は給油ノズルを握りながら、みるみる上昇していく料金表示を睨んだ。

「僕も、出しますよ」

そう言って賢人さんがクレジットカードを出そうとするので、僕は慌てて止める。五千円札を摑《つか》んで惣太郎に渡そうとすると、

「いいよ」と惣太郎はやけっぱちな声で言った。「死んでも全部親父に払わせる。あの、万年不倫旅行バカに」

「……不倫旅行？」

「してんだろ、しょっちゅう」ガソリンが止まると、ノズルを持ち上げる。「男が一人旅なんてできるわけねぇんだから」

「いや、何だよそれ」僕は母に声が届いていないことを確認してから、「兄ちゃん、父さんが不倫旅行してると思ってるの？」

「頭、お花畑かよ。普通に考えてわかるだろ」

「なんだよ、普通って」

「性欲は何歳になっても消えねぇし、一度不義理を働いた人間は何度だって繰り返すのが、普通だって言ってんだよ。だから結婚は見た目に妥協しちゃ駄目なんだよ。広崎のおっさんはその点、正しいわな」

惣太郎は言うと、こちらに背を向けタッチパネルで精算手続きを開始する。言ってやりたいことはあったが、僕はあまりにも呆《あき》れてしまい、とうとう選ぶべき言葉を定めることができなかった。去り際に軽蔑《けいべつ》の一瞥《いちべつ》だけを向けると、車の後方へと向かう。

お守りください、お守りください。

母は小声で呟《つぶや》きながら、車のリアゲートに向かって両手を合わせていた。

もちろん、車に祈っているわけではない。荷室にあるご神体に向かって祈りを捧《ささ》げているのだろう。理解の及ばないトラブルの中、神仏にすがりつきたくなる気持ちは理解できないではないが、盗品のご神体に御利益があるとは思えなかった。やめさせるほどのことでもないかと見て見ぬふりを決め込みつつ、こういうところが改めるべき母の弱さなのだと僕は嘆息した。

時間に余裕はなかったが、すぐに出発するには誰もがくたびれすぎていた。特に母の消耗は顕著で、五分から十分の休憩を挟むことに決める。車を駐車スペースに移動させ、一斉に手洗いを済ませる。惣太郎は喫煙所へ、母は外の空気を求めて屋外へと向かい、僕と賢人さんは休憩スペースに座り込む。

先ほどの車は何だったのか、父はいったいどんな人間と取り引きをしてしまったのか、どうして盗むものはご神体でなければならなかったのか。頭には無数の疑問が湧き上がったが、僕はこの数時間何度かそうしてきたように、改めて一つの結論に達した。

深く考える必要はない。とにかく、ご神体を青森に返してしまえばいいのだ、と。

ネットニュースを確認したところ、幸いにして宮司は未《いま》だに発言を撤回していないようだった。日付を跨ぐまでにご神体を戻せば、罪は不問にするからすぐに返せ。記事によって微妙に表現が異なっているので、おそらくはいくつかのメディアに対して同様の台詞《せりふ》を繰り返しているのだろう。宮司が心変わりしていないのは数少ない朗報であった。

「お父様がこういったことをしてしまったの、初めてではないんですか?」

画面から顔を上げると、僕は何より先に母がまだ屋外にいることを確認した。賢人さんも僕の視線に気づくと少し声を落として、

「話しづらいようでしたら、無理には」

「いや」僕は言葉を探すように、紙カップのコーヒーを口に運び、「ただ、母にはあまり思い出させたくなくて」

僕は数秒悩んだ末に、賢人さんには話しても構わない、あるいは積極的に話しておくべきだろうと判断した。喜佐家にとってはこの上ない恥部であるが、今回のような異常事態が発生し

てなお口を閉ざし続けるのも不親切だ。あすなの旦那《だんな》になるのであれば、遅かれ早かれ父のことを知ってしまう日は来る。

僕は改めて母に声が届いていないことを確認してから、語り出すべき物語の突端を探した。少しだけ喉《のど》の奥に、胃酸の気配を感じる。


かつて僕らの家の近くには、ショップ栗田という、味気ない名前のおもちゃ屋があった。前身は雑貨屋か酒屋か、あるいはもっと雑多なものを扱う商店だったのかもしれないが、何にしても僕の物心がついたとき、ショップ栗田はすでにおもちゃ屋であった。

ただでさえ人口の少ない町の中でも、ひときわ人気《ひとけ》のない路地の先に、ショップ栗田はあった。煤《すす》けた赤いテント看板が目印で、広さはコンビニと同程度。背の高い棚がずらりと並んだ店内は右を見ても左を見てもおもちゃが並ぶ夢のような空間であるはずなのだが、お世辞にも品揃えがいいとは言えなかった。一つ前、下手をすると二つ前の戦隊ヒーローのおもちゃが平然と並んでおり、入口前の一等地にはいつまで経っても売れないアンパンマンのパズルゲームが放置されていた。子供ながらにやる気のなさやセンスのなさは感じていたものの、町の中では唯一のおもちゃ屋。僕ら子供は大いに重宝していた。

そんなショップ栗田の店先に立っていたのが、「おもちゃん」という名前のマスコットキャラクターであった。身長は一メートル程度。青いオーバーオールを着た黒髪の少年で、胸に「おもちゃん」と書かれた名札をつけていた。品揃えも店構えも三流のショップ栗田であったが、このおもちゃんの造形だけは妙に洗練されたものがあった。ケンタッキーフライドチキンや不二家のように、店の前には何かしら象徴的なマスコット人形を立たせたい。初代店主の理念に基づき制作されたおもちゃんは、雨の日も風の日も、つぶらな瞳《ひとみ》で僕らのことを出迎えてくれた。

栗田に行きたい。

一人でも行ける距離ではあったが、父を連れていくと三十回にいっぺんくらいの確率でおもちゃを購入してもらえることがあったので、僕は度々父を誘った。すでに高校生だった惣太郎はさすがに興味を示さなかったが、三つ上のあすなはよくついてきた。

少し話は逸《そ》れるが、僕が小学三年生のときに父は電子機器メーカーを退職し、西桂《にしかつら》にできたホームセンターで働くようになった。勤務形態が変わり、平日休みに切り替わる。思えばこの頃から喜佐家の貧乏度合いには拍車がかかり、子供ながらに生活レベルの低下を感じるようになったのだが、とにもかくにも平日に父と出かけられるのは一種の非日常感があって、どこか得をしたような気分になれた。

父とあすなと、三人でショップ栗田へと向かう。それはあるときまで、ただの微笑ましい日常の一ページであり、父にとっては立派な家族サービスであった。

栗田さんのところの娘さんが、帰ってきたらしい。

最初にそんな話を耳にしたのは、いつだっただろう。教えてくれたのは母だったか、クラスメイトの親だったか、あるいは広崎さんだったか。狭い町内で人の出入りがあれば誰もが噂話に花を咲かせる。当時の僕は、少なくとも三人以上から同様の話を耳にした。幼い頃は「帰ってきた」という言葉のニュアンスを正確に捉えることができなかったが、今になって思えばつまるところ離婚したということだったのだろう。大人たちは誰も彼もが罪人について語るように神経質な小声で噂を囁《ささや》き合っており、いったい何事なのだと尋ねてみても一向に詳細は教えてもらえない。よくわからないなりに、きっと「くりたさんのむすめさん」という存在は悪の手先か何かなのだろうと、僕の中では漠然と悪いイメージが膨らんでいった。

栗田の娘さんの帰還、初代店主の急逝、娘が二代目店主に就任。三つの出来事の厳密な時系列はもはや完璧《かんぺき》には思い出せないが、かなり短い間に連続した出来事であったように記憶している。いつからかショップ栗田の店頭には、娘さんが立つようになった。

思っていたより、ずっと優しそうな人じゃないか。

それが、彼女に対する第一印象であった。年は三十代半ばであったと思う。若いお姉さんとも、年をとったおばさんとも呼びづらい、当時の僕にとっては掴みづらい距離感にいる女性であった。ぱさついた黒い髪を肩の辺りまで伸ばし、いつも飾り気のない白いブラウスを着ていた。

「いらっしゃいませ」

先代と異なり敬語で挨拶《あいさつ》をしてくれるのが、僕は嫌いではなかった。

僕はおもちゃを見る。あすなはしばらくは商品を見るのだが、やがて店外へと出るとおもちゃんの造形をじっと観察する。子供二人が思い思いの時間を過ごしている間、父は二代目店主と雑談をしていた。もともと口数の多い人間ではないこともあって、二人の会話が盛り上がっているようには見えなかった。少なくとも小学三年生の男児には、二人の間に流れる特殊な空気を察知することはできなかった。あすなはどうだろう。違和感めいたものを覚えていた可能性はあるかもしれないが、尋ねたことがないのでわからない。

「栗田に行くか？」

父のほうから誘われる機会が増えたときも、ただひたすら嬉《うれ》しいという気持ちしか湧かなかった。大人の卑しい企《たくら》みを見抜けるほど、子供は聡《さと》くも汚くもない。

忘れもしない、八月五日の木曜日。

喜佐家にしては珍しく、家族旅行が予定されていた。きっかけは町内会のイベントで手に入れた熱海《あたみ》の温泉宿ペア宿泊券。いま考えてみるとぼろぼろの安宿であったが、当時の僕らは思わぬ僥倖《ぎょうこう》に狂喜乱舞した。無論ペア宿泊券では話にならないので、残りの三名分だけ身銭を切ることになったのだが、父は、あーと間延びした声を出してから、

「やめとく」

追加は二名分とし、父を除いた家族四人で旅行をすることになった。

朝、母の運転する軽自動車で家を出る。肝心の宿泊券を忘れたと気づいたのは家を出てから四十分ほどが経った頃で、母はごめんごめんと詫《わ》びながら車をUターンさせた。時間のロスはせいぜい一時間半程度なのだが、幼い僕は絶望した。大事な旅行が台なしになってしまう。道すがら、母は宿泊券をどこにしまっていたのかさえ覚えていないというようなことを口にし始めたので、家に戻ると僕ら四人は全員で車を飛び降りた。

耳慣れない物音が倉庫から響いていたので、僕は野良猫か狸でも暴れているのかなと、そんなことを考えた。動物なのだとしたら、確実に姿を見たい。忍び足で倉庫の入口へと向かったのがよくなかった。

開け放しになったシャッターの向こうに、下半身を露出した父の姿があった。父はこちらに尻《しり》を向けており、得体の知れない儀式に励んでいた。子供の価値観からすれば、裸とはすなわち笑えるものであった。僕は意味もわからず父の尻に大笑いしようとしたのだが、どうやら入浴の準備をしているわけでも、小便をしようとしているわけでもない。黙って数十秒、暗闇で動く父の尻を見ていると、僕に気づいた栗田の娘さんが悲鳴をあげた。

あすなと惣太郎が走ってきて、最後にやってきた母が絶叫したところで、僕は倉庫の前を離れた。そして道路の手前にある側溝に向かい、しゃがみ込んで嘔吐《おうと》した。理屈は自分でもよくわからない。ただとにかく、吐き気が止まらなくなった。印象的なコマーシャルソングが耳から離れなくなってしまったときのように、僕の頭の中では先ほど見た光景がひたすらリピートされた。自分でも何を気持ち悪いと思っているのかわからない。何を見てしまったのかもわからない。それでも吐いて、吐いて、吐いてもまだ、嘔吐が止まらない。

宿泊券が無事に見つかったので改めて車に乗り込み、というような話になるわけもなく、僕らの八月五日はそこで終わった。

子供の作り方も知らなかった小学三年生だったが、父が犯してしまったそれが「うわき」という禁忌なのだろうなというのは、漠然と理解できた。安易に死刑というような言葉を連呼できる子供に罪の大小は理解しがたく、とにもかくにも父はすぐにでも極刑に処されても仕方のない非道を働いたのだと了解した。その証拠に、母は寝室に籠《こ》もって一日中泣き続けている。

父は浮気相手を帰らせると、寝室の扉に向かってひたすら謝罪を続けた。すまん、すまん、すまん。たまに疲れたように間を空けてからまた、すまん、すまん、すまん。

僕は嗚咽《おえつ》を止められない母に同情し、これまでショップ栗田に通い続けてしまった自分を責めた。これをきっかけに、家族の形はまるっきり変わってしまうのだろう。ひょっとしたら母は父を追い出すかもしれない。父は栗田の店主と結ばれるのかもしれない。僕らは捨てられるのだろうか。先の見えない恐怖に震えながら夜を越えると、しかし母は真っ赤に目を腫《は》らしている以外はいつもどおりの朝を演じた。

「引きずってもしょうがないでしょ。お母さんは強いんだから」

立派な人だなとは、なぜか思えなかった。なら母はどうすべきなのかと問われても、僕に答えなどない。ないのだが、何かが明らかに間違っているということだけはわかった。もう少し遠慮のない言い方をするなら、ひどくグロテスクだなと感じた。父も母も気持ち悪い。どうにか悪夢を振り払ったつもりであったが、やはり前日から続く映像のフラッシュバックは簡単に終わらなかった。この日もまた、三度ほど嘔吐した。

もともと人望も信頼もない父であったが、この浮気をきっかけに喜佐家内外からの評価はいよいよ地に落ちた。そしてゆっくりとではあるが、僕は母の選択を尊重するようになっていった。母が壊すまいとしたものなのだから、僕もまたなるべく壊さないようにしよう。母が忘れようとしているのなら、僕もまた忘れる努力をしよう。

喜佐家にとっては大きな事件であったが、母の対応が穏便であったこともあり、一連の騒動は一時の嵐で終わることになる、はずであった。

僕らが情事を目撃してしまったわずか五日後に、まったくもって解せない事態が発生する。

「父がショップ栗田から、おもちゃんを盗んできたんです」

僕が言うと、賢人さんは理解しかねるように眉間《みけん》に深い皺《しわ》を寄せた。

時間が限られていたので賢人さんには要点を掻い摘まんだ説明しかできていない。それでも、説明が足りていれば理解できるという種類の物語ではなかった。僕はもちろん、家族の誰もが父の奇行の意味を測りかねた。

当時は今よりも頻繁に倉庫を利用する機会があったので、誰が第一発見者になってもおかしくなかったのだが、最初におもちゃんを発見したのは惣太郎だった。基本的には愛らしい見た目をしている人形なのだが、暗闇の中に潜んでいれば不気味そのもの。化け物が現れたと勘違いした惣太郎は腰を抜かした後におもちゃんの正体に気づくと、今度は別の意味での恐怖に寒気を覚えた。なぜこんなものが倉庫にある。父が不貞行為に及んだ翌日、倉庫の中は家族の手によって一度掃除されていた。そのときには間違いなくなかったのだから、おもちゃんは浮気発覚後に持ち込まれたことになる。

お父さんが、持ってきたの？

母が泣きながら尋ねると、父はすまんと謝り、自身の犯行を認めた。

謝罪はもういいから、動機を教えて欲しい。母はすまんしか口にしようとしない父に対して必死に語りかけ続けたが、ついに納得のいく言葉は返ってこなかった。浮気相手との関係は断ち切れてしまったが、二人の愛の証明として店のマスコットを欲したのか。どうしても相手のことを忘れられない想いが、父を意味のわからない窃盗へと駆り立てたのか。それともそれが何かしら浮気相手に対する、秘密のメッセージになっていたのか。

考えれば考えるほど不気味で、不誠実で、母をはじめとする家族のことを馬鹿にしているとしか思えない奇行であった。母はそこからしばらく心の安定を欠き、一時は新興宗教の怪しげな聖典を数万円で購入するほど錯乱したが、数年かけてゆっくりと平静を取り戻した。

「結局、持ってきてしまったマスコットはどうしたんですか？」

「あぁ、どうしたんだっけな」僕は記憶をたぐり寄せるが、答えには辿《たど》り着けない。「たしかマスコットの他にも、犬のおもちゃを盗んできたんです。飛び上がってバク転する、電池式のおもちゃ」

「はいはい、ありますね」

「もちろんその犬も含めて返そうって話になったと思うんですけど、あっという間に店を畳んじゃったんですよ」

「栗田さんが？」

「狭い町なんで噂はあっという間に広がりますから。東京のほうに引っ越したって話を聞きましたけど、真偽のほどは」

もうこの町では生きていけないと判断した浮気相手の気持ちはよく理解できた。僕だって擦れ違えば石でも投げたくなったかもしれない。どちらかというと、あんなことをしでかしてからも平然と同じ町、同じ家で生きていける父のほうが、よっぽど異常であるに違いない。

父は浮気をして、母に許してもらい、おもちゃんを盗んだ。

そんな父が再び、謎の凶行に走った。

「今回のご神体と極めて似ている、というわけですね」

「恥ずかしい限りです」と僕はまだ温かいコーヒーを一息に呷《あお》った。「母の優しさに甘え、意味のわからないことをして人に迷惑をかけ続ける、最低の浮気人間です」

「最低の浮気人間……ですか」賢人さんはしみじみ呟くと、「お母様は、本当に優しいんですかね」

「はい？」

「浮気って、何なんでしょうね」

賢人さんは空になったカップを僕の分と重ねてごみ箱へと捨てると、壁掛け時計をちらりと確認した。もう間もなく休憩を始めてから八分が経過しようとしている。

「結婚してからつくづく思います。難しいなって」

「……どういう意味ですか」

「あぁ、してませんよ。少なくともしてないつもりです」賢人さんは弁明するように笑い、

「ただ、街で擦れ違う女性の見た目が現在のパートナーより魅力的だなと思ってしまうことはあるわけじゃないですか。あるいはテレビに映る芸能人に惚《ほ》れ惚れしてしまうこともある。これって、浮気なのかもしれないな、って」

「それはずいぶん真面目ですね」

「仰《おっしゃ》るとおりだと思います。でも、性的な欲求がパートナー以外の人間に向いているという意味では、浮気の始まりかもしれない」

「行動に移さなければ浮気ではないですよ。父みたいに行動に移せば浮気になる。明快じゃないですか」

「でもですよ、行動に移しさえしなければ、どれだけ相手に強い性的衝動を抱いていたとしても、それは浮気とはカウントしなくていいという認識となると、これもどこか違和感がありませんか？　パートナー以外の人物に対して信じられないほど強い肉体的魅力を感じ、相手に触れたいと思い、実際に行動に移したいとまで願う。しかし直前になって思い直し、それでも消えきらない衝動を抑えつけるために太ももにナイフを刺してぐっと奥歯を嚙《か》みしめる。どうにか相手には触れずにパートナーのもとへと戻った人間は、果たして浮気をしなかったと言えるのか」

「極端ですよ、全体的に」

僕はどうにか笑顔だけは絶やさないように返したが、さすがにつき合いきれなくなっていた。

「好きな相手がいれば目移りなんてしない。それが理想的な状態です」

「広崎さんご夫妻のように」

先ほどの惣太郎と、似たようなことを言う。

哲学的思索というか、観念論というか、形而上学《けいじじょうがく》というか、そういったものが好きな人なのだろうが、僕はやはりどうにもこういった会話に意義を見出《みいだ》せなかった。話が最北端から最南端へと奔放に飛んでいくばかりで、一向に答えに辿り着こうとしてくれない。広崎さんはおそらく浮気はしていないのだろう。年がら年中べたべたとして、本人曰《いわ》くマイカさんのことを情熱的に抱き倒しているらしい。しかしそれが格別理想的であると感じられないのは賢人さんもわかっているはずで、投げかけた疑問から再び議論が始まるのを待望しているのが、申し訳ないが面倒であった。

「もう少しフレキシブルに考えたらいいんじゃないですか」

僕が力なく返すと、

「フレキシブル」と賢人さんは繰り返した。「確かにそうかもしれないですね」

寒さに堪えかねた母が室内に戻ってきたので、僕らの会話はそこで打ち切られる。

再びの長距離移動に備えてペットボトルの飲み物を購入し、屈伸運動を中心に念入りにストレッチを行う。母さんも体を動かしておきなよと助言したところで、僕は不意に名状しがたい違和感に襲われたが、立ち止まって熟考するような時間はなかった。今は何を置いても先を急ぐべきとき。きっと大したことではないだろうと決めつけつつ、倉庫、父さん、母さん、おもちゃん、と、違和感の発信源となった情報を手早く点検する。やはりわからない。移動しているうちにきっと思い出すだろうと解決を後回しにすることを決め、時刻確認のためにスマートフォンを取り出したところで、命が終わったように血の気が引いた。

息が、できなくなる。

大丈夫、きっと腑《ふ》に落ちる解釈に辿り着くはずだとしばらくは冷静を装ってみたのだが、しかしどれだけ頭を捻《ひね》っても矛盾が解消できないことに気づく。あれ、と、考えているうちにみるみる胸騒ぎに呑《の》まれていく。いやいや、もう一度冷静にと言い聞かせるのだが、何度考えても同じ結論に立ち戻ってしまう。

「……周？」と母に尋ねられると、

「あの……」と僕は言葉を選ぶ。

庭の倉庫には、二つの鍵《かぎ》が取りつけられていた。

ひとつはシャッターに備えつけられている標準的な鍵で、もう一つは下部に別途とりつけた南京錠。僕の記憶が正しければ、倉庫の鍵は最初から二つあったわけではない。あるときを境にダイヤルロック式の南京錠を取りつけたのだ。

使用禁止にしよう。

最初に提案したのは惣太郎か、母であった。父は倉庫の中でふしだらな行為に及んだだけでは飽き足らず、数日後に意味のわからないマスコットまで持ち込んだ。父にこれ以上、倉庫を使わせるわけにはいかない。惣太郎は罰というような意味合いでの使用禁止を訴えたが、母はそこに何かしら風水的な、スピリチュアルな効能さえ感じていた。あの倉庫には父を悪行に走らせる一種の魔が漂っている。父を倉庫から遠ざけなければならない。

早速調べると、シャッターの鍵を交換するには少なくとも数万円の工賃が必要であることがわかった。ただ南京錠を追加するだけなら数千円もかからないことが判明し、僕らはあの事件から数日後すぐに、

「ダイヤル式の南京錠、増やしたよね？」

「……南京錠？」

「倉庫」と僕は短く告げる。おもちゃん、栗田、浮気や不倫といった、直接的な表現は避けつつ、僕と同じ結論に辿り着かせたかった。「あるときから、鍵、増やしたよね？」

母は表情を暗くし、うっと言葉を詰まらせたが、僕が言わんとしていることを理解してくれたようであった。受け容《い》れがたい事実が、眼前まで迫っている。母は目を泳がせる。

二十年前に設置した南京錠は今も現役で使用している。先週引っ越し業者が来たときはもち

ろん、今朝、惣太郎と賢人さんが片づけを始めたときにもついていたはずだ。言うまでもなく南京錠を設置したのは、父に倉庫を利用させないため。

「……父さんに、南京錠の番号教えた？」

母は電源が切れてしまったように黙り込んだ。願望で記憶を改変するようなことがあってはいけない。十秒ほど完全に静止し、十全に事実を吟味した母が口にした答えは、

「教えてない」

あまりにも先入観が強すぎた。倉庫の中に木箱を見つけた瞬間から、僕らは父が持ち込んできたものであると疑わなかった。おもちゃんという前科があったこともあるし、何よりあの場にいた全員が木箱のことなど知らないと断言したからだ。意味のわからないことをするのは、この家では常に父であると確信していた。

僕はスマートフォンを取り出し、惣太郎から転送されてきたメモを確認する。

珠利さんが見つけたメモには、最初に五万円、追って四十万円を支払うというような文言が綴《つづ》られていた。金に困っている父が受け取ったのだろうとしか思っていなかったが、フラットな目で宛名を見れば、何も犯人が父であるとは断定できないことがわかる。

喜佐様。

僕らは賢人さんを除き、全員喜佐だ。

あすなや惣太郎が父に南京錠の番号を教えていた可能性もある。しかし現実的に考えると、

「……ご神体を倉庫に入れたのは、お父様ではない可能性が高いということですか？」

はいと即答はできなかったが、僕は結局、俯《うつむ》くようにしてゆっくりと頷《うなず》いた。

父なら意味不明な悪行に走ってしまうかもしれない。何の抵抗もなく断定していた一方で、後づけの言い訳を許してもらえるならば、外部に協力者がいるという点はどこか父らしくないとも感じていた。お世辞にも口は達者でない。いかなる分野のいかなる作業であっても、誰かと何かを共同で成し遂げられるイメージが湧かない。

手付金五万円、成功報酬四十万円。

ご神体の窃盗に力を貸した理由がお金であるとするならば、父を除いて誰が最も犯人らしいだろうか。円満ではないが腐っても家族。血の繋《つな》がった人間を犯罪者でないかと疑うのは気分のいい作業ではない。それでも半ば自動的に頭の中で予測が始まると、悲しいほどにスムーズに、一人のシルエットが浮かび上がってきてしまう。

父の車は荷室の小さなセダン。ご神体を輸送したいと思ったところで運ぶことができない。しかし我が家でもたった一人だけ、自力で輸送できる車を持っている人間がいた。

先ほどまで僕らはシルバーの商用車に追い回されていた。木箱もご神体も車外からは確認できなかったはずなのに、なぜ商用車は僕らをぴったりと追走できたのだろう。まるで惣太郎の車やナンバープレートを、事前に知っていたようであった。

休憩が始まってからすでに十三分。当初の出発予定時刻はすぎている。

喫煙室のほうを見ると、ようやく惣太郎が出てくる。気だるそうに床に視線を落としたまま、靴を擦るようにして歩いてくると、あの、考えたんだけど、と、うつろな目つきで頭を掻《か》いて、

「もう、返しに行くの、やめにしねぇか」

いえ

車は中央道をひたすら東進していた。

あすなは右肘《みぎひじ》をついたまま、左手一本でハンドルを握る。バイクのそれと紛《まが》うような荒っぽいエンジンがドラムロールのようにシートを叩《たた》き続け、車内に一定のリズムを刻み続ける。

「スマホ、見てもらってもいい？」とあすなは言う。「通知が来た」

「え、あ……見て、いいんですか？」

「いいって言ってるんだから、見てよ」

助手席の珠利はホルダーに挟まっていたスマートフォンを、割れ物を扱うよう恐る恐る取り外す。

「あの……パスワードは？」

「ゼロ四つ。向こうの誰かからのＬＩＮＥだったら読み上げて」

本当にそんなパスワードなのだろうかと疑いの表情を浮かべながら、珠利は慎重にゼロを四回連打した。ロックが解除されると大きく目を見開いてから、誤った操作をしてしまわぬよう慎重にメッセージアプリを立ち上げる。

隙間部屋を発見した二人は父さんに関する情報を精査すると、自分たちが何をやるべきかを検討した。このまま家に残るべきか、応援に向かうべきか。あすなは珠利が提示したいくつかの保守的な提案をすべて却下し、当座の目標を打ち立てた。

父さんを他の家族たちと合流させ、一緒に十和田白山神社へと向かわせる。

現在、喜佐家の諸問題の鍵を握っているのは父さんということになっている。現地に行って何ができるかは明確でないが、座して吉報を祈るよりは積極的に動いてみるほうが生産的であると判断した。せっかくこれまで居所を掴めなかった父さんの現在地がわかったのだから、動かない手はない。

車よりも電車のほうが素早く移動できるのは間違いなかったのだが、生憎《あいにく》とタイミングが悪く、地元の駅からは新幹線に間に合う電車が存在していなかった。仕方なく東京駅までは車で向かうことになる。あすなはどうとでもなるとひたすら楽観を決め込んでいたが、珠利は東京駅周辺の駐車場事情をひたすら気にしていた。

最悪、車は路上に放置してあとで罰金を払えばいい。

あすなが本気であることに気づくと、珠利はそれ以上何を言うこともなくなった。

目指すのは午後六時二十分発の東北新幹線はやぶさ。決して余裕のあるスケジュールではないが、万事うまくいけば所用を済ませた上で今日中に十和田白山神社に到着できる旅程となっていた。父さんを他の家族と合流させることができる。

「岩手県の温泉、あれ、何て読むの」

「おうしゅく。鶯宿温泉」

「どんなとこなの」

「さあ……行ってないから何とも」

珠利はあすなのスマートフォンを一度膝《ひざ》の上に置くと、自身のスマートフォンで鶯宿温泉を調べた。

「何だか、鶯《うぐいす》が傷を癒《い》やしていた伝説から名前がついたみたいですけど……。あと、メッセージは周さんから来てるみたいです」

「読み上げてもらえる？」

「えと……『父さんに倉庫の南京錠の番号、教えたことあるか』」

質問の意図がわからない珠利は、敢《あ》えてメッセージを無機質に読み上げた。

あすなはしばらく無言で車を走らせると、はたと何かに思いあたったようにそうかとこぼす。そのまま胸の中で情報の整理を続けると、事実として南京錠の番号を教えたことのなかったあすなは、

「『ない』って返して」

珠利が返信すると、周たちの間でどのようなやり取りがあったのか、あすなは自身の推論を述べた。色々あって倉庫の鍵は父さんに内緒で一つ増やされている。父さんは暗証番号がわからないので倉庫を開けることができない。よって、父さんは犯人たり得ない。あすなは説明を終えたそばから、そのとおりだと、自身の盲点を恥じるようにしばし頷いていた。それはそうだ。確かにそのとおりだ。もっと最初から冷静になっていれば事実を誤認することもなかった。悔いるように独りごちる。

ならば、本当の犯人は誰なのか。

あすなにも真犯人の目星はついていないらしく、険しい表情を崩さない。

「……本当なんですか？」

「何が?」

にわかに不安げな表情を作った珠利は、躊躇《ためら》うように言葉を切った。そして後方を気にするように視線を後ろへと向け、

「本当にお父さんは犯人じゃないんですか?」

「……違う」

断言されると、珠利は言葉を噛みしめるように黙り込んだ。やがて何かを言おうと口を開きかけたのだが、言葉よりも先にこぼれたのは涙であった。大きく洟を啜った音に助手席を見ると、あすなは赤子の粗相に気づいたように、慌てながらも呆れ顔を作る。

「何、どうした。なんで泣くの」

「ごめんなさい……」

心配されると涙は加速する。珠利は次々にこぼれる涙を手の甲で拭い、それを見たあすなはポケットからハンカチを引っ張り出す。受け取った珠利はしばらく嗚咽を漏らすと、ぐっと涙を抑え込む。

「……周さんから、追加でメッセージが届いて」

「何て」

「『惣太郎の様子がおかしい』」

珠利はあすなのハンカチに顔を埋《うず》める。

「大丈夫。大丈夫だから」とあすなは根拠のない投げやりな慰めを口にし、「きっと悪いことにはならない。今、泣いてたってどうしようもないでしょ。惣太郎の様子がおかしいって、そ

んなの周が勝手にそう思ってるだけ。周、あれで頭固くて、半端じゃなく思い込み激しいから──」

「たぶんお金、すごく困ってるんです」

「……え？」

「惣太郎の会社、全然うまくいってないんです」

珠利はハンカチを握りしめた。

「今日乗ってきた車も、事業経費になるはずだって言い張って無理して買って、でもなんだかそうはならないかもしれないなんて話になって……。お家《うち》のローンもあるのに節約できない人だから、どんどんおかしなことになって……。だからさっきのメモが見つかった時点で、私、ひょっとしたらこれ……って」

そこから先は言葉にならなかったが、あすなは彼女が何を言わんとしているのかを理解した。そしてみるみる涙の沼に深く沈み込んでいく珠利に対して、顔を上げろと励ましの言葉をぶつける。

「わかった、わかったから泣かない。元アイドルでしょ。笑わなくていいから前向いて」

「それができないから辞めたんですよ……それにアイドルだって、泣くときは泣きますよ。関係ないです」

「……悪かった。今の発言は私が悪い。ごめん」

あすなは改めてハンドルを握り直すと、しばらく黙って車を走らせた。相模湖《さがみこ》インターを先頭に道は混み始めていたが、車の速度が極端に落ちるようなことはなかった。目的の新幹線には間に合う。

父さんは犯人でない。

だとすればいったい誰が、犯人なのか。

「惣太郎は、きっとしない」

はっきりと言い切ると、あすなはいくらか乾いた口吻《こうふん》で、

「ただ、お兄ちゃん……取り憑《つ》かれてるからね」

「……取り憑かれてる？」

「お金に」

あすなは軽蔑するように言うと、ぐっとアクセルを踏み込んだ。

「昔っからそう。根っからの――お金大好き星人」


俺、信じられないほどの金持ちになるから。

惣太郎が家族の前でそんな宣誓をしたのは、今から十八年前。彼にとっての上京前日のことであった。

県内にもいい大学はたくさんあるんだから、家から通えるところを選んだらどうか。

母さんは惣太郎が高校に進学したときから、ことあるごとに釘《くぎ》を刺し続けてきた。惣太郎が家を出たがっている気配を感じていたのだろう。とんでもなく賢い大学を目指すなら別だが、ほどほどでいいなら家を出ないのが一番いい。母さんの言葉をある意味では素直に受け取った惣太郎は、県内の大学の合格通知と一緒に、早稲田大学の合格通知を母さんに突きつけた。母

さんは惣太郎の旅立ちを認める他なくなった。

仕送りは最低限でいい。必要な金は自分で稼ぐ。

口は悪かったが、惣太郎は自身の見定めた目標のためなら努力を惜しまない人間であった。吐いた唾《つば》は飲まない。高すぎるプライドは時に周囲の人間を疲れさせたが、矜持《きょうじ》のある人間の推進力は眼をみはるものがあった。

実家で過ごす最後の日くらいは、いつもよりいい夕食を。

母さんは滅多に使わないホットプレートを持ち出すと、居間のテーブルにすき焼きを用意した。中学二年生になっていたあすなはどうという反応も見せなかったが、小学五年生だった周はご馳走《ちそう》だと喜んだ。熱された牛脂が溶けると、独特の香りがふわりと居間を包む。周の期待感が最高潮に達したところで台所からやってきた牛肉は、残念ながら門出の席に相応《ふさわ》しい量ではなかった。

「いやこの量って、戦時中かよ」

惣太郎はあっという間に空になったホットプレートを蔑《さげす》みの目で見つめながら皮肉を言うと、コップに入った水道水をぐいと飲み干した。

「俺、信じられないほどの金持ちになるから」

信じられないほどのという表現に、惣太郎の野望の大きさと青い純粋さが滲んでいた。

このまま いい大学に行く。いい会社に入る。ゆくゆくは会社を立ち上げるかもしれない。美人な奥さんを見つけ、でかい車を買い、庭つきの家を建てる。一とおり語り終えると、ここからが肝心だというように長息する。

「こんな家族は作らねぇよ」

母さんはやめなさいと注意したが、惣太郎は止まらなかった。

「すき焼きの肉も満足に買えない状態になんて絶対しない。食いたいもの、着たいもの、欲しいもの。家族が何一つ我慢しなくて済むように、死ぬほどの贅沢《ぜいたく》ができるようにするから。それに何より、だよ。長男が家を出る最後の夜、夕食の席に顔を出さないような、馬鹿な真似だけは死んでもしねぇ」

母さんはもう一度やめなさいと言ったが、やめなさい以上のことは言えなかった。

惣太郎の言うとおり、すき焼きを囲む席に父さんの姿はなかった。

仕事は休みであった。しかし行き先も告げずに家族の前から姿を消してしまい、夜になっても帰ってこない。積極的に父さんと食卓を囲みたいとは、おそらく家族の誰も考えていなかった。浮気発覚直後の、存在そのものが穢《けが》れであるかのような扱いは脱していたが、間違っても愛されてなどいない。人気者になることはおろか、おもちゃん騒動の前の状態に戻ることすらできなくなっている。誰もがうっすらと、父さんを嫌っていた。あるいは、すでに死人であるかのように扱っていた。しかし、それだとしても、

「顔くらいは出すのが普通だろ」

惣太郎が口にしてから、およそ十分後。玄関扉が大きな音を立てた。

父さんが居間の襖《ふすま》を開けると、

「今頃帰ってきたよ」

嘲《あざけ》りの笑みを浮かべた惣太郎に対し、父さんは小さなお守りをひとつ手渡した。近所の神社

で売っているもので、中央には必勝祈願の文字が刺繍《ししゅう》されている。達者で頑張れ。父さんが月並みな台詞を口にすると、惣太郎はお守りを摑んだまま呆れ顔を作った。

「こんなので感動すると思うなよ。札束が欲しかったわ」

惣太郎は二階に消えると、自室に置いてあった招き猫型の貯金箱を持って戻ってきた。耳を澄ませば、じゃらじゃらとした音に混じって微《かす》かに紙のこすれるような音も響く。少なくない量の小銭に何枚かの紙幣が入っていることが窺えた。

「これ、やるわ。こんな小銭に飛びつかなくていいように、俺は死ぬ気で頑張るから。絶対に親父みたいにはならないから」

惣太郎の発言は、決して品のいいものではなかった。ひょっとすれば舐《な》めたことを言うなと凄《すご》む父親が多数派なのかもしれない。しかし世界で最も情けない喜佐家の長は、頭を下げて惣太郎の貯金箱を受け取った。さすがに中に入っている小銭に飛びつきたくなるほど困窮していたわけではなく、これであれが買えるこれが買えると喜ぶほどのうつけでもない。それでも惨めな父さんは卓の上に置かれた貯金箱を持ち上げ、何を言うべきか考えるように数十秒口をもごもごとさせる。

最後にはいつもの抑揚のない声音で、一言。

「すまん」


「少し怖い雰囲気の人と……やり取りしてるみたいで」

珠利の不穏な発言を受けたあすなは、怖い雰囲気、と、繰り返した。

「惣太郎はまともな会社の人だって言うんですけど……タトゥー入ってたりして」

「タトゥー。タトゥーね」

あすなは考えをまとめるようにハンドルを人差し指で三度叩いた。

「何だか……この曲みたいになってきた」

「……曲？」

「周のカセット。この古いミスチル」

あすなは言うと、静寂を求めるようにカーステレオをオフにする。

あすなは選択を迫られていた。

父さんが犯人である可能性がほとんど消えてしまった今、わざわざ十和田白山神社に父さんを連れていく必要はあるのだろうか。惣太郎を犯人と疑ってかかっていいものだろうか。もしも惣太郎が犯人であるのだとすれば、いったい何をするのが最善なのか。

東京都八王子市に入ったあたりであすなが出した結論は、ひとまず予定は変えないというものであった。とにもかくにも、すべてはご神体を返却することができれば万事丸く収まる問題。最終的には家族全員で十和田白山神社に到着することを目標とする。

そう宣言した上で、あすなは進行方向を見つめたまま尋ねた。

「小林《こばやし》質店ってまだある？」

少し考えてから、「……たぶん」

「電話してもらってもいい？」

あすなに要請されるも、珠利は意図がわからずすぐには動けない。

「昔」とあすなは言った。「おもちゃんがうちの倉庫の中に運び込まれてきた直後、おもちゃんをどうしようかって話になった。どうしてお父さんはこんなものを盗んできたのか。盗んできてしまったおもちゃんをいつ、どうやって返しに行くべきか。ショップ栗田に何て言って謝るか。そんなことをみんながやいのやいの議論しているときに、たった一人だけ、まったく違うことを考えてる人間がいた」

これ、売ったらいくらになるんだ。

「惣太郎は、おもちゃんの価格を知りたがった。さすがに実際に売ろうとは思っていなかったと信じてるけど、とにかく値段が知りたいと言って聞かなかった。そんな惣太郎が、当時おもちゃんの査定を依頼したのが小林質店。もし今回、惣太郎がご神体の窃盗に力を貸していたのだとしたら、絶対に小林質店に相談するはず。自分の取り分が四十五万円だと言われたとしても、必ずご神体の本当の値段を知りたいと思う。それが惣太郎だから」

珠利は心を決めかねしばらくスマートフォンを握りしめていたが、やがて覚悟の表情で操作を開始した。電話番号を調べ、スマートフォンを耳に当てる。一月一日から電話が繋がったのは、小林質店の電話番号が自宅と兼用であったから。珠利はたどたどしくも質問をぶつけると、はい、はい、と終盤は消え入りそうな声を重ね、やがて草木が萎《しお》れるように背中を丸めていった。

「……みたいです」

珠利は事実を嚙みしめるよう、はっと息を吸い込んでから今度は誰しもが聞き取れる声で、「惣太郎から、ご神体の査定をして欲しいって、依頼を受けてたみたいです」

残り737キロメートル

くるま

「もう、これ以上は色々と無理だろ」

出発してから四時間近くの道のりを経ていた。ただ移動するだけでも骨の折れる距離を、少なくないトラブルに見舞われながら、それでもどうにか乗り越えてきた。山梨、神奈川、東京、埼玉、一瞬だけ群馬をかすめて、現在栃木。喜佐家にとって未曾有《みぞう》の危機を打破するために奔走してきた行程をなみするには、あまりにもふざけた言葉であった。

色々と無理だろで、僕らが納得するとでも思っているのだろうか。

父がご神体の盗難に関与していなかった可能性が高いとわかった今、惣太郎の腑抜《ふぬ》けた発言は怒りや不快感と同時に強烈な疑惑をかき立てる。

「……無理ってなんだよ」

「わかんだろ……変なのに追い回されたじゃねぇか」惣太郎は、先ほどつけられたシルバーの商用車について語っているようだった。「やばい集団に決まってる」

「……やばい集団?」

「きっと、あの仏像みたいなのを俺たちから取り返そうとしてたんだろ? で、俺たちの乗ってる車を調べて、場所を特定して、そのまま追いかけようって決めて、実際に背後にぴったりとくっついて俺たちを追い回した。こんなことができてる時点でもう、やばい集団に決まってんだろうが。尋常じゃねぇよ。たばこ吸ってたら冷静になった。もう無理だ」

「……じゃあ、どうするっていうんだよ」僕の言葉には、微《かす》かな怒りが滲《にじ》み出す。「簡単に諦《あきら》められるなら、最初からこんなところまで来る必要なんてなかった。でもそうじゃないから、わざわざこうして長距離を――」

「わかってるよ! けど、さっきみたいなのに追い回されてたら命がいくつあっても足りねぇって言ってんだよ!」

「じゃあ、どうするつもりなんだよ!?」

「わかんねぇけど、ひとまず死にたくねぇって言ってんだよ! 親父の尻拭《しりぬぐ》いに命は懸けられな――」

「父さんのせいじゃないんだよ!」

「……は、はあ?」

僕は倉庫の鍵《かぎ》の件について惣太郎にも説明した。父は倉庫の鍵を開けることができない。よって犯人たり得ない。惣太郎が父に南京錠の番号を教えていたのだとすればその限りではないがと添えると、番号は教えていないと惣太郎は被《かぶ》せるように口にした。ならば、父が犯人ではない可能性はさらに高くなったと指摘すると、

「……なんだよ、なら、俺が犯人か？」

「そんなこと言ってないだろ。ただ、ここにきて意味のわからないことを口走るなら、怪しみたくはなるだろうが」

「……お前、ふざけんなよ？」

「そう思うなら、すぐにここを出るべきだろ！　まだ青森まで半分も来てないのに――」

「青森まで行けそうにねぇから、やめたほうがいいんじゃねぇかって話してんだろ？　正しさの話をしてんじゃなくて、危ないって言ってんだよ！　いい加減、その気持ち悪い、いい子ちゃん発言卒業しろよ。ずっと猫被ってへらへら演技し続けやがって。正論だけで生きようと無理して真面目馬鹿公務員演じて、とうとう自分の本心も――」

もう、やめなさい、と、泣きそうな声で仲裁に入ったのは母だった。

僕も惣太郎も手が出るような人間ではない。口論がヒートアップしたところで暴力沙汰《ざた》にはならなかっただろうが、傍《はた》から見れば殴り合いが始まりそうに見えたかもしれない。人気《ひとけ》のないガソリンスタンドの休憩室。現在はレジカウンターに従業員の姿はないが、無人で運営しているわけではない。騒ぎを聞きつけられたら人が飛んでくる可能性はある。

母は僕ら両者の口の悪さを咎《とが》めると、家族の一大事に団結の心を忘れてどうすると諭した。

賢人さんもフォローするように間に入り、惣太郎に対してご神体を返却する以外に道がないことを再度思い起こさせた。ご神体を捨てることも、隠すこともできない。金銭を受け取ってご神体窃盗に力を貸してしまった人間が（父以外だとしても）、この家族にいるのであるとすれば、返却しない限り他の成員にも悪評がつく。惣太郎さんの言葉を拝借するなら、惣太郎さんの会社の社会的信用は低下し、周さんの結婚はなくなる。絶対にご神体を返したほうがみんなのためになる。尾行していた車は撒《ま》いた。すぐに出発すればその分、追いつかれる危険性も低くなるだろうし、ひょっとするとあれはただの迷惑運転だったのかもしれない。

「運転、代わりますよ」と賢人さんは提案するも、

「……いいですよ」と惣太郎は不貞腐《ふてくさ》れたようにこぼす。「自動車保険、俺しか適用されないんで」

「でも――」

「行くよ。行けばいいんだろ、周」

惣太郎はふてぶてしい態度で運転席に戻ると、エンジンを再始動させる。僕らも車内に戻る。表示された到着予定時刻は午後十一時四十分。休憩を経た分、押してしまっていたがまだ十分に間に合う。

ナビは矢板インターまで戻って再度東北自動車道に戻ることを推奨していたが、トラブルのあった地点に再び戻ることには心理的な抵抗があった。少しばかり時間は余分にかかることが懸念されたが、国道4号を北上し西那須野塩原《にしなすのしおばら》インターから高速に乗ることに決める。幸い片側一車線の狭い国道ながら道は空《す》いていた。大したロスにはならない。惣太郎は不快感をスピードに還元するよう、下道には相応《ふさわ》しくない速度で車を走らせる。

僕は惣太郎の様子を後席から窺《うかが》いながら、あすなにメッセージを送った。彼女にもまた、倉庫の南京錠の番号を父に教えていたかどうかを訊《き》かなければならない。すぐに「ない」と、そっけない返事が届くと、僕は惣太郎の様子がおかしいことを報告する。

父が犯人ではない可能性が、また一段と高まる。

だとするならば、いったい。

考え始めると、車内には新たな緊張感が漂い始める。もとより雑談を楽しめるような道中ではなかったが、あまりに不自然なまでに会話がなくなる。暖房は効いているはずなのに、車内にはうっすら、細長い冷気が垂れ込める。

無論、倉庫の鍵の件一つをとって、父への疑いを一掃するのは危険であった。所詮《しょせん》、僕らがつけていたのは小さな南京錠で、暗証番号はわずか四桁《けた》。努力を惜しまなければ解錠することはできるかもしれない。しかし父がそこまであの倉庫に執着するだろうか。

先ほどの言動や、謎の商用車に追いかけられた経緯を鑑《かんが》みれば、父の次に、あるいは父よりも怪しい気配を漂わせているのは、現状、惣太郎だ。

ご神体の窃盗を企《たくら》む外部の人間と結託し、実家の倉庫を保管場所として使わせた。しかし今朝、賢人さんとともに倉庫を開けなければいけなくなり、ご神体を隠しきれなくなる。まったく心当たりがないふりをしてここまで運んできたが、協力者だった人物に裏切りを悟られ車で尾行されることになった。協力者による追跡を受け、怖《お》じ気づいた惣太郎はご神体の返却はやめたいと申し出る。

惣太郎ならそういうことをしてしまいそうだなとは、さすがに思わない。最低限、善悪の分別はつく人間だと信じている。しかし呑《の》み込みがたい事実を積み重ねていくと、どうしても惣太郎を一番に疑わざるを得ない。

そんな僕の疑念を大きくするように、あすなからメッセージが追加される。

［惣太郎は今日のお昼に、小林質店にご神体の査定を依頼していたみたいです（珠利）］

　なぜ珠利さんが代わりに連絡してきたのかはわからないが、惣太郎に対する疑惑が深まる情報かと、瞬間的には身構える。しかし、どうだろう。もともと外部の窃盗団と協力していたのだとすれば、今日のお昼ではなく、もっと前に査定の依頼をすることもできたのではないだろうか。だとするならば、惣太郎は逆に怪しくないとさえ言えるのではなどと考え始めると、僕の思考はみるみる袋小路に嵌《は》まっていく。

　そもそも、ご神体はいつ倉庫の中にしまわれたのだろう。もちろん、十二月二十四日から今日に至るまでのどこかということにはなるのだが、家族の目を――というより僕の目を――盗んで倉庫に近づける時間は、実のところかなり限定される。

　引っ越し業者とともに倉庫を確認したのは、十二月二十三日の月曜日。日勤の僕がどうして日中の引っ越し業者に対応できたのかと言えば、それは僕が有給休暇をとっていたから。引っ越しの準備があるので、少しお休みをください。忙しい年末に無理を言い、二十三日から二十五日までの三日間、休暇をもらっていた。

　家にいるときの僕は、基本的に自室で過ごす。狭い部屋なのでどこにいても必然的に窓は視界に入り、わずかでも物音がすれば自《おの》ずと視線は外に向いてしまう。ちらりと覗《のぞ》けば、庭も、車も、道路も、倉庫も、すべてが丸見え。容易に視界に収めることができる。

　だから何者かが倉庫にご神体を持ち込もうとしたとして、僕の目を盗んで犯行を完遂するのは、かなり難度の高い作業と言える。理論的に犯行が可能となるのは、僕が出勤していた二十六日と二十七日の日中のみで、いずれの日程であっても僕が寝入った深夜にこっそりというのは考えにくい。というのも、何年か前にお隣の戸田さんが田んぼに人感式の照明を設置した関係で、ちょっとした動きを感知すると僕の部屋まで平然と光が差し込んでくるようになってしまったのだ。猪などの動物避《よ》けでもあるのだろうが、戸田さんのことなのでどちらかというとUMAを牽制《けんせい》したいというのが本音だろう。とにもかくにもセンサーも照明も我が家の庭の近くに設置されてしまっており、その上、僕の部屋のカーテンは遮光性能の低い安物。事実としてまぶしさのせいで睡眠を妨害されたことが何度もある。だからやっぱり、犯行が可能なのは二十六日か二十七日の日中のみなのだ。

僕は運転席の惣太郎をじっと見つめる。

惣太郎は、わざとスピードを落とすようなことも、反対に過剰に強引な運転をすることもなく、快調に車を走らせていた。

目の前を看板がとおりすぎていく。記された市外局番が馴染《なじ》みのないものであると気づいたとき、僕はここが自分の家からは遠く離れた栃木県であるのだということを思い出した。考えてみると、栃木を訪れるのは初めてのことであった。

予定が合えば友人たちと旅行をすることもあったが、行楽地らしい行楽地にしか行かない。東京を中心に、神奈川、静岡、少し足を延ばして千葉。思ったほど遠くに来たという感慨が湧かないのは、見える景色が地元とそう変わらないからだ。山に視界を遮られることはないが、寂れたパチンコ屋、ラブホテル、チェーンのファミリーレストランに見知った紳士服屋。田舎の景色はどこもそう変わらない。

やがてぽつぽつと民家の姿が目に入り始めると、僕はそれぞれの家の中で繰り広げられているであろう、一月一日的な光景を想像し、また僕自身の来年の一月一日を想像した。

来年は、今の家にはいない。すでに解体が終わっているからだ。帰省するとすれば、父と母が二人暮らしをするマンションということになる。しかし、そこに帰る価値はあるのだろうか。帰りたいと思うのだろうか。あるいは、帰るという表現は適切なものになるのだろうか。

僕は果たして、無事に結婚しているのだろうか。


婚約者、石田《いしだ》咲穂《さきほ》と出会ったのは、八王子市の公務員交流会であった。まるで公のお堅いイベントのような名前をしていたが、実態は有志が勝手に開催している私的な食事会であった。十年ほど前に地域の小学校教員二名が中心となって立ち上げた催しが、回を重ねるごとに二十人規模まで膨らみ、ずるずると今日まで続いているらしい。積極的に参加したい気持ちは露ほどもなかったが、どうしてもと同僚に頼み込まれた僕は、完全につき添いのつもりで居酒屋の暖簾《のれん》をくぐった。

やたらと背筋が真っ直ぐに伸びているなというのが、最初の印象であった。

警察官の参加は比較的珍しいらしく、彼女が自己紹介をすると一同から喜ぶような、あるいは少しばかり警戒するような唸《うな》り声が上がった。下手なこと言うと逮捕されちゃうかもな。誰かが口にした面白くない冗談に愛想笑いを浮かべると、彼女は目を閉じて小さく頭を下げた。

彼女もまた同僚のつき添いで来ましたと口にしていたが、本当にただのつき添いなのだろうなというのがよくわかる力の入り加減であった。口数少なく、終始背景に徹する。

公務員同士の交流が深まれば行政全体が活気づくというのが大義名分であったが、実際のところはほんの少し襟を正した合コン。浮ついた何かを求めて参加している人が多い中、背筋の伸びた警察官に惹《ひ》かれていた人間は、おそらく僕だけであった。就いている職業に惚《ほ》れたわけではない。それでも、警察官という響きに少なからず魅力を感じていたのは事実であった。真面目、誠実、実直、勤勉、どんな言葉を使っても何かが足りないような気がしてならないのだが、僕は概して、芯《しん》の通っている人間が好きであった。

この人なら、ひょっとして。

二次会はどうしようか。退店した参加者が店先で群れを作っている中、するりと駅のほうへと抜けだした彼女に、僕は声をかけた。連絡先を教えてはもらえませんか。

「ご飯にでも、お誘いしたいなって思いまして」

振り向いた彼女はまっすぐな目で僕を射貫《いぬ》いた後、

「逮捕しますよ」

そう言ってから、ＬＩＮＥのアカウントを教えてくれた。

お前みたいな男らしさが足りない人間はモテない。地味だし野性味がなさすぎるから、すぐ女に飽きられるよ。

惣太郎は帰省する度に僕のことをなじり、頼んでもいないのにお古のアダルトＤＶＤを押しつけてきた。何が目的かもわからない不快なお節介ではあったが、しかし僕が恋人との関係を長く続けられないというのは惣太郎の予言どおりであった。努力はしているつもりだが、交際が一年に差し掛かろうかというところで、まるで契約の満了が訪れたように、決まって別れを告げられる。

しかし咲穂との関係は続いた。

自分とは対極にある人間を選ぶか、似ている人間を選ぶか。自身の分類に則《のっと》って乱暴に振りわけるなら、僕にとっての咲穂は後者であった。僕らはともに退屈なほどに真面目な人間で、ルールから逸脱することを平等に嫌った。弾《はじ》けるような刺激はなかったかもしれないが、二人の生活には見事なまでの調和と平穏と充足感があった。

この人となら、家族になれる。この人となら、家族になりたい。

三十を目前に控え、周囲の友人たちが恋人に泣かれせがまれ脅されるようにして渋々結婚を決めていく中、僕は自分からプロポーズをした。それが人間として、あるべき姿だと確信していたからだ。

僕のプロポーズを聞き届けた咲穂は驚きもせず、泣きもせず、ただうんとひとつ頷《うなず》いてからにっと控えめに笑い、一言。

「お受けしましょう」

僕は、彼女と家族になることになった。

僕は彼女のことが、とても、好きであった。


息苦しいドライブであったが、概《おお》ね順調であった。

予定していた西那須野塩原インターから東北自動車道へと戻り、木々に囲まれた殺風景な道をひたすら進んでいく。渋滞もない。表情こそ不服そうであったが、惣太郎も問題なく車を走らせていた。また後ろからシルバーの商用車が追いかけてくるのではないか。警戒した僕が後ろを振り返ると、賢人さんも釣られて後ろを振り返り、賢人さんが振り返ると僕が釣られた。怪しい影がないことを確認すると胸を撫《な》で下ろし、僕らは目配せをしながら小さく頷き合った。

一時間ほど走ると、福島県に到達。道が空いていたこともあり、ナビの到着予定時刻は午後十一時二十九分にまで短縮されていた。心に余裕が生まれたからなのか、あるいは疲労感がピークに達したからなのか、それまで積極的に追い越し車線を使っていた惣太郎は、クルーズコントロールで車を走らせるようになった。分岐の少ない高速道路を走る限り、ほとんど自動運転と変わらない。ハンドルさえ握っていれば、車は車線と速度をキープし続け、ひとりでに北へ北へと上っていく。

冬の日は短い。ナビが宮城県に入ったことを伝えたとき、辺りはすっかり夜であった。福島の隣が宮城、宮城の隣が岩手、岩手の隣が青森。頭では理解していたものの、いざ縦断を試みると、東北は一つ一つの県がとてつもなく大きかった。福島を抜けるのにもかなりの時間がかかったが、宮城県もまたとんでもなく長い。

さすがに高級ミニバンの後席は快適であったが、埼玉から都合四時間も座っていれば体の節々が悲鳴をあげ始める。空腹は我慢できる。しかし便意を無視し続けたままここから五時間堪《こら》えることは、どう考えてもできない。

賢人さんが母を気遣う形で休憩を提案し、疲れ切っていた母はすぐさま弱々しい表情で頷いた。行けるところまでは行きましょう。もう無理だと思ったら、いつでも言ってください。休憩するタイミングの判断を委《ゆだ》ねられた母は、そこから一時間以上粘った。

そろそろ休みたい。

惣太郎は最寄りのサービスエリアへと車を向かわせた。辿《たど》り着いたのは、岩手県は前沢《まえさわ》サービスエリア。

空調の効いた車内から外に出ると、空気が信じられないほど凍《い》てついていることに気づく。気温は氷点下。最後に体感した栃木の空気との寒暖差で、ようやく自分たちが本当に日本列島を北上しているのだということを理解する。思わず寒いと声を上げたところで賢人さんが顔を強《こわ》ばらせ、

「……雪」と言ったので、

「降りそうですよね」

世間話のつもりで返したのだが、すぐに呆《ほう》けていたことに気づく。

「あ、ゆ、雪！　え、今って雪——」

「やだ……北は積もってるよ！」母が叫んだ。

すぐさまスマートフォンで検索すれば、岩手県北部から青森県十和田市の路面には雪が残っていることがわかる。

「兄ちゃん、これスタッドレス……」

「履いてねぇよ！　埼玉の人間だぞ！」

山梨の人間なら、冬にスタッドレスタイヤに履き替える人がほとんどであったこともあり、すっかり油断していた。このまま雪道に乗り入れることはできない。とはいえ、さすがに今からタイヤの履き替えはできなかった。ならば、

「チェーン」

僕が言うと、賢人さんが調査を買って出てくれる。僕はその間に夕食代わりになりそうな弁当を買い、母と惣太郎をフードコートで休ませる。再び全員が車に集まったとき、「どこも正月休みなんですけど――」と賢人さんは渋い表情で言ってから、「もう少し北にある、ホームセンターが一軒開いてるみたいです。チェーンも用意があるそうです」

すでに半分以上減っていたガソリンを給油してからすぐさま東北道に戻り、二十分ほど走った先にあるインターで下道に降りる。賢人さんのナビゲーションに従いながら道を進むと、閑散とした道の先にサッカー場ほどの大きさがある広大な駐車場が見えてくる。

「トメフクだ」と母が緊急時にもかかわらず表情を緩ませたのは、それがかつて父の勤めていたホームセンターと同じ系列の店であったからだ。「懐かしい。ここにもできたんだ」

ここにも、という表現に微かな違和感を覚えてすぐ、母の出身が岩手であったことを思い出す。ひょっとしたらこの近くに住んでいたのかもしれないと思いつつも、思い出話に花を咲かせる余裕はなかった。

「お母さんが買ってくるから、休んでなさい。じょーないじょーない」

車を降りるなり、母が気丈に先陣を切った。あまり役に立てていないことに引け目を感じているようだったが、さすがに母一人にタイヤチェーンを買いに行かせるのは色々な意味で不安だった。全員で行くべきだろうと足が向きかけるも、あなたたちはトイレにも行ってないでしょと言われると、確かに先ほどのサービスエリアで用を足せていなかったことに気づく。惣太郎が同行を宣言すると、僕と賢人さんは入店後すぐにトイレへ、二人は巨大な売り場の中へと消えていく。

腹痛はなかったが、もともと腹を下しがちだった僕は念のため個室へと入る。少しだけ一人になりたいという思いもあった。賢人さんが先にトイレを出て行ったのは扉の音でわかったが、僕はしばらく用を足すことなく便座の上で休むことに決める。

時刻は午後八時三十一分。十和田白山神社までの距離は確実に詰まってきていたが、当然タイムリミットも迫っている。

残り約三時間半。

返せなければ、家族から犯罪者が出ることになる。それが父なのか、あるいは惣太郎なのかは現状わからない。いずれ明らかにするべきことなのかもしれないが、僕にとっての何よりの関心事は犯人が誰であるのかということではなかった。

咲穂との結婚がなくなるようなことには、どうあってもしたくない。

自分のことばかりを考える自分が情けなくもあったが、偽れない本心であった。

トイレの狭い個室の中にいると、僕はまるで、自分が倉庫の中に押し込められていたご神体そのものになったような錯覚に囚《とら》われる。誰も使わない倉庫に、ぽつんと安置されていた、ご神体。倉庫自体の活用頻度はかなり落ちていた。いっそ貸し出してしまおう。一時はネットの掲示板にて借り主を募ってみたのだが、引き合いはおろか、サイト上に「いいね」の通知が来ることすらなかった。それはそうだ。立地があまりにも悪すぎる。

誰も使わない器に押し込められた、神様の使い。

僕はそこに何かを見出《みいだ》しそうになり、しかし思索に耽《ふけ》るよりもやるべきことがあると思い直し、首を横に振った。

個室の中に籠《こ》もっていた時間はおよそ十分。僕はトイレを出る。母と惣太郎はレジに並んでいるだろうか。ちらりと確認してみるも、二台しか稼働していないレジの行列に二人の姿はない。小走りで店外へと出ると、三人はすでに惣太郎の車を囲んでいた。おそらくチェーンを装着している最中なのだろうと思っていたのだが、なぜか三人は呆然《ぼうぜん》と立ち尽くしている。取りつけ方がわからないのだろうか。だとすれば検索して調べればいい話だと、漠然とそんなことを考えながら走っていた僕は、信じられない光景に言葉を失った。

気のせいではない。

惣太郎の車がほんのり、右に傾いている。

ラゲッジスペースのご神体のせいだろうかと的外れな可能性を一瞬だけ脳裏に描くも、そんなわけはないとすぐにわかる。原因を探るように視線を下へと向かわせれば一目瞭然《りょうぜん》。

右後方のタイヤに釘《くぎ》が刺さっている——パンクだ。

もう移動できない。

意識が飛びそうなほどの絶望に足もとをふらつかせながら、僕はすぐに周囲を見回した。シルバーの商用車の人間の仕業だと直感したからだ。あれからかなりの距離を移動したが、追いつかれていたとしても不思議ではない。見通しのよいだだっ広い駐車場を素早く点検するが、しかしそれらしい車は見当たらなかった。一月一日のホームセンターはそれほど混雑していない。ざっと二十台程度の車が止まっているものの、少なくとも先ほどの車はどこにもいない。

ならばパンクだけさせて逃走したのかと思ったのだが、

「……困ったことになっていまして」と賢人さんが言いにくそうに僕を見た。

「パンクですよね」

「ええ。なんですけど——」

「犯人がまだ近くにいるなら早く——」

「そこなんです」

　賢人さんは白いため息をつくと、車の後輪付近を指差した。パンクしているタイヤを示しているのかと思ったのだが、どうやら賢人さんの指はもう少しばかり後方を示しているようだった。車のすぐ後ろには雑草の生え散らかった茂みが続いている。いったい何があるのだろうと少し目を凝らしてみれば、緑の間から白いレジ袋が顔を覗かせていることに気づく。慌てて駆け寄り開け口を広げてみると、中にはトンカチと太めの釘が数本、それから丸められたレシートが入っていた。

「その釘と同型のものが、タイヤに刺さっています。なので、そこにある道具を使ってパンクさせられたとみてよさそうです」

　僕はパンクしている右後方のタイヤへと歩み寄る。確かに刺さっている釘は、レジ袋の中に入っている釘と同じ型であるようだった。一部しか確認できないものの、見たところ色艶《いろつや》やサイズ感は一致している。

「俺じゃねぇからな」となぜか惣太郎が無実を吼《ほ》え、

「僕でもありません」と賢人さんも続き、

「私じゃない。私にはできないよ」と母までもが震える声で弁明する。

「いや、誰もこの中に犯人がいるなんて思ってないでしょ」いくらか過剰とも思える否認に僕は少しばかり辟易《へきえき》しながら、「さっきのシルバーの商用車のやつが、また追ってきたんだろ？　なら早く――」

「違うんです、周さん」賢人さんは苦しそうに首を横に振ると、「周さんは、工具箱が車の中に載っていたの、覚えていますか？」

「……工具箱？　あの、木箱を載せるときに突っかかっていた」

「それです」

埼玉で惣太郎の車に乗り換えたとき、木箱がすんなりとラゲッジスペースに入っていかなかった。まさか木箱の寸法が大きすぎたのだろうかと肝を冷やしたのだが、後部座席の背面に置いてあった工具箱がつかえていただけであった。横にずらせば木箱は問題なく入ったので、図らずも僕らは工具箱を車内に載せたままここまで来ていたのだが、

「その工具箱の中に入っていたトンカチが、それなんです」

賢人さんはそう言って、僕が手に持っていたレジ袋を指差す。

事態の深刻さを理解した僕は飛びつくようにしてトンカチをレジ袋から取り出すと、車のリアゲートを開けた。そして木箱の横に置いてあった工具箱を開け、中にトンカチが入っていないことを確認する。

「これ……いや、でも」

僕がこぼすやいなや三人が再びそれぞれの犯行を否認し始め、いよいよ収拾がつかなくなる。ただでさえ時間がなく、車はパンクしており、タイヤチェーンの装着もしなければならない。僕は誰が最初にパンクしていることに気づいたのか、どのような順番でこの場に戻ってきたの

かを整理して話して欲しいと告げると、

「僕が最初に戻ってきました」

賢人さんは小さく右手を挙げ、事態の詳細を掻《か》い摘《つ》まんで説明してくれた。

到着してすぐ僕とともにトイレへと向かった賢人さんは、用を足すと僕より先にトイレを出た。惣太郎と母の姿を見つけようとしばらく売り場をさまよったのだが、うまく合流することができず駐車場へと戻ることに決める。外に出ようと出口のほうへと向かうと、そこでようやくタイヤチェーンの入ったショッピングカートとともにレジに並んでいる母の姿を目撃。近づこうとしたところ、母は一人で大丈夫だと賢人さんを先に駐車場に行かせた。

「お金をね、払わせるわけにはいかないと思ったの」と母は付言する。

母に先に行くよう告げられた賢人さんは、一人駐車場に戻ることに決める。そして車の前まで辿り着くと、

「……ご覧の有り様でした」

話を聞き終えれば、なぜだか物語に一切登場しない惣太郎を怪しいと感じてしまうのは無理のない話であった。当人もそれを理解していたようで、賢人さんの話が終わるが早いか、

「たばこ吸ってたんだよ」と補足する。

惣太郎は母とともに店内を探すと、少しばかりの回り道の後にタイヤチェーンのコーナーに辿り着いた。ショッピングカートにひとセット入れてレジへと向かうも、ふたレーンしか稼働していないレジは予想外に混雑していた。惣太郎はこの機会を逃せばまた当分たばこは吸えないだろうと判断し、母に一万円札を手渡して喫煙のできるスペースへと走った。店の裏手に灰

皿の置いてある簡易的な喫煙所があったらしい。そこで一本だけ急ピッチで吸うと、駐車場へと戻った。するとパンクしている車を呆然と見つめている賢人さんの姿があり、追ってタイヤチェーンを手にした母がやってきた。最後に僕が到着し、現在に至る。

「裏の灰皿見に行ってもらえば、まだ俺の吸い殻が水に浮いてる」

ならば、と、結論を急ぎたくなるのだが、さらにここに、二つほど気持ちの悪い事実が重なっていた。

一つは、車を離れる際、惣太郎は確実に施錠をしていたということ。

そしてもう一つは、使用された釘が間違いなくここのホームセンターの商品であったこと。レジ袋の中で丸められていたレシートを広げると、疑いようもなくこの日、このホームセンターで、この釘を購入したことが、明確に印字されていた。購入時刻はわずか七分前。釘が入っていた袋にも、ホームセンターの名前である「トメフク」の文字がある。タイヤに刺さっている釘は間違いなく、このホームセンターで手に入れたもの。それはわかったが、しかし焦る頭では情報の整理が難しい。いったいそれの何が問題なのかと数十秒考えてようやく、理解の及ばない気味の悪さに震える。

車内にあったトンカチが使用されていた時点で、犯行は外部の人間にはなし得ないことになる。当然、ホームセンターに行く前にうっかり車外に落としてしまった、というようなトラブルは発生していない。信じたくないことだが、車をパンクさせた人間は僕ら四人の中の誰かということになる。

惣太郎がパンクの犯人だと仮定してみる。惣太郎は喫煙所に向かうと言って母に一万円札を渡すとそのまま駐車場へと向かう。この時点で、賢人さんがトイレから戻ってくるまではしばらく時間がある。車の中からトンカチを取り出すこともできる。しかし惣太郎には釘を手に入れる時間がない。

では賢人さんならどうだろう。賢人さんは誰よりも先に車に戻っている。犯行を行う時間は十分にあるが、しかし車内に入っているトンカチを取り出すことができない。車のドアは惣太郎の手によって間違いなく施錠されていたからだ。仮にトイレに行く時点ですでにトンカチを持ち出していたとする。トンカチをコートやズボンのポケットにうまく忍ばせることは、ひょっとしたらできるかもしれない。しかしトンカチを手に駐車場に戻ったとしても、肝心の釘がない。レジを通って購入するタイミングがないからだ。

母ならどうだろうと考えてみる。店に入る前にトンカチをひっそりと持ち出すことは、賢人さんと同様に理論上は可能だ。さらに唯一レジで買い物をしている母はタイヤチェーンと一緒に釘を購入することもできる。しかし混雑するレジに並んでいた母には、タイヤをパンクさせる時間がない。

無論、僕は犯人ではない。ないのだが、念のため客観的に検証してみても、やはり賢人さんと同様に釘を購入できないことがわかる。

犯人は僕ら四人の中の誰かでしかあり得ないのに、僕ら四人の中に犯行をなし得る人間は一人もいない。

僕らはしばし、氷点下の駐車場で黙って向き合う。考え始めると誰もが怪しいように思え、一方でこれ以上家族に疑惑の眼差《まなざ》しを向けたくないという良心の呵責《かしやく》が湧き上がる。誰も犯人ではないという夢のような可能性を妄想し、その可能性がないことに打ちのめされ、動機のわからなさに吐き気が込み上げてくる。

「ちょっと待てよ、もう勘弁だ……いい加減にしろよ」

最初に音を上げたのは惣太郎であった。

「言えよ、言え！　誰なんだよ！　目的は何だ！」

惣太郎はすっかり空気が抜けて平らになったタイヤを睨《にら》むと、まず賢人さんに突っかかった。そして明確な論拠は持ち出せないものの、とにかく一番怪しいのはあんただと強弁する。言われた賢人さんは自身の犯行を冷静に否定してから、今はご神体を返すことのみを考えるべきだと説いた。ＪＡＦを呼んでもいいかもしれない。きっとパンクを直してくれる。そうしたらまた走り出せる。地に足の着いた提案であるようにも思えたが、惣太郎は泡を飛ばして突っぱねた。そんなことをすれば足がつく、警察にいよいよ見つかるかもしれない。こんなところで足止めを喰《く》らって終わりになるくらいなら、やっぱり栃木のガソリンスタンドで引き返しておくべきだったんだ。今さら言っても詮なきことをまくし立てると、返す刀でとうとう僕のことを疑い出した。

「お前だな、周。お前だよ」

言われれば僕も頭に血が上り、なぜ僕がこんなことをしなければならないと食ってかかる。これから警察官と結婚しようとしている人間が、どうして金のために犯罪行為に及ばなくちゃいけない。家族から犯罪者が出て最も大きな実害を被るのは僕なのだ。山梨からはるばる岩手県まで来て、兄の車をパンクさせる理由は何だ。

「冷静になれよ！」僕は気づくと叫んでいた。「昔っからだよ。兄ちゃんはカッとなると何にも見えなくなる。冷静に考えればそんな発想にならないだろって！　今はとにかく――」

「こんな状況で冷静でいられるほうがバカだろ！」

「それでも冷静でいなきゃいけないんだろ！　こっからの数時間に、この家族の運命が懸かってるんだよ！」

「んだよ、家族、家族、家族って」

惣太郎は舌打ちを放つと、車体の側面を手のひらでどんどんと叩《たた》いた。

「これだな。これが家族だよ」

惣太郎はもう三度車体を叩き、

「このご神体が、家族そのものだよ。俺は何をした？　何もしてねぇんだよ。今日の朝、なんだか知らないうちに倉庫の中にひょっこり現れて、持ってるだけでマズい状況だって話になって、売り払うことも捨てることもできない、見なかったことにすることすら許されない。ただの意味のないガラクタのくせに、ありがたい神聖な雰囲気だけ纏《まと》って、俺の人生を妨害する。どうにか最善を尽くそうとあがき続けてこんなとこまで来て、最後にはこれだよ」

惣太郎は今一度歯を食いしばった。

「最初から関係ねぇだろ。全部関係ねぇんだよ。親父が浮気してるのも、腑抜けの甲斐性《かいしよう》なしなのも、家が貧乏なのも、全部俺とは、一切関係ねぇんだよ。俺は何一つ悪いことをしていないのに、人生まるごと連帯責任だ。本当に、まさしく家族だよ。このご神体が家族そのもので、今日、ここに至るまでの道のり全部が、俺の人生そのものだ」

「……そんな考え方してたのかよ」

「あぁ？」

「今日の午前中も、耳疑ったよ。なんだよ『終わった家族』って。どういう感覚してたら、そういう発言が出てくるのかと思ってたけど、やっぱり兄ちゃん異常だ。おかしい。完璧《かんぺき》におかしい」

「異常はどっちだよ。お前こそ、この家族、今何人だと思ってるんだよ」

「……は？」

「言ってみろよ、価値観凝り固まったバカが。いつまでもいつまでも、父さん、母さん、兄ちゃん、姉ちゃん。お前にとって、今お前の家族は何人だ？　言ってみろよ」

「それ確認してどうするんだよ？　下らない言葉遊びをしてる時間は――」

「いいから言えって！」

「八人に決まってるだろ！　僕ら五人に、珠利さんと賢人さんと僕の婚約者を足して、全部で八人！　それがこの家族の人数だよ！」

「お前、ほんとすごいわ。おめでたい。お前みたいなやつはきっと、ずっとそうやって生きていくんだろうな。お前みたいな自分は賢いと思ってるバカが、この世界の足を引っ張って――」

「ごめんなさいっ」

唐突に、痛切な声音で謝罪の言葉を挟んだのは、僕ではなかった。

堪えきれなくなったように叫んだ母は、崩れるように、アスファルトに膝《ひざ》をつく。そして大きく洟《はな》を啜《すす》ると、声をはらはらと震わせた。

「ちゃんと言う。ちゃんと言うから、もう喧嘩《けんか》は、お願いだから、やめて」

震えながら体を丸め、そのまま地面に額をつける。土下座をしている。

やめてくれと体を起こしたいところであったが、意味深な言葉に体が動かなくなってしまう。ちゃんと言うとは、何だ。考えているうちに目の前を大きな埃《ほこり》のようなものが横切る。それが雪であると気づくよりも先に、白山神社はね、と、母は泣きながら語り出した。

「石川県にある白《はく》山、って山を中心に据えた、神社なんだって。もともとは仏教との関わりが強かったから、十和田白山神社では十一面観音っていう、普通の神社ではあまり見られない、仏像みたいなものをご神体にしてるの」

十和田湖に面した自然豊かで空気の澄んだ地域に建つ十和田白山神社の起源は、平安時代にまで遡《さかのぼ》る。祀《まつ》られているのは菊理媛尊《くくりひめのみこと》という女神。日本書紀では、伊弉諾《いざなぎ》伊弉冉《いざなみ》夫妻の喧嘩を仲裁したことでも知られる、れっきとした縁結び、家内安全、夫婦円満の神様。白山信仰は元を辿れば奈良時代の僧侶泰澄《そうりよたいちよう》によって——突如として始まった説法めいた母の解説に、僕らはただ圧倒されてしまう。

真っ黒な夜から、白いぼたん雪が、斜線を引くよう、次々に落ちてくる。

「お母さんね、去年の夏に行ったの。十和田白山神社」

「……行った？」

母はうんうんと雪をべったりと顔に貼りつけながら頷き、

「お父さんはいつも家にいてくれないし、惣太郎はずいぶん前に出て行っちゃって、その上、あすなまで全然お家《うち》に帰ってきてくれなくなっちゃったでしょ？　だから、お母さんこのままじゃいけない、このままじゃ家族がばらばらになっちゃうって思って、家族の神様にお願いしに行くことにしたの。この家族を、もう一度結びつけてください、って」

「……母さん?」

「一生懸命お祈りして、神主さんにもお祈りしてもらって、お守りまで買った。それでも全然何にも変わらないから、お母さん、欲しいなって思っちゃったの。少しくらいお金を払ってもいい。ちょっとくらいならお母さんも貯金があるから、もっと強い御利益のある、何か——たとえば、ご神体が欲しいなって」

寒さで耳、鼻、足先の感覚が薄れていく中、頭の中では妙に冷静な分析が進んでいた。倉庫の中で発見されたという、メモの内容を思い返してみる。誰もご神体など欲しない。そう決めつけていたからこそ、あくまで報酬を手に入れるために、ご神体の管理や保管場所の提供をしていたのだろうと思い込んだ。しかし先入観を取り払ってメモの内容を吟味してみれば、僕らが陥っていた勘違いに気づける。

喜佐様
ひとまず五万円失礼いたします。残りの四十万円については、また後日、正式にご神体の引き渡しが済んだ際にお願いできればと思います。くれぐれも内密に、そして厳重に保管をお願いします。

どこにもご神体を保管する見返りとして報酬を支払いますとは書いていない。日本語が曖昧《あいまい》であったから早合点していただけで、まったく逆方向へと金の流れが発生していたとしても、文章は齟齬《そご》なく読める。

頭金として五万円受け取りましたので、追って四十万円お支払いください。

喜佐様がお金を受け取っていたのではなく、喜佐様がお金を、支払っていたのだ。

惣太郎も賢人さんも僕も、跪《ひざまず》く母にどんな言葉をかけるべきなのか、わからなくなっていた。

あぁあぁと呻《うめ》きながら頭を下げる母の後頭部に、みるみる雪が重なっていく。夜が濃くなっていく。残り時間は刻一刻と減り続けるが、車は動かない。どうすることもできない岩手の駐車場で、母の謝罪だけが響き続ける。

ごめんね、ごめんね、ごめんね、と。

いえ

母さんがまだ、母さんになる前、彼女は千田薫《せんだかおる》という名の女性であった。

父は建設会社に勤めるサラリーマン、母は専業主婦。岩手県花巻市《はなまきし》で生を享《う》けた薫の家庭環境は、お世辞にもよいものとは言い難かった。

モーレツ社員という言葉が流行した時代でもあったが、薫の父はそれに準ずる人間であった。朝早くに出社すると、夜遅くまで帰ってこない。仕事を早くに切り上げたとしても取引先との飲み会へと向かい、妻にも子供にも強い関心を払わなかった。一方、父の留守を任された母は、悲しいことに元来情緒の安定しない人間であった。少しは私の立場も理解して欲しい。最初は切々と訴えるのだが、毎度決まって癇癪《かんしゃく》を起こし、父に対してものを投げつけてしまう。暴れ始めると二時間は収拾がつかない。家に帰れば怒鳴り散らされることがわかっている父の足はますます家から遠のき、とうとう外に女を作った。

母はやがて、父が家に帰ってこないこと、生活がうまくいかないこと、自身の情緒が安定しないこと、そのすべての責任を、幼い薫に見出した。お前は本当に人をいらいらさせる子供だね。あんたみたいな子供は絶対にいいお嫁さんになれないね。男の人はあんたみたいな女が一番嫌いなんだよ。あんたがいなければ、お父さんはもう少し家に帰ってくるんだけどね。

八つ当たりを八つ当たりであると峻別《しゅんべつ》できるほど成熟していなかった薫は、ひたすらすべての言葉を臓腑の最も深い箇所で受け止め続けた。どうやら私が悪いらしい。私は家族に災いをもたらす、悪霊のような存在なのだ。きちんと自覚しなければ。

父を家に帰らせることはできないかもしれない。しかしせめて、母の機嫌だけでもとってみせよう。薫は常に母の顔色を窺い、母を不機嫌にさせないことだけを目標に日々を送るようになった。覿面《てきめん》だったのは、わざと失敗をしてみせること。何かを落としたり、転んだり、言い間違いをしてみたり。薫が失敗を恥じるように幼く笑うと、母は嘲笑《ちょうしょう》をきっかけにたちまち機嫌をよくした。

お前はほんと馬鹿だね。そんな言葉、どこにもないよ。

道化を演じ始めて数年もする頃には、自由自在に赤面さえできるようになっていた。「大丈夫、問題ないよ」って言おうと思ったんだけど、舌が回らなくてちゃんと言えなかったんだ。恥ずかしい。薫は極めて自然に、無邪気に微笑んだ。

しかし字義どおりの子供だましにも限界が訪れる。母は慢性的な苛立《いらだ》ちに心を呑まれ、堪えきれなくなった父はいよいよ彼女を見捨てることに決める。離婚を切り出した父に対して、母は手に取れる大きさのもの、すべてをあますことなく投げつけた。急須《きゅうす》を投げ、花瓶を投げ、最後にはカセットレコーダーを投げた。世界が破滅するような轟音《ごうおん》を耳にしながら、薫はひたすら廊下で体を丸め続けた。

喧嘩をやめて欲しいより先に頭に浮かんだのは、私のせいでごめんなさい。両親が離婚したとき、薫は小学五年生。親権は父が取ることになった。

原因や経緯は知りようもなかったが、薫の両親が離婚したらしいということは級友にも伝わった。薫自身の落ち込みも瞭然で、彼女をどうにか励ます方法はないかと一部の友人たちが案を出し合うことになったのは、薫が皆に好かれていたからに他ならない。唐突に励ます会を開くのも露骨にすぎる。話しあった結果、六月に迫っていた薫の誕生日を盛大に祝おうじゃないかという結論に達した。

大きな会場を借りられるわけもなく、集まったのは最も敷地が広かった女子児童の家であった。七人の級友が薫を囲み、子供が用意できる範囲のプレゼントを持ち寄る。いくつかの遊びをし、菓子を食べ、歓談し、全員が笑顔で薫を見送った。

一時的に薫は満たされたが、しかしやはり家族の傷は家族でしか癒《い》やせないようであった。

帰り道、唯一参加していた男子児童と並んで歩いた薫は、ふと堪えきれなくなって自身の宿命を説いた。私は将来的にいいお嫁さんにはなれない、誰も嫁にはもらってくれないらしい。聞き届けた男児は、そんなわけはないだろうと、本心から反論した。

むしろ君のような人間こそが、いいお嫁さんたり得る。

少し興が乗り、先ほどまで参加していた他の女子児童の名前を数人挙げ、彼女らに比べても明らかに君が一番いいお嫁さんになるとさえ口を滑らせた。男児が照れくさくなって夜空を見上げると、薫はふっと笑みを零《こぼ》した。そしてそれからたっぷりと、堰《せき》を切ったように涙を流した。

結婚式当日の控え室、花嫁衣装を纏った薫は、後にろくでもない旦那《だんな》となる新郎に向かって、自身の半生を洗いざらい告白した。私はやっぱりよき妻にはなれない気がする。よき母にもなれないのだと思う。周囲を駄目にする何かを持っている存在なのかもしれない。母の言葉は蔦《つた》が張るように脳みその隅々にまで絡みついており、誰に何を言われようと消すことのできない刺青《いれずみ》となっている。私は駄目な存在だということを重々承知した上で、それでも、どうかあなたにお願いしたい。

涙で化粧をほとんど洗い流してしまった薫は、白いハンカチで丁寧に顔を拭ってから新郎に懇願した。

「絶対に壊れない家族を、一緒に作ろうね」

新花巻《しんはなまき》駅を通過したあたりで、叩くようなぱちぱちという音を伴いながら雪の粒が窓に張りつき始めた。

あすなはしかし雪にどうという反応を見せることなく、ひたすら窓外を流れゆく夜の北国を見つめていた。一方の珠利はすでに惣太郎が犯人であることを確信しているのか、終始俯《うつむ》き、自身の膝頭を見つめ続けていた。新幹線のアナウンスが、まもなく盛岡《もりおか》駅へと到着することを告げる。

惣太郎は確かに小林質店にご神体の査定依頼を出していた。しかし倉庫におかしなものが入っていたら値段を知りたくなる気持ちはわからないではない。さらに今日の昼に簡易的な依頼をしただけであるのなら、ご神体窃盗に以前から関わっていた可能性はむしろ低いと見ていいのではないか。東京駅へと向かう車の中であすなは珠利のことを慰めたが、珠利の表情は晴れなかった。

「でも、タトゥーの入った怖い人たちと仕事をしてたのは、事実で……」

あすなは大きな舌打ちを放つと、「スカーレット・ヨハンソンだって背中に大きなタトゥー入れてる。タトゥーくらい誰でも入れるの」

「いや……外国の人は、ちょっと話が違うじゃないですか」

「違わない」

「違いますよ」

「私も腰に入れてる」

真偽を確かめる術《すべ》はなかったが、珠利はそれきり黙り込んだ。

十分後に不安になって、さっきのは本当かと尋ねてみるも、結局あすなは真相を口にはしなかった。

高速道路を降りると、運よく最大料金のあるコインパーキングに空きを見つける。しかし看板には十二時間で四千八百円の文字。信じられない金額に怯《ひる》みそうになるも、罰金を払った上に免許証の点数を減らされるよりはましだろうという判断に至った。五分ほど自分たちの足で走り、東京駅へと向かう。

「ちゃんと走って！　乗り遅れたら全部パーだよ！　元肉体労働者でしょ」

「いや、肉体労働と言っても……」

息を切らせながら滑り込むようにして乗り込んだ午後六時二十分発の東北新幹線は、幸いなことに空いていた。三人掛けの席を選んで座り込めばまもなく電車は走り出す。

目的の七戸十和田《しちのへとわだ》駅に到着したのは、予定どおり午後九時二十一分。

比較的新しい駅なのだろう。ガラス張りの近代的な建物であったが、ロータリーに出ると街灯の数が極端に少ないことに気づく。おかげで夜が濃い。また関東のそれよりも鋭利に尖《とが》った寒気が懐深く突き刺さり、自然と身が縮こまる。すでにやんではいたものの、路面では溶けきっていない雪がうっすらと白い膜を作っていた。

「悪いけど別行動させて」とあすなはロータリーで唐突に珠利を突き放した。

「え？」

「よく聞いて」

手袋を忘れた両手が冷えたのだろう。あすなは腕を組むと、手のひらを脇の下に潜り込ませる。

「私は最悪の可能性に備えて、奥の手を作りにいってくる」

「……奥の手？」

「珠利さんは珠利さんのことを、お願い」

あすなは改めて今回の事件の奇妙さと異常さを強調した後、それでも当初お願いしていたことをこのまま完遂して欲しいと説明した。惣太郎たちを見送った後、家に残った私が何をやりたいと言ったか覚えているか。まるで試験直前の最終確認を行うように強い口調で尋ねると、

「……お義父《とう》さんを見つける」と珠利は恐る恐る答えた。

「そう」あすなは珠利を肯定するよう大きく頷き、「それで、お父さんを他のみんなと合流させる。絶対にお願い」

「でも……お義父さん、犯人じゃないんですよね？」

あすなは時間を気にするように、一度スマートフォンを確認してから、

「きっと違う」と答えた。

「なら……何の意味が」

「珠利さんにはぴんとこない話かもしれない。でもね」

ここが、喜佐家の分岐点なのだと、あすなは言い切った。

何の縁もゆかりもないはずのご神体が、喜佐家の倉庫の中で見つかった。それも盗品。しかし家族の誰もが自分が持ってきたものではないと主張している。家の中を探したら、ずっと見つけられなかった隙間部屋を発見できた。長らく手がかりさえ摑《つか》めていなかった父の居場所がわかった。こんなとんでもない大事件が、一体全体どういうわけか家族解体の三日前に発生した。

「全部に意味がある」

あすなは珠利の肩を摑み、寒さを和らげるように両腕を上下にさすった。

「この家族がこのまま終わらないために、この家族の抱えていた膿《うみ》を全部出しきるために、この家族の成員全員が最後まで事件の全貌《ぜんぼう》を見届けなくちゃいけない。この家族の外にいる珠利さんに協力してもらうのは申し訳ないけど——」

「私は、外にいるんですか?」

「……え?」

予想していなかった返答に、あすなは言葉を詰まらせた。

「……いや、ごめんなさい」珠利は伏し目がちに謝罪すると、「何だか、変なこと言っちゃいました。惣太郎がよく、どこまでが家族かって話をしてて、それで何だか、私もたまによくわからなくなっちゃって」

あすなは短い時間で珠利の葛藤《かっとう》を受け止める。簡単に聞き流していい悩みではないと判断したのか、ごめんだけど、と、断ってから、

「全部はわからない。でもきっと惣太郎も、私も、周も、お父さんもお母さんも、みんなばらばらの方向を向いていて、誰もこの家族の大きさを理解できていない。そのしわ寄せが珠利さんにもいっているのだとすれば、本当に申し訳なく思う。でもとにかくここが瀬戸際。この事件を乗り越えて、この家族の結末を最後の最後まで見届けられたら、きっと——」

あすなは珠利の心臓に刻み込むように、

「犯人が自分から名乗り出る。これまで家族の呪いのせいで意味のわからないことをしてしまった馬鹿な人間が、ずっと自分を押し殺して意味のわからないことをし続けてきた人間が、ひ

ょっこり顔を出す。そしてたぶん今日、あのおもちゃんの事件の真相も一緒に明らかになる」

「おもちゃんは……お義父さんが盗んだんじゃないんですか？」

「違う。いい加減、犯人に自白させなくちゃいけない。そしてこの家族を、正しい形に導かなくちゃいけない。この家族、絶対にこんな形で終わっていいわけがないから」

あすなは最後にもう一度、絶対に父とともに家族と合流して欲しいと念を押し、さらには隙間部屋で見たものは秘密にしておくようにと釘を刺した。

駅のロータリーには二台のタクシーが止まっていた。あすなは、さあ、と言って背中を押すと、前方に止まっていたタクシーに珠利を押し込んだ。自身は後方のタクシーに乗り込み、珠利が出発するのを待つ。

まもなくタクシーは、珠利の告げた住所に向かって走り出す。

残り392キロメートル

くるま

「母さんが、ご神体を盗んだの？」

躊躇《ためら》い続けていた質問を、長い時間をかけて喉《のど》の奥から絞り出した。

車がパンクしてしまった今、今日中に十和田白山神社に辿《たど》り着けないことは、ほとんど確定してしまっている。結論を急ぐ必要はないと考えるといよいよ尋ねるのが怖くなり、しばらく雪を浴びる地蔵と化していた。

僕の質問を聞き届けた母は、そう、とすぐに肯定してくれるものだと思っていたのだが、しばらく曖昧《あいまい》に体を震わせ続けた。後頭部にかかった雪が微《かす》かに揺れているのを見て、何らかの意思表示をしているのはわかったのだが、しかし首を横に振っているのか縦に振っているのかがわからない。僕がもう一度同じ質問を繰り返すと、賢人さんが体をかがめて母と視線を合わせた。

「ご神体を、盗んでしまわれたのですか？　あるいは外部の誰かに盗んで欲しいと依頼してしまった？」

　そこで母はようやく首を横に振り、

「欲しいなって、思ったんです」と曖昧な回答を寄越した。

「欲しいと思われて、具体的には何をされたんでしょう」

　母は上体を起こすと、そのまま地面に正座をするような恰好《かっこう》をつくった。顔は寒さと涙で真っ赤になっている。目元を押さえ、顔を拭《ぬぐ》い、何度か吐き出そうとした言葉を呑《の》み込んだ末に、

「何も行動には移してません。ただ、欲しいと、強く願ってしまったんです。だから、私が原因なんです」

　賢人さんは立ち上がると、僕と惣太郎の顔を覗《のぞ》き見た。

　今度は僕がしゃがみ込んで、いくつかの質問を矢継ぎ早にぶつける。母は多分に混乱しており、回答には悲観的な推測やいくつかの理論の飛躍が見られた。しかし冷静に一つ一つの言葉を読み解いていくと、なんてことはない。つまるところ母がしてしまったことは、たった一つであった。

　ご神体が欲しいなと、願っただけ。

　外部の人間に依頼してもいないし、金を払ってもいない。倉庫の中にご神体を収容するようなこともしていないし、たった今、車をパンクさせたわけでもない。

　しかし母には、すべてが霊験あらたかなご神体のなし得た奇跡ということで整合性がとれてしまっているようで、僕の指摘がうまく心に響いていかない。欲しいという私の思いに応《こた》えてくれた、「何か」がこの世界にいた。その「何か」と思いを通わせるきっかけを作ってしまっ

たのは私であるのだから、すべての責任は私にある。

　神社でお参りをした際には、初穂料と呼ぶべきなのか玉串料《たまぐし》と呼ぶべきなのかはわからないが、とにかく追加でいくらかのお金を渡して特別な祈禱《きとう》をしてもらったらしい。祈禱にはいくつかの個人情報が必要だと言われたので、それも先方には伝えた。喜佐家の家族構成、それぞれの職業、住所、自宅の間取り図。さすがに要求する情報が過剰ではないかと勘ぐったのだが、惣太郎が調べたところ実際に十和田白山神社で行われている一般的な祈禱であった。神社でお参りをする際には、自身の名前、住所を伝えないと神様に気づいてもらえません。お参りの際には必ず云々《うんぬん》かんぬんというような文言が、公式サイトに並べられている。

　いずれにしても、母はこれによって思いが届いたのだと確信しているようだった。名前も住所も伝えたのだから、神様が手を差し伸べてくれるのも自然なこと。ご神体は座像ではなく立像であった。立像は自らの足で歩き、人々を能動的に助けに行く存在。我々の家族はまさしく解体の三日前であった。

　つまり神様が、喜佐家を救いに来てくれたのだ。

　思い込みの強い母ゆえ、ひょっとすると無自覚のうちにいくつかの手続きを踏んでしまった可能性はある。あるいは誰かに依頼し、四十五万円を支払ったのに、それを忘れたことにしてしまっている可能性もあった。深く掘り下げていけば、何らかの新事実が発覚しそうな気配はある。僕らと十和田白山神社を繫《つな》ぐ線が、初めて見えたのだ。しかしここから腰を据えて推理を進めて行けるほど、僕らには体力的にも、精神的にも、余裕がなかった。

　連絡すべきは、賢人さんの言うとおりＪＡＦなのか、あるいは警察なのか。パンクした車を直さなければ、青森県に向かうことはおろか家に帰ることすらできない。こういった際の対処法というものがまるでわからなかった僕は、

「パンクしたときって、普通どうするの」と惣太郎に尋ねる。

「……簡易修理キットがあれば直せる。でもそんなもん持ってねぇよ」

「どこで売ってるの？」

「わかんねぇよ。けどカーディーラーか、カー用品店か、ホームセンターとかならあるんじゃねぇか」

間抜けな一呼吸を置いてから、僕らは一斉に店の看板を見つめた。

ホームセンタートメフク北上《きたかみ》店。

気づいたとき、僕らは走り出していた。座り込んでいた母を残し、三人で店に飛び込む。心なしか店内は薄暗い。蛍の光が流れていることに肝を冷やしながら時刻を確認すると、午後八時五十八分。閉店の二分前らしい。たぶんこっちだと誘導する惣太郎の後を追い、カー用品が並んだコーナーへと向かう。地域柄、そして季節柄タイヤチェーンは目立つところに置いてあったが、パンク修理キットはなかなか見当たらない。どこだどこだと半ばパニックになりながら探しているうちに、

「ありました！」

賢人さんが商品を摑《つか》んでレジへと走る。すでにコインカウンターに小銭を上げていた店員に頭を下げて商品を買わせてもらい、車へと戻りながら封を切って説明書を読み込む。釘《くぎ》などが刺さっている場合は抜かないでください。まずバルブコア（バルブのむし）を取り外してくだ

さい。その後、ボトルをよく振ってから注入ホースを使って修理剤を注入してください。一発ですんなりと理解できるはずもなく、現物を見ながら手探りで修理作業を開始する。

工程を一つ一つ潰《つぶ》し、シガーソケットを経由してエアーコンプレッサーを動かすことに成功すると、タイヤがみるみる元の形を取り戻していく。修理後しばらくは走行しないでくださいというようなことも覚悟していたのだが、むしろ速やかに車を発進させたほうがタイヤにいいということを知れば躊躇う理由は何もなくなる。

「タイヤチェーンも！」と賢人さんが叫び、そのままチェーンの取りつけまで終えると、僕らは再び走り出す準備を整えていた。時刻は午後九時十六分。立ち上がったナビが示す到着予定時刻は――

日付を跨《また》いで午後十二時十八分。

タイムオーバーだ。しかし、

「じょーない。走ってるうちに巻ける」

惣太郎はギアをドライブに入れたところで、

「本当に、行くんだな？　行っていいんだな？」

後席を振り返ったので、僕は力強く頷《うなず》いた。

「行こう！」

「行きましょう！」賢人さんも頷くと、

「行って、出して」母も涙で荒れてしまった声で背中を押す。

惣太郎は今一度表情を厳しく整え直すと、アクセルを踏み込んだ。乗り心地が明らかに悪くなったのは、チェーンを巻いたせいなのか、あるいはパンクの修理をしたためなのか。信号を二つほど越えるまでは不安が拭えなかったのだが、ひとまず車は問題なく動くということに胸を撫《な》で下ろした。

暖房が効いてくると、じんわりと指先の感覚が戻り、思考回路も適切に稼働し始める。燃料は十分にある。雪道も走れるようになった。ご神体を今日中に返すことができれば、元どおりの日常に戻ることができる。

まもなく北上江釣子《きたかみえづりこ》インターから東北道に復帰。首都圏の道路に比べると灯《あか》りは相当に少ない。ハイビームが照らすわずかな視界を遮るように、白い雪が次々に目の前を横切っていく。

後席の足下にはレジ袋が置いてあった。先ほど母がタイヤチェーンとともに購入した商品だ。いったい何を買ったのだろうと中身を確認してみると、そこにはビニール製のロープとガムテープが入っている。

「なんでこんなの買ったの?」

「時間があったら、木箱がずれないように固定しようと思ったの」と母は説明する。「さっき急カーブで木箱がずれそうになったでしょ? 壊れたら大変だから」

確かにシルバーの商用車に追われた際、ラゲッジスペースの木箱は大きく揺さぶられる瞬間があった。当然だがご神体に傷をつけるわけにはいかない。より慎重に輸送するためには、車内でしっかりと固定しておくのも一つの手だ。僕はそんな母の配慮を実感すると、いよいよ一連の事件の犯人が誰なのかわからなくなってくる。

疑い合うことに疲れてしまった僕らはパンクの犯人を明らかにしないまま進み始めていたが、

ほぼ間違いなくこの中に犯人がいるのだ。しかし犯人はもちろん、その方法も目的も、まるでわからない。

惣太郎は栃木のガソリンスタンドで、追っ手が怖いから輸送を中止にしたいと口にした。その言葉をひとまず信じるとして、愛車のタイヤをパンクさせるという暴挙に出るだろうか。金遣いは荒い人間だったが、その反面、高価なものは人一倍慎重に扱う人間だ。車がパンクしてしまえば、確かに僕らは足止めを食う。移動できなくなればご神体の輸送は中止しようという話になるかもしれない。しかしこれでは引き上げることも難しくなる上、最悪の場合、警察などの外部の人間に協力を仰がなければならなくなる。惣太郎が終始最も恐れているのは、自身や、自身の会社の名前に傷がつくことだ。これを避けようと思ったなら、もう少し慎重なやり方を選んでもよさそうに思える。パンクはあまりに目立ちすぎる。あるいは、どうせホームセンターに修理キットがあると見越しての、計算尽くの行動だったのだろうか。

動機という点に重きを置くのであれば、母にとって車のパンクはある程度好都合であったかもしれない。この家族でおそらくは唯一、心からあのご神体を欲している人間だ。車をあの場所に足止めすることができれば、自力で修理できたとしても時間は削られる。十二時までに間に合わないとなれば返却を諦《あきら》めようという流れになることも考えられる。是が非でもご神体を手元に置いておきたいと考えたとするならば、それなりに効果のある作戦なのかもしれない。昨年、神社を訪れていたという証言も無視できなかった。しかしやはり、母が車をパンクさせるという野蛮な行動に出る姿はまったくもってイメージできなかった。

消去法的に最も疑わしく思えてくるのは賢人さんなのだが、そこには何の根拠もない。母や兄を疑うよりもよっぽど気が楽というだけであって、決定的な証拠はもちろん、それらしいストーリーを構築することすらできない。そもそもご神体を返却しようと提案したのは賢人さんだ。途中で妨害をするくらいなら、最初から発案しなければよかっただけの話になる。理由も何もよくわからないが、仮に喜佐家の中から犯罪者を出すことが目的であったとするならば、倉庫からご神体が出てきた時点でひっそりと通報してしまえばよかったのだ。

やはりこの中に、犯人はいないのではないか。

どうしても、そう考えたくなってしまう。

先ほどのパンク修理やチェーン装着の作業を見ても、誰もが車を動かすために全力を尽くしていた。おかげで迅速に車を動かすことに成功した。タイムリミットは迫っているが、しかしまだ十分に希望を持つことのできるペースで青森を目指せている。パンクは些細《ささい》な偶然がいくつか重なっただけ。信じてみたいのだが、果たしてそんなことがあり得るのだろうか。

僕らは同じ車の中にいながら、おそらくはそれぞれが別のことを考えていた。惣太郎はお金と会社のことを考えている。母は家族のことを考えている。賢人さんは、何を考えているのだろう。あすなのことか、あるいは僕ら喜佐家の情けなさか。僕は自分の結婚——咲穂のことを考えていた。このうちの三人は犯人が誰であるのかについて、そして残りの一人は自身の犯行を悟られないかについて頭を悩ませている。誰もが違うことを考えているのに、目的地は一つしか選べない。強制的に同じ籠《かご》の中で、運命を、責任を共にして、走り続ける。

まるで、何かにそっくりだなと考えたとき、

「ロードムービーみたいですね」と賢人さんはこぼした。

僕が頭の中で思い描いていたものはまったく違ったのだが、僕はひとまずそうですねと返した。

「花巻《はなまき》だ」

母は時速百二十キロでとおりすぎていった看板を読み上げると、街並みを確認しようと窓の外を見つめた。助手席側には高い塀。母は景色を求めて運転席の向こう側を覗き込むも、灯りの少ない街は夜の中に溶けている。うっすらとした光が、ぽつぽつと、確認できるのみ。そういえば母の故郷は花巻であったと僕が思い出したところで、

「お母さん」と母は口にした。「たぶんまだ、この辺りに住んでるんだよね」

一瞬、頭が混乱しそうになるが、この場合のお母さんとは、母の、母のこと。僕にとっての祖母だ。母の両親は母が幼い頃に離婚をしているので、僕は母方の祖母に会ったことがない。惣太郎やあすなからの情報によると、あまり褒められた人間ではないらしいとのことだったが、母は、自身の母のことを度々思いだし、彼女との思い出について積極的に言及する。

「先週行ってたよ、花巻」

「行ってた？」と母は、惣太郎の思わぬ一言に目を大きくする。

「商品の売り込みに行った。木、金、泊まって、土曜日に帰ってきた。仕事としては収穫ゼロだったけど」

「家族みんな、元気ならいいんだけどね」

「元気なだけでいいわけねぇだろ。仕事がうまくいかなきゃ、珠利に飯も食わせられねぇ」

二人の会話は微妙に噛《か》み合わないのだが、当人たちに違和感はないようだった。あるいは気

づいていながら無視をしているのかもしれない。惣太郎は土曜日まで出張に行っていたのか。ぼんやりとそんなことを考えながら、僕はナビの到着予定時刻が二分短縮されていることを確認する。手応えと緊張から手のひらにはじんわりと汗が滲《にじ》み出す。

僕ら家族を乗せた車は、雪を掻《か》き出すようにして北へと上っていた。

一時間ほど走るも、まだ岩手県を出ない。しかし安代《あしろ》ジャンクションで久しぶりに大きな分岐に入り、車は大きく西へと進路を変えた。道路である限り多少は右に左にカーブをすることもあったが、埼玉で東北道に乗ってからは基本的に北に向かって真っすぐに進み続けていた。いよいよ、目的地は近いのではないか。飛行機で言うところの着陸態勢に入ったような感覚に、思わず唾《つば》を飲み込んだ。

午後十一時。タイムリミットまで残りちょうど一時間になったあたりで、僕らの車は小さな川を越えて秋田県鹿角《かづの》市に入る。まだ青森には着かないのかと少々焦《じ》れたものの、ここで小さな勘違いをしていたことに気づく。

スマートフォンで地図を参照してみれば、十和田白山神社の所在地は青森県十和田市であるものの、十和田湖自体は秋田県にも跨《また》がっている湖であることがわかる。十和田白山神社はまさしく秋田県との県境ぎりぎりの場所に位置していた。

もう、そう遠くないのだ。

平生であったらもう少しゆっくり走ったらどうだと咎《とが》めたくなる惣太郎の運転のおかげで、到着予定時刻は大幅に短縮され、現在ナビの表示は十二時一分。

もう一息。

しかしここから到着予定を三十分短縮できるとは考えにくかった。少々厳しめに査定して、到着はよくても五分前だと覚悟する。そうなれば当然、車を降りてからも油断はできない。車が止まったと同時に素早く降り、台車を降ろし、その上に木箱を載せ、神社へと走る。

調べてみると、駐車場から神社の境内までは徒歩で五分ほどの距離があるようであった。僕は賢人さんとともに地図を確認し、車を降りてからの最適な動き方を相談する。母も僕らの話に耳を傾けてくれていたが、心身ともに大いに疲弊している母の手を煩わせたくはなかった。同時に惣太郎にもこれ以上、負担はかけたくない。高速道は概《おおむ》ね平板であったとはいえ、ハンドルを握っている限り相応の負担がある。惣太郎は時折、自身を鼓舞するような唸《うな》り声を上げ、何度も手のひらで頰を叩いてた。埼玉で車を乗り換えてからおよそ八時間。惣太郎も限界だ。

「……十和田」

母の声に顔を上げると、目の前にはいよいよ高速の出口を示す看板が現れる。記されている文字は見間違いではなく、十和田。もう間もなくだ。タイムリミットまで残り四十分と少し。惣太郎も気合いを入れるように、よしと小さく呟《つぶや》いた。

久しぶりの下道も、幸いなことに空《す》いていた。雪は積もっているが、道の上はほどよく除雪されている。惣太郎は高速道路の勢いそのままに、遠慮なくアクセルを踏み込み続けた。閑散とした広い道から、住宅の密集する狭い道を抜け、再び山道へと吸い込まれていく。細い片側一車線の道路。目の前に少しスピードの遅い車が現れると、強制的にスピードの低下を余儀なくされる。しかし惣太郎はおかまいなしに対向車線にはみ出して車を抜き去っていく。僕なら絶対にできない運転に、今ばかりは救われる。

気づけば到着予定時刻は、午後十一時四十八分。

この分なら車を降りてからも十分な時間がとれる。

細い道に入るに従って除雪は甘くなったが、チェーンのおかげで走行に問題はない。山の間を縫うように右へ左へ、ときに坂を上り、ときに下る。雪を避《よ》けるための簡易的なトンネルのようなものを抜けた先に、心を震わせるような青い看板が見えた。

十和田湖、直進。

ナビを見る限り、もはやほとんど分岐らしい分岐はない。

距離にして、残りわずか五キロメートル。現在の時刻は午後十一時三十八分。

着く。

左右ともに背の高い木々に囲まれた山道は、清々《すがすが》しいほどに空いていた。先行車も対向車もいない。進行方向左側にきらりとした反射を感じたとき、闇夜に揺れるそれが十和田湖の水面《みなも》であると気づく。うっとりするほど綺麗《きれい》だと思ったわけでも、一種の神々《こうごう》しさを感じてしまったわけでもない。それでも瞬間、胸の中に詰まっていた感情の種のようなものがぶわりと発芽し、僕は自分でも意味のわからない涙を浮かべてしまった。

本当に目的の場所に辿り着くのだという達成感があり、それを家族で成し遂げたのだというささやかな喜びがあり、これで晴れてあらゆる罪が浄化されるのだという安心感があり、しかし車内には腹に一物を抱えている裏切り者がいるかもしれないという恐怖が、心の解放を阻害する。

僕はこぼれる前に涙を拭うと、シートベルトに手をかける。車が駐車場に止まったら素早く降りられるように準備をしておくべきだと考えたのだが、妙な胸騒ぎに手が止まる。何となく嫌な予感がするという程度の漠然とした不安が、背後から聞こえた強烈なエンジン音によってもたらされたものだと気づいたとき、後続車はすでに僕らの真横につけていた。

シルバーの商用車だ。

僕らをわずかに追い越し、進路を潰すよう強引な角度で車線変更に及ぶと、惣太郎はわっと何かを叫んでブレーキを思い切り踏み込んだ。ぐっと体がシートベルトに締めつけられ、車体がそのまま宇宙に放り出されたような浮遊感に包まれる。駄目だ、ぶつかる、つかまれ、いずれともとれる惣太郎の絶叫に覆い被《かぶ》さるようにして、爆《は》ぜるような轟音《ごうおん》が響く。

地球が割れたような衝撃に身を縮こまらせると、世界が真っ白になった。

やがて残響が去り、耳鳴りが残る。

何よりも初めに、僕は自分が生きていることを確認した。目は開く、手は動く、足も動く。

母は大丈夫か。

慌てて前方を確認すると、母も惣太郎も肩で息をしているだけで、瞬時にわかる外傷は見当たらない。賢人さんも無事。エアバッグが作動しなかったということは、体感ほどの衝撃ではなかったのか。小さく安堵《あんど》しながら正面を見れば、目の前には太い木の幹。どうやら道路上から左に逸《そ》れ、湖側の林へと押し出されてしまったらしい。

僕らが状況確認に手一杯であった中、運転席の窓を叩《たた》く音が響く。

外には、運転席を覗くように、一人の人間が立っていた。

ファーのついているフードを被っている上に、顔には目出し帽。表情はおろか性別さえまともに確認できない。シルバーの商用車は十メートルほど先に停車されていた。おそらくはこの人間が運転していたのだろう。雪降る夜の山道。僕らは目の前のすべてに圧倒され、戦慄《せんりつ》し、言葉を失った。

もう一度窓をノックされると、惣太郎は恐る恐る窓を開けた。少しは抵抗すべきだと反論する気になれなかったのは、惣太郎が銃口を突きつけられていたから。窓が完全に開ききると、目出し帽の人物は車内を覗き見て、

「全員、降りろ」

男の声だった。

僕らは氷点下の雪道に降ろされると、手を上げたまま湖を背にして一列に横並びするよう指示される。男は並んだ僕ら四人の顔をじっくりと観察すると、手に持った拳銃《けんじゅう》で、「お前とお前」と、賢人さんと惣太郎のことを指した。「車に入ってる荷物を、俺の車に載せ替えろ」

残ったお前らは死ねと言われ、いきなり発砲される可能性さえあり得なくはないと震えていたのだが、

「お前ら二人は離れてろ。三歩下がって、そこで作業を見ていろ」

言われるがまま、僕と母は三歩下がる。

惣太郎は片手を上げたまま車のラゲッジスペースを開けた。暖色のルームランプに照らされた木箱の姿が露《あら》わになると、男は小さく頷く。やはり狙いは、ご神体であった。

驚きと恐怖に支配されていた脳が少しずつ働き出すと、僕はこの男が何者であるのかを考え始めた。拳銃まで所持しているということは、反社会的な組織との繋がりがある人物ということなのだろうか。当初考えていたとおり、喜佐家の誰かと結託してご神体を盗むことにした窃盗団なのだろうか。だとするならば、僕らの中の誰かとは面識があるのだろうか。惣太郎と賢人さんに作業を指示したのはどういった理由からだろうか。どうやって僕らのことを追跡し続けたのか。なぜそうまでしてご神体を手に入れようとするのだろうか。

考えれば考えるほど頭は混乱していく。考えるのをやめると今度はご神体を返却できない未来に対しての絶望が、足の裏から冷たさとなって這《は》い上がってくる。

賢人さんは慎重に台車を地面に降ろすと、これでいいかと問うような視線を男に向ける。男は急《せ》かすように銃口を振る。賢人さんはパニックには陥っていなかったが、明らかに怯《おび》えていた。指先が小刻みに震えているのは寒さだけが原因ではない。意思疎通のぎこちなさを見ても、仲間であるようには思えない。惣太郎も同様だ。

二人は木箱を台車の上に降ろすと、男を刺激しないよう、ゆっくりとした動作で台車の取っ手を摑んだ。アスファルトの上には雪が積もっていたが、ある程度固く踏み締められていたので車輪は転がる。二人がいよいよ商用車のほうへと台車を進めたところで、

「勘弁してもらえないでしょうか」

母が大きな声を出した。

「お金ならいくらでも払います。私はどうなっても構いません。どうか、どうかそれだけは」

男は動くなと注意をしたが、母は深々と頭を下げると、そのまま地面に膝《ひざ》をついた。そして

お願いしますを繰り返しながら雪の中に頭を埋《うず》める。

「立て」

男は叫んだが母はやめない。男が引き金に指をかけたのを見て、僕はすぐに起き上がるよう告げるのだが、

「やめないよ！　やめない！」

母は雪のついた顔を男に向けた。

「私たちの家族、もう終わりなんです。あとたった三日で終わるんです」

言葉は、北国の冷気の中で悲しく響いた。

「あなたにどんな事情があるのかはわかりません。あなたがこのご神体を、どうされたいのかもわかりません。でもね、私たちはこれがないと、きちんと終わることすらできなくなるんです。家族みんなが、大変なことになってしまうんです。何でもします。お金も用意します。私の命と引き換えでいいのなら、喜んでピストルで撃たれます。なのでどうか、どうか、私たちに返していただけないでしょうか。不細工でしたし、いびつでしたし、トラブルも多かったけど、それでも大切な家族なんです。どうか、どうかお願い――」

「よかった。インサートがついてる」

母の台詞《せりふ》が終わる前に、急に安心したように笑い出したのは賢人さんだった。賢人さんは場違いにへらへらっと笑い、肩に入れていた力を一気に抜く。緊張が続きすぎておかしくなってしまったのか、あるいは賢人さんはやはり男とグルであったのだろうかと疑いそうになったところで、

「いや、ごめんなさい。僕、美術系の仕事をしてて」

「喋《しゃべ》るな。早く荷物を運べ」

「インサートと言って、銃口のところにですね、一枚、板が嚙ませてあるんです。ずっとそれを確認したくて銃口を覗いていました。よかった、インサートが見えた」

「何が言いたい」

「皆さん。小道具に詳しい僕を信用してください」

賢人さんは僕と惣太郎の顔を見ると、一呼吸間を置いてから、

「モデルガンです」

僕が思いきり雪を蹴《け》り上げたとき、すでに惣太郎が男に飛びついていた。モデルガンは宙を舞う。男は中肉中背。とりわけ立派な体軀《たいく》の持ち主である賢人さんを含め三人がかりで挑めば、男を組み伏せることなど造作もなかった。しばらくは往生際悪くじたばたと暴れていたが、やがて諦めた男はひたすら罵詈雑言《ばりぞうごん》を叫んだ。ふざけんな、ちくしょう、放せ。ぜえぜえと息を切らしている男をどうしようかと思っていると、母が車からビニール製のロープとガムテープを持ってくる。先ほどホームセンターで買ったものだ。

僕らは犯人の両手両足を乱暴に縛り上げると、悩んだ末にひとまず木の幹に括《くく》りつけてしまうことに決める。放置すれば再び襲われかねない。警察に通報すれば僕らも捜査対象だ。間抜けで古典的な対処法であったが、すぐにはこれしか思いつかない。身動きがとれなくなったことを確認すると、惣太郎は男のフードと目出し帽を剝《は》ぎ取った。

「……誰だよお前」

惣太郎がスマートフォンのライトで顔を照らすと、想像していたよりもずっと気弱そうな男の顔が露わになった。細い顎《あご》に、太い眉《まゆ》。年は二十代半ばくらいだろうか。犯罪組織の一員というよりは、職場の同僚であると言われたほうが納得のいく、無害そうな顔をした若者だ。惣太郎と賢人さんはまったく見たことがないと断言する一方、僕は微かな既視感の中にいた。どこかで、見たことがあるような。

「盗っ人《と》が」男は自分のことを棚に上げ、僕らに毒づいた。「わかった……金は払う。金は払うから、それはそこに置いてけ」

「……置いていくわけないだろ。何が盗っ人だ」

僕は答えると、既視感の正体が高速道路上で追いかけられたときの記憶であると気づき、静かに愕然《がくぜん》とした。お前は何者だ。僕たちの家族の中の誰かと結託していたのか。一部始終を話せ。拷問めいたことをすれば男から情報を絞り出すことはできたのかもしれないが、僕らには彼の正体を明らかにする以上に大事な使命があった。

「残り十分です！」

賢人さんが叫ぶと同時に僕らは惣太郎の車に向かって走り出す。母はしばらく男の顔を見て首を傾げていたが、やがて諦めたように車へと走った。母も、見覚えがあるのだろうか。情報のすりあわせをしたい気持ちは山々であったが、今はとにかく時間がない。いざ再出発と気持ちは急《せ》くのだが、運転席に乗り込んだ惣太郎はエンジンがかからないと叫ぶ。故障している。ならば男が乗ってきたシルバーの商用車を強奪してでもと思ったのだが、

「もう、すぐそこです、走りましょう！」

賢人さんの号令に従い、僕らは男を置き去りにして雪の中を走り出した。僕と賢人さんが台車を押し、母と惣太郎が少し遅れてついてくる。歩道のない道だったので、仕方なく雪が積もり氷の張った車道を走る。雪道用でもない僕のスニーカーはつるつると滑ったが、弱音を吐ける状況ではなかった。

林を抜けると、一気に視界が開ける。

夜の十和田湖は、水面に無数の宝石を浮かべていた。大波が立っているわけではない。しかしただそこにあるだけで、広い湖は静かな水の音を奏でる。途端に空気が澄んだような錯覚が心地よく、こんなにも逼迫《ひっぱく》した状況なのに走るのが不思議と苦しくない。

「さっきの母さん」

はっはと息を切らしながら、惣太郎が背後で笑った。

「妙にかっこよかったな」

惣太郎がそんなことを言うのがあまりに意外で、なおかつまったくもってそのとおりであったなと思い出すと、僕も思わず笑みをこぼしてしまう。母は照れることができるほど油断はできていない様子で、ちゃんと走りなさいと前を向く。

「兄ちゃんもすごかったよ、いきなり飛びついて」

「やめろばか。モデルガンだってわかったから動けただけだよ。だからやっぱり、そこは賢人さんが」

「はは、ありがとうございます。知識が役立ってよかった」

「残り七分」と惣太郎はスマートフォンを確認してから叫んだ。「十分、間に合う。じょーないじょーない」

「じょーないじょーない」

母が繰り返したとき、賢人さんが、それ、と尋ねた。

「皆さんよく仰《おつしや》ってますけど、どういう意味なんですか？　方言ではないですよね」

ははは、と僕は笑ってしまう。

家の外では使わないよう気をつけていたので、咲穂の前ですらほとんど口に出したことのない言葉であった。しかし今日は家族が揃っていたこともあり、僕以外の面々もずいぶんと口走っていたように思う。

じょーない。

起源は何であったのだろう。おそらくは幼い頃の惣太郎か、あすなが生み出した言葉だと思うのだが、よくよく考えると詳細はよくわかっていない。僕にとっては生まれたときからすでに喜佐家の中には存在していた言葉であった。単純に「大丈夫、問題ない」という言葉が短縮されているだけなのだが、語感的に似ている「しょうがない」のニュアンスを若干含んでおり、状況によっては一種、諦めの言葉として使用されることもある。お皿が割れちゃったけど、じょーないじょーない、といった具合に。はじめはきっと、言い間違いをした誰かを揶揄《からか》って使っていた言葉であるのだと思う。それがいつからか僕ら喜佐家の中だけで通用する共通言語となってしまった。

走りながら簡単に説明すると、賢人さんはいいですねと微笑み、

「じょーないじょーない」と、前方に向かって言葉を吐き出した。つられて母が、惣太郎が、

最後には僕も、じょーないじょーないを繰り返す。

「じょーないじょーない。きっと大丈夫」

未《いま》だに理解の及ばないことのほうが多く、とてもではないがハッピーエンドを確信していい状況ではない。それでも、僕ら喜佐家が大きな分岐点に立っている感覚は疑いようもなく五官から伝わってきていて、僕は今日までの人生を、今日までの喜佐家を振り返らざるを得なくなる。改めて考えてみると、どうだろう。

実は僕らは、存外悪い家族ではなかったのではないだろうか。

父は奔放でどうしようもない人であったが、ある意味で僕らは父を軸にして、誤解を恐れずに言うのなら父を仮想敵として、常に連帯することができていた。母も惣太郎もあすなも、そしておそらくはこの僕も、それぞれに小さな問題を抱えてはいたが、いつだって協力することでいくつもの局面を乗り越えてきた。月並みな表現にはなるが、そこには疑いようのない絆《きずな》があった。決して仲はよくなかった。衝突は日常茶飯事であった。毎日のように何かにいらいらさせられた。だが僕らは、なんだかんだ結構、楽しく暮らしていた。楽しかった思い出は、とても多い。

惣太郎は珠利さんと結婚した。あすなは賢人さんと結婚し、僕は咲穂と結ばれる。それぞれが納まるべきところに納まった。まだどこの家にも子供はいないが、きっとどこかの家で子供が生まれる。また新たな家族を作り、家族の襷《たすき》を繫いでいく。そう考えればまさしく、このご神体はどうだろう。突如として家の中に現れ、次代へと繫がれていく、家族の象徴そのものじゃないか。

今日は一月一日。

一月一日は言わずもがな元日であり、同時に僕たちにとっては家族解体の三日前であった。僕はそんな事実を改めて噛みしめると、今朝までは想像もしていなかった考えが頭を過《よぎ》っていることに気づく。

解体されるなんて、もったいない、と。

皆さん素敵だったよ。私は、一緒に暮らしても構わない。

いつだったかの咲穂の言葉が不意に蘇ると、僕は今日一日のすべてが神様による壮大な啓示であったのではないかと考えたくなってくる。母にあてられたわけではないが、あらゆる出来事に一つ一つ理屈をつけていくよりは、奇跡を信じたほうがずっと腑《ふ》に落ちる。母の願いに応えるように、ご神体が現れた。ご神体は解体目前の喜佐家の惨状を憂い、僕らに試練を与えた。そして今、僕ら家族を正しい方向へと導き直そうとしてくれている。僕は密《ひそ》かに決意を固める。

このご神体を返し終えたら、きっともう一度、この喜佐家と向き合おう。

「……すみません」

じょーないを連呼し終えた辺りから、何となく賢人さんの表情が冴《さ》えないことには気づいていた。しかし僕は走ることと追想の旅に忙しく、気づいていないふりを決め込んでいた。どうしましたと尋ねると、賢人さんは苦悶《くもん》の表情を浮かべ、答えるよりも先に走るスピードを急激に落とす。急ぎましょう。僕らは急かしたが、賢人さんはペースを上げない。ここまできて意味のないことはやめてくれ。僕が苛立《いらだ》ちを隠せなくなったとき、

「音がします」

「……え？」

「台車が揺れる度に、木箱の中から木片がぶつかるような、かたかたとした音が」

耳を澄ませば、確かに聞こえる。まるで積み木同士がぶつかり合うような、微かな衝撃音。確証は持てないが、昼に運んだとき音はなかったような気がする。専用の木箱だけあって、ご神体は箱の中に綺麗に収まっていた。ご神体と木箱がこすれてしまうような遊びはない。全員が一斉に足を止めた瞬間、僕らは心臓を凍らせた。

立ち止まって素早く四隅の留め具を外すと、僕は賢人さんと協力して蓋《ふた》を持ち上げる。完全に取り払ってしまえば雪が中に入ってしまうので、そのまま蓋の下から覗き込むように中身を確認する。凝視する前から、よかった、大丈夫だったと安心しようとしていたのだが、まもなく絶望の声が漏れる。

気のせいではない。

ご神体の左腕と、右足が、折れている。

欠けている、傷がついているという程度の損傷ではない。まるですっぱりと鋭利な刃物で切り落とされたように、綺麗に本体から分離されていた。もともとこういった形状だったのではと希望を持つことも、惚《とぼ》けることもできない。

完全に割れている。

僕は立ちくらみを起こし、即座にいつだと考えた。

衝撃など与えていなかったはずだと意味のない抗弁を思い浮かべてから、あっという間に自身の矛盾に気づいてしまう。先ほどの事故。矢板インターで降りるための急旋回。木箱にもご神体にも大いに負荷はかかっていたのだろうが、僕はそれよりもよっぽど直接的な衝撃を与えていたことを、思い出す。

広崎さんの車から、降ろしたときだ。

焦っていたことも、留め具が緩んでいたことも言い訳にならない。他でもない僕が指を滑らせ、木箱を地面に叩きつけてしまった。蓋が取れるほどの衝撃で、広崎さんに木箱の中身を見られる失態を演じてしまった。あれ以降、ご神体の状態は一度も確認していない。あのときだと確信してしまうと、僕は雪の上にくずおれた。

残り時間は五分。しかしもはや、時間の問題ではない。

取り返しのつかないことをやってしまった。

雪が強くなる。僕は顔から指先から心の中まで、真っ白になっていることに気づく。体中から血が抜けていき、眠りに落ちるように意識が遠のいていく。ご神体を盗んだのが誰なのかはわからない。先ほどの襲撃犯が誰なのかもわからない。それでもご神体を破壊した最も罪深い人間は、この僕に他ならなかった。

僕が、やってしまった。

僕が、この家族を、終わらせてしまったのだ。

僕は立ち尽くす三人に思いつく限りの謝罪の言葉を並べた。おそらく広崎さんの車から降ろしたとき、壊してしまったのだと思う。口にすると、誰もが思い出したように言葉を詰まらせた。もはや慰めは意味をなさない。母は呆然《ぼうぜん》と木箱を見つめ、惣太郎は天を仰ぎ、賢人さんは僕の責任でもありますといいながら、ゆっくりと項垂《うなだ》れた。

時計は確認できなかったが、すでに十二時は回っていると思われた。

僕はいっそこのまま氷漬けにしてくれと願いながら、雪の上に座り込む。

たった今、この人生のあらゆるものに、意味がなくなった。

どうするのが最善かわからずひたすら雪を浴び続けていたところ、背後から車のヘッドライトが差し込んでくる。ご神体を見られてはいけないと咄嗟《とっさ》に体が動きかけたのだが、もう少しのところで力が逃げた。もはや、さほど意味のある行動でもない。僕が諦めると同時に、ドアの開閉音が響く。何者かが降りてきた気配に後ろを振り向くと、僕よりも先に、母がはっと小さな声を上げた。

降車した人影は、状況に似つかわしくない気の抜けた足取りで、雪の中をゆっくりとこちらに向かって歩いてくる。栄養不足の大根のようなほっそりとした体に、現場作業員が着るような飾り気のない紺色のコートを羽織っている。前方が寂しい頭髪と、白髪交じりの汚い髭《ひげ》に、瞬く間に雪が張りついていく。思えば数日ぶりの再会なのだが、ずいぶんと久しぶりに姿を見る気がした。

お決まりの、意図のよくわからない、すまん、から始まり、

「あすなと珠利さんに、呼ばれて来た」

父は雪が染みるのか、ぎゅっぎゅっ、と、何度か目を瞬《しばた》かせた。

「……何してたの」と僕が尋ねると、

「岩手の温泉にいた。すまん」

怒りも呆《あき》れも忘れ、僕はただ小さく頷くことしかできない。

止まっていたタクシーからは珠利さんも現れる。そしてこちらに向かって一礼をすると、やはり消え入りそうな小声で、あすなは遅れてやってくると教えてくれた。どうしてここに辿り着くことができたのかと疑問を抱いたのだが、どうやら賢人さんがあすなに逐一現在地を報告してくれていたらしい。

父はしばらく意味もなく唸り、興味深そうに木箱を見下ろした。賢人さんが気を遣って蓋を開けると、はぁ、と、何もわからないであろうに、何かに納得したような声を出す。

しゃがみながら木箱を見つめていた僕は、そこで蓋の裏に小さなガムテープが貼りつけられていることに気づいた。木と同系色の茶色なので見えづらかったのだが、光の反射具合に違和感があった。手を伸ばして剝《は》がしてみれば、ガムテープの内側に缶バッジのようなチップが巧妙に隠されていたことがわかる。表面には、大きなリンゴのマーク。アップル製のエアタグだと気づいたとき、男がこれを頼りに僕らを追跡していたのだとわかる。こんなもの、いったいいつ取りつけることができたのだろう。頭の中では様々な仮説が浮かび上がったが、やがて考えるのが面倒になり、僕はゆっくりと立ち上がった。

父は、また、すまんと言ってから、

「どうなった」

父が何を知りたがっているのか、どこまで事態を把握しているのかもわからない。珠利さんからある程度のことは聞いているのだろうか。さっきまで温泉に浸《つ》かっていた人に教えてやる必要はあるのだろうか。苛立ちは偽れなかったが、贖罪《しょくざい》の意味も込めて短い説明をすることにした。自宅の倉庫からこの木箱が見つかった。木箱の中身は十和田白山神社のご神体で、れっきとした盗品であった。先週、引っ越し業者が見積もりに現れたときには何もなかったので、ご神体はこの九日間の間に倉庫に入れられたものと思われる。当初は家族の誰もが、父こそがご神体を持ってきた犯人だと思っていた。神社の宮司が今日中に返却をすれば罪を不問にすると言っていたので、それを信じてここまで奔走してきた。しかし今しがた、最後の希望が絶たれた。

ご神体を、壊してしまった。

僕の説明が中盤に差し掛かったあたりで惣太郎と母は何かに気づいたようにぴくりと体を震わせたが、彼らがいったい何に気づいたのかはわからなかった。説明を中断してどうしたと訊《き》こうかとも思ったが、最終的には無力感が勝った。今さらいかなる情報を耳にしようとも、もはや事態は何も変わらない。事件のあらましを聞いた父は事態の深刻さを理解しているとは到底思えない呆《ほう》けた声色で、

「謝るしかないな」

何の捻《ひね》りも工夫もない提案に頭が痛くなる。まるで親に叱られた子供だ。僕は反論の言葉を探しながらひとつ大きく洟を啜ったのだが、喉を動かそうとしたとき、予想に反して、自分でまったくもって意味のわからない笑みをこぼしてしまった。

「じょーない。父さんが、ちゃんと謝る」

父は言うやいなや、先頭を歩き始めた。

こちらに背を向け、今にも倒れそうな弱々しい足取りで、雪道をゆっくりと進んでいく。客観的に見ても、主観的に見ても、実に情けない背中であった。小さく、威厳もなく、頼りがい

もない。あまりに無計画で、いつだって何の勝算も企てもない。謝りに行くと豪語していたが、何をどう謝るつもりなのだろう。謝ったら許してもらえると、本気で思っているのだろうか。母に、惣太郎に、あすなに、僕に、時に他人に、ひたすら謝り、ひたすら許してもらってきた父には、おそらく最初から謝るという選択肢しかないのだ。情けない。本当に情けない人だ。しかしどうしてだろう。

僕は涙を堪《こら》えられなくなっていた。みっともない泣き顔を見られない闇夜に感謝をしながら、コートの袖《そで》で顔をこする。

この人はいつもだ。いつも、そうなのだ。

いて欲しいときにいない。現れるのは必ず事態が終盤になってから。

僕の授業参観も、運動会も、惣太郎が上京する前日の食事会も、母の還暦を祝う誕生日会も、毎回必ず遅刻してくる。昨年の九月、僕が婚約者を紹介したときもそうであった。

母は例によって居間に食べきれないほどの食事を用意した。あすなはもちろん、惣太郎でさえ埼玉から駆けつけてくれたのに、父だけはその場にいなかった。惣太郎はいつものように下品な話題をぶつけたが、咲穂はそれをうまくいなした。母は遠回しにこの家に一緒に住むことはできそうにないかとジャブを打ち続け、感触のほどを探ろうとしていた。帰り際、本当はお父様にもご挨拶《あいさつ》したかったのですけどと咲穂が口にしたところで、父は現れた。

すみません。

何に対してなのかよくわからない謝罪の言葉を述べてから父は、息子をよろしく頼みますと頭を下げた。優しいやつなんで、仲よくしてあげてください。すき焼きが好物です。たまに食わせてやってください。

咲穂は駅へと向かう車の中で、一緒に住んでもいいよと、そんなことを口にした。気を遣ってくれたのだろうが、警察官が自身の管轄地域から離れた場所に住むことは原則的に難しいはずであった。それでなくとも、僕にとってはあまり魅力的とは思えない提案だ。その必要はないよ。軽い口調で言って、僕は彼女を駅まで送り届けた。

咲穂に山梨に来てもらう。そして父と母と、四人で暮らす。

勘弁して欲しい。僕はこの世界の誰よりも、父のことが嫌いなのに。僕は人類の中で最も尊敬できない人間が父であると思っているのに。誰よりも父のことを反面教師として生きてきたのに。

それなのに、だ。

本当にたまに、根拠もなく、こちらが頼ってしまいたくなる気配を醸し出す瞬間がある。

駄目な人間なのは間違いないのだが、同時に僕にとってはこの世界でたった一人の父であることも、また事実なのだ。そんな事実に時折無性にやるせなくなり、悲しくなり、しかし抗《あらが》いがたい業を感じる。父は、本当に卑怯《ひきよう》な生き物なのだ。

父の後を追うような形で母が台車を押し始めたので、僕も慌てて持ち手を摑んだ。

賢人さんは小走りで父のもとへと向かうと自己紹介をした。父はすみませんと謝ってから挨拶をし、もう一度謝罪の言葉を述べた。

「今回はうちのことで、本当にすみません。チーズケーキをいただいたみたいで、ありがとうございます」

「いえいえ」
「どうかこれに懲りず、またうちに遊びに来てくださいね」

神社が近づくにつれて少しずつ人の気配が感じられるようになってくる。

深夜ではあったが、まだ初詣《はつもうで》客がいるらしい。我々にとっては都合のいいことに闇は深かったが、あまり大っぴらに移動するわけにはいかない。事前にルートを調べてくれていた賢人さんの案内で、人通りの少ない小道を進んでいく。湖沿いの道を諦め右に曲がり、木々が鬱蒼《うっそう》と生い茂る山道へと入っていく。台車とほとんど変わらない幅の狭い道を進んでいくと、いよいよ目の前に、鳥居が現れた。

十和田白山神社。

すでに敷地の中なのだろうが、まだ本殿をはじめとする建物の姿は見えてこない。境内を歩いているというよりは、森の中をさまよっている感覚が強い。台車を押し、細い道を分け入り、木々を避けるようにして進んでいるうちに、やがて少しばかり開けた場所に出る。丁字路のような形になっており、中央には道案内用の看板が立っていた。右が駐車場、左は神社。進むべきはもちろん左であったが、そこで僕らは一斉に足を止めた。

闇の中、一人の男性が、パイプ椅子に座っている。

金色に近い黄色のダウンジャケットを羽織っていたが、下半身から覗くひだのついた白い布を見れば、彼が袴《はかま》を着ていることがわかる。どちらかと言えば小柄。しかし僕らが怯えているからなのか、あるいは男性が積み上げてきた威光の賜物《たまもの》なのか、彼の体は闇夜の中で力強く、そして果てしなく大きく見えた。気づいたとき、僕の頭には彼のフルネームが浮かんでいる。

宇山宗泰。

十和田白山神社の、宮司だ。

僕らにとっては、返却さえしてくれれば罪には問わないという宮司の言葉だけが希望であった。途中で意見が変わりはしないか。不安であった僕は道中何度も何度も記事を確認したが、最後まで彼の言葉が覆されることはなかった。今日中なら、許す。穴が開くほど記事を読み返しているうち、図らずも名前を覚えてしまっていた。

宇山宮司は僕ら六人の姿を見ると、テレビでも聞いたしわがれ声で、

「十二時十一分」と遅刻を注意する教師のような口調で言った。「本当に持ってきたか。盗っ人が」

もしもご神体を壊すことなく、そしてなおかつ時間どおりに持ってくることができていたとして、僕としてはご神体をこっそりと本殿に戻すイメージを描いていた。僕らは宮司と顔を合わせることなく、宮司もまた僕らの姿を確認しない。それこそが犯した罪を人知れず雪《そそ》ごうとする人間と、罪を不問にしようとする寛大な人間の自然な交わり方であると、漠然と信じ切っていた。しかしこうして宇山宮司は僕らの前に堂々と姿を現した。どのような言葉を、どのような順序で伝えるべきなのだろう。僕らが逡巡《しゅんじゅん》している間に誰よりも先に頭を下げたのは、先頭を歩いていた父であった。

申し訳ありません。

追従するように母と賢人さんが続き、遅れて僕と惣太郎が、最後に珠利さんも頭を下げた。

「神社の大事なご神体を盗んだのは、私です」

父が平然と言い切るのだから、僕は啞然《あぜん》としてしまう。いや、盗んだのは父ではないはずと訂正しようとしている傍から、するすると犯行の詳細を自白し始めた。

先日、青森に旅行で来た際、この神社にも立ち寄らせてもらった。そこで怪しげな若者に声をかけられ、儲《もう》け話があるので協力して欲しいと言われた。ここの神社のご神体は大変に価値がある。うまく売り捌《さば》けば金になるので、保管場所を提供して欲しい。甘言になびいてしまった私は自宅の倉庫を貸し出し、いくらかの金銭を受け取ってしまった。

「すべての責任は私にあります。すみませんでした」

「そんなわけないだろ」

僕の指摘に被せるように惣太郎と母もわっと声を上げたが、しかし父は頭を上げなかった。

あり得るわけがない。わかってはいるものの、しかしあまりにも堂に入った犯行供述に、僕は父が犯人である世界を妄想してしまう。父は朝から家を留守にしており、事件の詳細さえ把握できないはずであった。にもかかわらず、どうしてこうもするすると要点を押さえた供述ができてしまうのだろう。まさかと怪しさを覚えてすぐ、僕は改めて揺るがしがたい事実に辿り着く。父には倉庫を開けることができない。絶対に犯人たり得ない。

宇山宮司は右手で何かを払うような仕草を見せ、騒ぐ僕らを黙らせた。そして台車の上の木箱へと歩み寄り、慣れた手つきで留め具を外す。勢いよく蓋を外せば、弱い外灯に照らされ、腕と足の折れたご神体の姿が露わになる。宇山宮司は、長く、ゆっくりと息を吐きながら、足腰をかばうよう慎重にしゃがみ込んだ。ご神体が破損していることにはとっくに気づいているだろうに、頭からつま先までねぶるように点検し、また頭へと戻り、視線を幾度も往復させせながら、何度もため息をついた。やがて折れた左腕だけを持ち上げると、瞑想《めいそう》するように目を閉じた。そして慈しむように無言の時間をすごすと、そっと左腕を木箱に戻す。

うん、と一つ頷いて立ち上がった宇山宮司は、なぜか小さな笑みを浮かべていた。長い時間をかけてパイプ椅子に戻ると、深呼吸をする。二度、三度。そうして今しがたぱっと目覚めたように大きく刮目《かつもく》すると、

「嘘はいかんな。神前だ」

信仰心など欠片《かけら》も持っていない僕であっても、思わず背筋の伸びる一言であった。彼に嘘は通用しないのかもしれない。瞬間的に確信しそうになってしまうと、少なからずの恐怖心が湧き上がってくる。大小いかなるものであろうとも、きっと嘘は看破される。

しかし宇山宮司の堂々たる態度は、逆説的に希望をもたらしてくれてもいた。嘘はいかんと言い切ったが、しかしご神体の破損については言及がなかった。動揺している様子もない。非常に都合のいいことを考えている自覚はあった。しかしどうしたって自分勝手な期待を感じずにはいられない。

ここからの対話の内容いかんによって、宇山宮司には僕らを許す準備があるのではないだろうか。

「すみません、違うんです」

僕が慎重になろうと覚悟を決めた横で、宇山宮司の前にするすると躍り出たのは母であった。

「私がやってしまいました」

母は先ほどの父よろしく、自身の犯行内容を訥々《とつとつ》と語る。

家族の危機を感じた私は、昨年、十和田白山神社を訪れた。しかしただ祈るだけでは不安を拭いきることができず、さらなる御利益を欲し、あろうことかご神体そのものを手に入れたいと考えてしまった。

ここまではホームセンターの駐車場で僕らに語ったこととほとんど同じ内容であったが、ここから先のストーリーに少しばかり変化が加わる。

「買い取ったんです」

僕は耳を疑い、惣太郎も驚きの声を出す。

母は切々と語り続けた。どうにかしてご神体を手に入れたいという思いを抱えたまま、私は神社で祈禱をしてもらうことになった。特別な祈禱を行うためには、住所や家族構成等の情報が必要です。言われるがまま個人情報を伝えたのだが、信じられないことに、私の対応をしてくれた神社の職員が、個人的に裏で窃盗団との繫がりを持っていた。職員から私の個人情報を入手した窃盗団はある日突然、私のところに連絡を入れてきた。ご神体を買わないか。あまりに急なことであったし、違法なことであるのも十分にわかった。提示された金額も決して安くはなかった。しかし心の弱い私は、たとえ法を犯そうとも、これで家内安全が手に入るのなら決して高くない代償だと考えてしまった。すべては私の心の弱さが招いた事件。母はまたしても土下座をすると、

「本当に、申し訳ありませんでした」

それはあまりに、あまりに荒唐無稽《むけい》な供述であった。

母がご神体を欲して買い取ったという筋は理解できる。一時は僕もその可能性を疑ってしま

っていた。しかし、どうして神社の職員が窃盗団と繋がっていたという話になるのだろうか。仮に窃盗団と繋がっていたとして、どうして母の対応をした職員は、母がご神体を欲していることを見抜けたというのだ。細部に対して妙に断定的なことを言う割に、全体の骨格がふわふわとしすぎている。いったい、何を言っているんだとこちらが狼狽《ろうばい》していると、

「あと一回」

宇山宮司は腕を組みながら、いかにも不快そうに吐き捨てた。

「もう、あと一回しかお前たちの言い分は聞かない。二度と神前で妄言を吐くな。誰が、どうして、どうやってご神体を盗んだのか、きちんと白状しなさい。この世界に一つっきりの真実を口にする。それ以外を口にしたら……わかるか？　私はもう嘘は聞きたくない。真実を口にして、その上で、あんたらの一家がこれからどうするつもりなのか、それを語りなさい。あと十分だけ待ってやる」

そう言うと、眠るように目を閉じる。

僕らは黙した。

朝から今に至るまで、ついに僕たちはこの事件の真相を見破れていなかった。

父が怪しい、惣太郎が怪しい、母が怪しい、賢人さんも怪しい。断片的な疑惑を浮かべるだけで、これという真実には辿り着けていない。

気づくと僕ら六人は、ご神体を囲むような円を作っていた。丸一日かけても理解できなかった真相に、僕らは残りたったの十分で辿り着かなくてはならない。

最初に口を開いたのはやはり父で、再度先ほどと同じような説明を繰り返した。窃盗団から

金をもらい、倉庫を貸した。なぜ父が罪を被ろうとしているのかはわからない。しかし栃木のガソリンスタンドで確認し合ったように、父に犯行はなし得なかった。

僕は父に南京錠の番号を尋ねた。番号は四桁《けた》。知らなければ、ご神体を引き取っても倉庫に入れることができない。言ってみろよと少々語気を強くしたのだが、父はついに番号を答えられなかった。しかしそれでも主張を翻すことなく、

「父さんがやった。すまなかった」

僕よりも腹を立てていたのは惣太郎で、いい加減にしろよと怒りの目で父を睨《にら》んだ。いつもへこへこと謝って、それで何でもかんでも丸く収まると思うなよ。あんたに盗めるのはおもちゃんが関の山。こんな大それた犯罪行為ができるわけがないだろとひたすら罵《ののし》り続けたところで、はっと覚悟を決めたように、

「……俺だよ」

「え?」

「全部、俺がやった」

予想だにしていなかった惣太郎の自白が始まる。

惣太郎は昨年会社を立ち上げた。事業領域は多岐に渡っていたが、現在最も力を入れているのは電動キックボードを用いた観光事業。日常の足としては抵抗があっても、自然豊かな観光地を巡る手段としてなら利用のハードルはぐっと下がる。目をつけた惣太郎は日本各地を回ってツアーの誘致をしていたのだが、思ったほど受注が伸びない。金に困った惣太郎は、そんな営業回りの中で東北に根を張る反社会的勢力と取り引きをするようになってしまった。実家の

倉庫を盗品の保管場所として貸してくれれば、まとまった金を渡せる。目先の金に目が眩《くら》んだ惣太郎は、うっかり甘い言葉に乗ってしまった。

「……家族に迷惑をかけてすまなかった。でも保険には入ってるから、どうにかご神体の修繕費用は工面できる。たぶん、保障は無制限だから」

父や母の供述に比べると、惣太郎のそれにはまだいくらかのリアリティがあった。しかしこれまで頑《かたく》なに否認を続けていた惣太郎が急に罪を認めた意味はわからない。矛盾も多分にある。

最初に浮かぶ疑問は、

「パンクも、惣太郎さんがやったんですか？」

尋ねたのは賢人さん。惣太郎は一瞬迷うように視線を泳がせてから、そうだと頷いた。

「どうやって？」

賢人さんの容赦ない追及に、惣太郎は明らかに口ごもる。そして惣太郎が答えられないのを確認すると、賢人さんは諦めたように微笑んだ。そして木箱を寂しげに見つめた後、どこか清々しくも見える表情で、

「皆さん、すみません。犯人は僕です」

驚くよりも、納得するよりも先に、ひたすら戸惑いが先行した。

さすがにそれはあり得ないだろうと思っているうちに、賢人さんは犯行の詳細を滑らかに語り出す。

ご神体を欲したのは、仕事柄彫刻に興味があったから。純粋に趣味の延長として、美術品を手元に置いておきたいと考えた賢人さんは、十一面観音像の中でもとりわけ出来がいいと噂の

十和田白山神社のご神体に狙いを定めた。反社会的勢力に依頼し、手付金と合わせて四十五万円を払って盗み出してもらった。どうしても当座の保管場所を用意できなかったので、一時的にあすなの実家で使われずに放置されていた倉庫を利用することに決めた。

「……倉庫の南京錠の番号は？」と僕は尋ねる。

「あすなさんに訊きました」

「言ってみてくださいよ」

「１４７９」

どうせ知りはしないだろうと高を括っていたので、賢人さんが口にした正解に言葉を失った。

「パンクは、たまたまです」

「……たまたま？」

「ええ」

賢人さんは喜佐家の面々が輸送を諦めてくれることを祈り、車をパンクさせようと考えた。ホームセンターに到着すると、車内にあった工具箱からトンカチを持ち出して、トイレに向かった。何かタイヤに突き刺せるものはないだろうかと駐車場の近くを探していたところ、たまたま頃合いの釘が見つかったので、それでタイヤをパンクさせることにした。

「でも釘には、ホームセンターで買ったばかりのレシートがついてました」

「ですからたまたまです。たまたま釘を買ったばかりの人が、あそこに置いて行ってしまったんでしょう。僕はそれを拾って、タイヤに釘を打ちました」

そんな都合のいいことが、あるわけない。

しかし偶然を否定できる確固たる証拠はなく、さらには賢人さんが犯人を名乗る理由がわからない僕は、絡まる思考の中で身動きがとれなくなりひたすら口を結んだ。ならば、喜佐様と書かれていたあのメモはどう説明するのだろう。昼過ぎに、皆の前でご神体の返却を進言した理由は何だというのだ。疑問は無数に湧くのだが、僕は小さな違和感を一つ一つ潰すよりも、決定的な一手を打つことに決める。

「……なら、いつですか？」

「何がでしょう」

「ご神体を倉庫の中にしまったのはいつですか？」

「大晦日《おおみそか》のお昼頃です」

迷いなく言い切った賢人さんに対して、僕はゆっくりと首を横に振った。

「無理ですよ」

「どうして？」

「僕、ずっと部屋にいたんです」

真意がわからないのか、賢人さんはしばらく黙り込んだ。

「賢人さんには伝えてなかったですけど、僕の部屋からは倉庫の入口が丸見えなんです。逆に言うと、あの家の中で唯一、倉庫の入口を確認できるのが僕の部屋。僕は出勤していた十二月二十六日と二十七日を除いて、ほとんどの時間を自室で過ごしていました。大晦日の倉庫に誰も近寄っていないことは、僕が誰よりもわかっています。だから、無理なんです」

賢人さんはふっと笑って黙り込んだ。それ以上は否定も肯定もしなくなる。

「南京錠の番号は俺と一緒に倉庫を開けたときに見たんだよ」と惣太郎が口にすると、いよいよ賢人さんは犯人候補から三歩以上後退する。

では、誰が犯人なのだ。

宇山宮司の咳払《せきばら》いに、僕らは残り時間の少なさを思い出す。

珠利さんと僕を除いた四人が、我こそが犯人であると名乗り出ていた。いずれの人物も一応の動機は語っていたが、腑に落ちるかと言われれば疑問符がつく。その上、犯人たり得ない理由もそれぞれに存在している。誰かが犯人。しかし誰であるとも思えない。いっそこの場にいない、あすなのせいにでもしてみようかと考えて、すぐさま彼女では車をパンクさせられないことに思いあたる。動機も存在しない。そして何より彼女には確固たるアリバイがある。

真相が見えず、夜の森が、ずんと重くなる。

そもそもどうして、四人は犯人を名乗らなければいけない。その真の目的はいったい何なのだろう、と、考えた瞬間であった。

つんと、頭の天辺《てっぺん》に毒針を撃たれたような痛みが走る。

こぼれそうになった声を押し殺したとき、僕は予期せず二十年前へのタイムスリップを果たした。思い起こされるのは、甲高い、犬の鳴き声。脳内を脈絡なく漂っていたいくつかのパーツがゆっくりと集まり、雲が意味のあるシルエットを形づくっていくように、真相のアウトラインが見え始める。

幼い僕は、気にも留めなかった。

かつて父は、ショップ栗田から盗んできたおもちゃんを、自宅の倉庫の中へと隠した。発見したのは惣太郎であったが、果たしてあのおもちゃんはいつ倉庫にしまわれたのか。考えてみると僕に心当たりはまったくない。あの頃すでに、僕は自室で過ごすことが多かった。必然的におもちゃんを運び込む父の姿を目撃してもおかしくはないはずなのに、どうしてだか僕はそんな光景を記憶してはいない。

しかし二十年の時を経て、ようやく記憶が繫がった。

父はおもちゃんと一緒に、バク転をする犬のおもちゃを盗んできていた。その理由が当時は判然としなかったが、今なら、わかる。

陽動だ。

父は、どうにかして僕を物見台のようになっている自室から移動させたかった。そこで庭に犬のおもちゃを放ち、僕をおびき寄せることにした。まんまと父の企てに乗った僕は一目散に庭へと駆けていった。自室を離れればどうしたって倉庫の入口は見えなくなる。誰にも見咎められることなく、おもちゃんを倉庫に運び込むことができる。

あのときの経験を踏まえて二十年後の今に戻ってくれれば、答えは手元に用意されているも同然であった。

犯人はどのようにして、あのご神体を倉庫の中へと忍び込ませたのか。

そしてなぜこの場にいる四人が、こぞって自身が犯人であると豪語しているのか。

誰もが気づき始めているのだ。この事件の犯人に。そして犯人を庇《かば》いたいと考えているからこそ、無理筋でも自身が犯人であると名乗りを上げているのだ。

「……わかりました」

僕は長く続いた沈黙を破ると、家族の円の中からいち早く抜け出した。

そして宇山宮司の前へと向かい、深呼吸をする。

論理的に一つ一つ事実を積み重ねていけば、自《おの》ずと犯人は一人に絞られる。

先ほども賢人さんに対して説明したように、ご神体を倉庫の中に搬入できる時間はかなり限られている。十二月二十三日に確認したときは見当たらなかったものが、今朝になって突然現れた。必然的にご神体が倉庫にしまわれたのは十二月二十四日から一月一日までのどこかということになるが、いつでも自由に忍び込めたわけではない。自室で監視役のようになっていた僕の目をかいくぐれるのは、僕が出勤していた二十六日か、二十七日の、日中だけ。

賢人さんは大晦日の昼頃にご神体を搬入したと口にしていたが、前述のとおり僕が自室にいる限り倉庫に近づくことはできない。厳密には食事や手洗いなどの時間を狙えば可能なのかもしれないが、正確に時間を読めない限り現実的に犯行はなし得ない。そもそも家のどこにいようとも、車のエンジン音が聞こえてくれれば来客の有無くらいはわかる。

仮に賢人さんが先ほどの発言を撤回し、大晦日ではなく二十六日、あるいは二十七日に忍び込んだのですと訂正したとしても、賢人さんは犯人たり得ない。車内で告白したアリバイと矛盾が生じるからだ。

『四日前まで熊本の現場に泊まり込みで三泊の出張をしてたんですけど、誰も彼もわがまま言いたい放題でしたよ。何だったら、我々はいくらか寛容な部類です』

賢人さんは間違いなくそう口にし、あすなが湯船のない部屋を嫌がっていたことも教えてくれた。賢人さんとあすなの二人は、二十六日と二十七日、泊まり込みの仕事で熊本に行っていた。そんな二人はどうあっても山梨の倉庫に近づくことはできず、論理的に犯人候補から外すことができる。

惣太郎も同様だ。彼もまた車内で、半ば無意識のうちに自身のアリバイを告白している。

『先週行ってたよ、花巻。商品の売り込みに行った。木、金、泊まって、土曜日に帰ってきた。仕事としては収穫ゼロだったけど』

何気ない会話であったが、惣太郎のことを犯人ではないかと疑っていた僕は、ここ数日の動向について敏感になっていた。忘れないよう心のメモにしっかりと書き留めている。当該時期に東北に出張していた惣太郎も、やはり倉庫には近づけない。惣太郎も、犯人候補から外れる。

他方、仕事をしていない父には時間的な余裕がたっぷりとある。倉庫の鍵《かぎ》は電話台の引き出しの中にしまってあるが、日々帳簿で厳密に管理されているようなものではない。僕が使用した二十三日を最後に誰かがくすねていたとしても、おそらくは誰も気づかない。何日もポケットの中に忍ばせ、家族が不在のタイミングを狙って解錠することは、できるといえばできる。しかし問題はどこまで行ってもダイヤル式の南京錠だ。父を閉め出すために設置された南京錠の番号を、父はどうしたって知り得ない。父は犯人たり得ない。

母も同様、時間的な余裕はある。その上、二つの鍵を問題なく解錠することができる。しかし技術的な問題で、ひずんだシャッターを開けることができない。万が一、上手にシャッターを開けることのできる協力者を用意できていたとすれば話は別だが、この問題をクリアしたところで不可解な点が多すぎる。本当にご神体を購入したのだとすれば、倉庫の整理を惣太郎と賢人さんに任せるはずがない。家族の目からご神体を隠しきりたいと願ったのなら、事前に打てる対策は無数にあった。

ここまでくれば、犯人は一人しかいないことに気づく。

家族の中で一番偉いのはお父さん、その次は長男。家父長制度はさすがに現代にそぐわない旧時代の弊習だと思うが、どうあがこうとも家の中で一番立場が弱いのは、いつの時代も末っ子だ。永遠の年少者。なんでもかんでも、兄や、姉のお下がり。お前は最後。お前は後回し。お前には難しいだろうから、こっちで処理しておいてやる。甘やかされているなんて思われたくないから、人一倍踏ん張って生きてきたつもりだった。そして僕こそが、この家族を調整しているのだと思っていた。無責任な父、少し危なっかしいところのある母、口の悪い下品な兄、そして気難しい姉。破綻《はたん》してしまわぬように、大きな波風が立たぬように、誰もがこの家族の中で心地よく過ごせるように。物心がついた頃から、解体の三日前に至る今の今まで、僕こそがこの家族の支柱であると信じて疑わなかった。

しかし最後の最後になって、こんなことになってしまった。

僕はやっぱり、喜佐家の末っ子だったのだ。

僕は雪の上で正座をすると、宇山宮司に向かって頭を下げた。

「悪いのは、僕です」

宇山宮司は詳細を説明してみろと顎で指示を出す。

母と惣太郎は僕を止めようとしたが、僕は意に介さず話を始めた。宇山宮司が尋ねていたのは、誰が、どうして、どうやってご神体を盗んだのか。まずは結論から伝えるのが筋だろうと思い、一息にすべてを説明する。

「ご神体を盗んだのは、窃盗団で、金銭目的だと思います。そして窃盗団に協力してご神体を自宅の倉庫にしまったのは――この僕です」

宇山宮司は険しい表情で首を傾げると、ちゃんと言え、と続きを急かした。

少しでも保身に走れば、ここまでのすべてが無意味になる。予感のあった僕は事態を整理し、どれだけの時間をかけようとも、そのすべてを説明しきろうと決意する。父や母や惣太郎、ましてや賢人さんに尻拭《しりぬぐ》いをしてもらうことなどあってはならない。はっと息を吐き、寒さで感覚を失い始めている手を揉《も》み、涙を指の腹で拭ってから話を始めた。

先ほど、僕らはシルバーの商用車に乗った男に襲われた。中から出てきた男は目出し帽を被っていたが、最終的には素顔を確認することに成功した。二十代の男性。どこかで見たことがあるような気がする。既視感は高速道路で追い回されたときの記憶だと決めつけたが、壮大な遠回りの末に、ようやく正しい記憶と紐《ひも》づけることができた。

男は惣太郎と賢人さんに対して木箱の移動を命令する一方、僕と母には少し離れたところで見ていろと指示を出した。あれは僕らを分断しようとしたからでも、力のありそうな二人を選抜して作業させたかったからでもない。

男は、僕と母には会ったことがあったのだ。

だから、正体を見破られたくなかった。

では男は、母とどこで出会っていたのか。

さっきまではまるで見当がつかなかったし、今でも証拠らしい証拠は何もない。それでも先ほど母が宇山宮司に対して口にした奇妙なストーリーが、僕に一つの可能性を描かせた。

母は自身と窃盗団が接触できたのは、神社の職員が裏で窃盗団と繋がっていたからだと口にしていた。岩手のホームセンターではそんなことは一切口にしていなかったのに、なぜにそんな話をつけ加えたのだろうか。個人情報を第三者に盗まれてしまう可能性は無数にあるにもかかわらず、ずいぶんと断定的な口ぶりで、奇妙な説を唱えていた。どうしてだろうと理由を考えれば、やがて一つの答えが見えてくる。

母は、気づいたのだ。

「母さん」と僕は母のほうを振り返る。「さっきの襲撃犯。去年、母さんが住所を伝えた、神社の職員だったんだろ？」

母は誤魔化そうと口を開いたが、事実を言い当てられた驚きを隠しきることができなかった。いや、その、あれは。中途半端な言葉を二つ三つ落とすと、それ以上は何も言えなくなる。僕は図星を確信して、宇山宮司へと向き直る。

神社で職員として働いていた人間が、自身を襲撃してきたのだとすれば、先ほどのような仮説が口をついて出てくるのも無理はない。むしろ職員当人が窃盗団の一員であったのだと断言しなかったあたり、いくらかオブラートに包んでいたとさえ言える。母はここ十和田白山神社にて、襲撃犯と直《じか》に会っていたのだ。

では僕は、どうだったのか。

彼といつ、どこで出会っていたのか。

落ち着いて記憶をたぐり寄せれば、答えは思いのほか簡単に見つかった。

喜佐家の倉庫は、滅多なことでは使わない。倉庫の南京錠の番号は限られた人間しか知らない上に、シャッターを開ける際にはちょっとしたコツを要する。この世界にあの倉庫のシャッターを開けられる人間は、実はたったの三人しかいない。惣太郎、あすな、それから僕。ここに賢人さんを足してあげてもいいが、一人増えたところで状況はあまり変わらない。

僕が最後に倉庫を開けたのは二十三日の月曜日で、次に中を確認したのは日付を跨いだ昨日、一月一日の昼前。この九日間のうちにご神体は収容されたことになるのだが、いかなる人物であっても、倉庫の中にご神体をしまうことはできない。ならば答えは、すでに出ているじゃないか。

僕は宇山宮司に対して、正直に告白した。

「窃盗団は、引っ越し業者を名乗って、うちにやってきたんです」

僕は、疑いもしなかった。

あれが二十年前の、犬のおもちゃと同じ働きをしている囮《おとり》だと、怪しむことさえしなかった。倉庫の中に入っているものによって引っ越し料金も変わるだろうと思い、平然と倉庫を開け放った。中をじっくり見せてやろうと、しばらく業者を一人きりにしてやる配慮までしてしまった。何ら苦労することなく、実に簡単に木箱を搬入できただろう。襲撃犯の目出し帽を取ったとき、どこかで見たことのある顔だと思ったのも当然だ。高速道路でちらりと見かけたというような程度の話ではない。僕は彼とじっくりと小一時間、一月四日に控えた引っ越しについて話し合っていたのだ。前回現れた引っ越し業者の担当者とは別の人物であったことも、乗ってきたシルバーのバンに業者のロゴがなかったことも、まったく気にすることがなかった。

僕らが引っ越しを控えていたことを知ったのがいつなのかはわからない。それでも家の中にも庭にも大量に引っ越し業者のロゴが入った段ボールを放置していたのだから、詳しく調査をするまでもなく一目瞭然《りょうぜん》であったはずだ。事前に下見さえしていれば、誰だろうと引っ越し前だと簡単に類推できる。名乗るべき業者の名前も間違えない。

窃盗団はご神体をいつかは売り払うつもりだったのだろう。しかし盗んだご神体を隠しておく当座の保管場所が必要であった。そこにどういった条件があったのかはわからないが、誰も立ち入らない場所が望ましかったであろうことは想像に難くない。家のざっくりとした間取りは母が祈禱の際に伝えた情報から入手することができる。そしてこの家の倉庫の使用頻度が著しく低いことも、実は簡単にわかってしまう。かつての僕が、ネット上の掲示板に書き込んでしまったことがあるからだ。

使わない倉庫です。お貸しいたします。

どのくらい保管しておくつもりだったのかはわからないが、彼らはご神体の木箱にエアタグを装着し、僕らの家の倉庫へと忍ばせた。しかし一月一日になってエアタグのマーカーが猛然と動き出したのだから、相当に慌てただろう。窃盗団の人間は惣太郎の車を追いかけ、十和田湖の手前でとうとう僕らに追いついた。

ここまでクリアな仮説が立てば、倉庫の中から見つかった喜佐様と書かれていたメモは僕らを欺くためのカモフラージュであると仮定してもよさそうであった。あのメモが一枚あるだけで、万が一家族の誰かがご神体に気づいたとしても、簡単には処分しづらくなる。

パンクの件については、おそらく賢人さんが口にしたとおり。たまたま近くにあった釘を使い、賢人さんがトンカチで釘を刺したのだ。どうしてそんなことをしたのかがあまりに不可解であったのだが、僕を庇おうとしてくれた言動を鑑《かんが》みれば、背景には優しさがあったのだと推察できる。

車はもともと、パンクしていたのだ。

高速道でシルバーの商用車を撒《ま》こうとした際、インターの出口付近で破裂音が響いた。その後問題なく車が走っていたので失念してしまっていたが、あのときすでにパンクしていたとしても、何らおかしくはないほどの衝撃であった。

車がホームセンターに到着し、誰もが一目散に店内を目指そうと慌てていた中、きっと賢人さんは車が右に傾いていることに気づいたのだ。そっとトンカチを持ち出し、トイレを足早に抜けだすと、手近なところにあった釘をタイヤに打ち込んだ。惣太郎の落ち度で車がパンクしてしまったことを気づかせないよう配慮してくれたのだ。確証も何もない推論にすぎないが、ストーリーとして破綻はしていない。

いずれにしても、だ。

ここまで答えのわかった今なら、倉庫の中にご神体を見つけたときの最善の行動がわかる。思い込みで父の所業だと決めつけず、罪を隠して自分の利益を得ようとせず、家族の中に悪人などいないことを信じ、警察に連絡を入れればよかっただけなのだ。だのに、僕らはどうしたか。あるいは、僕は、どうしようと思ったか。自分の罪をまったく自覚せず、大騒ぎをしてご神体を持ち運んだ挙げ句に、とうとう壊してしまった。

もう、取り返しがつかない。

「本当に、申し訳ありませんでした」

僕が雪に顔を埋めると、宇山宮司は頭をぽりぽりと掻いた。

「それが答えか」

僕はこれ以上懺悔《ざんげ》することがないことを確認してから、「……はい」

「質問はもう一つあった。それはどうする」

「質問……」

「あんたらの一家はこれからどうする」

僕は考える。脳内の映写機が高速で回転し、次から次へと今日までの景色を見せた。僕は母を、惣太郎を、あすなを、珠利さんを賢人さんを、そして父のことを、喜佐家のことを考え、先ほどの決意を言葉にしようとする。まずは罪を受け容《い》れる。弁償でも肉体労働でも何でもやる。その上でこれからはこの家族のことを何より大切に。

脳内の草稿が固まり、ようやくひと文字目を口にしようとしたところで、

「私がやりました」

父が、僕のすぐ横で土下座を始めた。

「息子はこう言ってますが、色々と誤解があるようです。すべての責任は私にあります」

せっかく真実を見極めたのに、今さら話をひっくり返すようなことはやめてくれ。宇山宮司の機嫌を損ねたらどうなる。突き放してしまいたい気持ちと、しかし場違いにも感動してしまいそうな弱い自分がいる。今さら僕を庇ってどうなる。こうなってしまったなら、せめて誠実に罪を白状するくらいしかできることはない。もうやめてくれと父を起き上がらせようとしたところで、

「本当に申し訳ありません」と母も頭を下げた。「家族のことは、全員の責任です。全員で罪を償います。なので何卒《なにとぞ》、どうか、寛大な判断を、何卒何卒」

惣太郎も膝をつき、らしくもなく頭を下げた。

「本当にすみませんでした。できることは、何でもします」

「これから、どうするかって、話を訊いてる」

宇山宮司が話の軸を据え直すと、僕は誰よりも先に答えた。

「『家族』として、生きます」

僕の台詞は、何かしら宇山宮司のつぼに響いたようで、ほう、と、続きを催促するような相《あい》槌《づち》が返ってくる。

明らかに、今しがた出会ったばかりの人間に対して聞かせるべき話ではなかった。語ろうとしていたのは極めて個人的な覚悟の話。それでも僕は、他でもない今こそ、この場所で語るべきだと判断した。ここで語らなければ、今日までのすべてが徒労となってしまう。

一月一日は言わずもがな元日であり、同時に僕たちにとっては家族解体の三日前であった。信じられないような出来事が立て続けに起き、物理的にも、心理的にも、僕らは果てしない旅を経験した。ここは神社で、目の前にいるのは神の使いである宮司。十和田白山神社は、他でもない家内安全を祈願する神聖な場所。僕は涙を殺しながら、吼《ほ》えるように、宇山宮司に今日までの喜佐家と、これからの喜佐家を説明した。

僕らは絆を蔑《ないがし》ろにし、解体という誤った選択を受け容れようとしていた。しかし今日一日の旅を経て気づかされた。本当に失ってはいけないものに、本当に大事にしなくてはいけないものに、あるいは本当に信じなければいけないものに。父を恨んだこともあった。今でも完全に好きになれたわけではない。でも許し、愛し、助け合い、ときに今日のように助けてもらい、一つの目標に向かってまっすぐに進んでいく共同体こそが、

「『家族』じゃないかって、思うんです」

僕は今日何度目かの土下座を敢行し、

「都合のいいことを言っているのはわかっています。とんでもない迷惑をかけておきながら、何を言っているんだろうって、自分でも思います。できる限りの償いはいたします。でも、でもどうか、これからの喜佐家に免じて、喜佐家に免じて、どうか、どうか」

お願いします、お願いします。母も続き、父が続き、惣太郎も続いた。

宇山宮司は頭を下げる四人に対してたっぷりと、うんうん、と、頷いてみせると、わかったから顔を上げろと優しい声で囁《ささや》いた。そして僕らの覚悟のほどを試すように、言葉に嘘偽りはないかと、最後の確認をする。

「そうやって生きると、そう言うんだな」

僕らは誰一人迷うことなく、はい。

「なるほど、なるほどな。しかと聞き届けた」

宇山宮司は立ち上がり、またご神体へと歩み寄る。閉じていた木箱の蓋を再度外すと、深くため息をついた。みるみるうちに雪を浴びていくご神体へと手を伸ばし、折れた左腕をそっと優しく手に取る。そしてまるで金棒の強度を試すように、ご神体の左腕をぺちぺちと自身の左の手のひらに打ちつけた。

「いいか、よく聞け」

固唾《かたず》を呑む僕らに対し、宇山宮司ははっきりと言ってのけた。

「警察呼ぶから、しっかり逮捕されろ。泥棒が」

唖然とする。

何を告げられたのか理解が追いつかない。しかし決して穏当な審判が下された訳ではないことに気づいたとき、宇山宮司はとどめを刺すように、

「壊したご神体どうすんだこら。二度と元に戻らねぇよ。お金があれば修理できるとか、そういう話じゃねぇんだぞ。祭どうすんだよ。言ってみろ。私はどうしたらいいんだ。何が家族として生きるだよ。盗っ人家族が更に絆強めて結託して、次はどんな大秘宝を盗もうってんだ。無罪になるかもしれないなんて甘い餌に釣られてのこのこ現れやがって。むしろお前らな――」

宇山宮司はご神体の左腕で僕らを指差した。

「家族解散しろ、大馬鹿もの」

「いや、どうか！　どうか許してください！」

宇山宮司はなおも話を続けようとしたのだが、ゾンビのように飛びついた母を落ち着かせようといかにも面倒くさそうに諭した。いいから、聞け。しかし追いかけるように父も声を被せると、惣太郎も謝罪の言葉を並べる。宇山宮司は、落ち着けと何度も叫ぶのだが、母を中心に誰もが止まらない。止まれない。

僕もしばらくは大声で詫びながら頭を下げ続けたのだが、やがて自分たちがやろうとしてい

ることのみっともなさに、もっと言うなら疑いようもない誤りに気づいてしまった。

宇山宮司の意味深な態度に、身勝手にも恩赦を予感したのはこちらの落ち度だ。本来であったらきっちりと処罰されて然《しか》るべきことをしてしまった。運営側に窃盗犯と繋がっている人物がいたのは先方の不備だが、そういった詳細を調査して審判を下すのは、神でも、宮司でも、ましてや僕たちでもない。

この国の司法だ。

覚悟を決めた僕は、宇山宮司にすがりつく母を引き剝がすために立ち上がる。ごめん母さん。もうやめよう。何があっても、家族は変わらないから。何があっても、この関係は変わらないから。これからどうなるかはわからない。でも何があっても、じょーないじょーない。だから落ち着いてくれ母さん。これからもこの家族を何より大事にするから、安心してくれ母さん。

それでも母は、宇山宮司にまとわりつくのをやめようとしない。いよいよ強引に引き剝がさなければいけないかと思ったところで、背後から声が響いた。

「すみませんでした」

母が止まる。宇山宮司も驚いたように固まる。

振り返るとそこには、あすなの姿があった。

彼女もまた母の謝罪に加勢するつもりなのだろうか。ならば止めなければと喉に力を入れようとしたところで、あすなが大きな木箱を持ってきていることに気づく。味気ないベニヤ板製で、僕らが使用していたのと似たような台車に載せられている。ご神体が入っているそれに比べると相当に安っぽい外観だが、サイズは同等。その木箱は何なのだ。そもそもどこからかここまで運んできたのだ。

あすなは台車を押して宇山宮司の前に進み出ると、ベニヤの木箱の蓋を開けた。中に入っているのは何なのか。脇から覗き込むのだが、闇の中ではすぐには判別ができない。よくよく目を凝らし、暗闇の中を探るように答えを探していると、

「これが、本物のご神体です」

あすなは断言した。

確かに箱の中に収まっていたそれは、僕らがここまで運んできたご神体によく似ていた。少なくともデザインは瓜《うり》二つ。しかし一方、どうにも違和感が拭えない。適切に言語化するのは極めて難しかったが、強いていうなら完成度が低い。夜であることを差し引いても色が冴えず、細部の造形は甘く、ところどころに傷さえ確認できる。

これは何なのだ。どうしてこれを本物だと豪語できるのだ。あすなの心中を探ろうと少し身を引いたところで、僕は木箱の側面に名刺大のステッカーが貼りつけられているのに気づいた。装飾用というよりは、業務用のラベルといった趣で、剝がし損ねたように一辺が宙に浮いている。瞳《ひとみ》の絞りを調整して判読してみると、僕は途端にあすなの一世一代のブラフを理解してしまう。

記されていたのは「イサイ美工（秋田）」の文字。

あすなと賢人さんが勤めている会社の名前だ。

二人の仕事は舞台美術で、テレビ番組や演劇などの背景、大道具などを作ることを専門にしている。そんな彼女が本物のご神体そっくりの彫刻を持ってきたということは、答えはほとん

ど出ているも同然であった。

あすなが今しがた製作した、偽物だ。

イサイ美工には、秋田の支社もあったのだろう。果たしてこれを秋田の支社でゼロから作ってきたのか、あるいは秋田にあった似たような彫刻に手を入れて持ってきたのかはわからない。時間的なことを考えると後者であるような気がしたが、いずれにしてもクオリティが高くない理由も自ずとわかる。

誤魔化せるかどうかはわからない。しかしせめてあすなの意図は汲《く》み取ろうと、僕は木箱についていたステッカーをひっそりと剝がし、丸めてコートのポケットに押し込んだ。

「すみませんでした。本物のご神体は無事です。許してください」

準備の入念さに対して、あすなの態度はあまりにもぶっきらぼうであった。こっちが本物だから今までのことは気にするな。そう言わんばかりの投げやりな物言いに、僕は宇山宮司のさらなる怒りを買う未来を見る。

ふざけるな馬鹿たれ。

罵られるだろうと身構えていたので、宇山宮司の表情が急激に萎《しお》れていった事実を、僕はうまく受け止められなかった。力のない足取りであすなの木箱に近づくと、中に入っている偽物のご神体を軽く一瞥《いちべつ》する。そして覇気のない態度で、

「これが本物なんだな」

宇山宮司の質問にあすなは微塵《みじん》の動揺も見せず、

「はい」

宇山宮司はご神体の左腕を孫の手代わりに使い、自身の頭をぽりぽりと掻いた。それからしばらく無言を貫く。目を閉じて何かを考えているふうであったが、口の尖《とが》らせ方に奇妙なほどのやる気のなさが窺《うかが》える。やがて不承不承といった様子で淀《よど》んだため息をつくと、うぅむと唸ってから、

「あんたはそれでいいんだな」

「はい。これが本物なので、私の家族を許してください」

「そうか。なら、お前ら帰れ」

ぽかんと、頭を小突かれたような言葉に、僕らはうまくリアクションがとれない。

重要なシーンを二十分ほど見逃してしまった映画のようであった。あまりの急展開に、何が何だかわからない。こちらが安心した途端、再び態度を豹変《ひょうへん》させて一喝するに違いない。衝撃に備えるように体を硬くして顔色を窺うのだが、待てど暮らせど次なる展開は訪れない。

どういうことですか。

いっそ尋ねようかと思ったところで、宇山宮司は自身が座っていたパイプ椅子をたたみ始めてしまう。そしてあすなが持ってきた木箱の上にパイプ椅子を載せると、台車の取っ手を掴んだ。

もういいから帰れ。ご神体は戻った。祭には支障がないから許す。その壊れた偽物のほうはそこに置いておけ。

そっけなく口にすると、看板が示す神社の方向へと向かって歩き出す。しかし言い忘れたことを思い出したように三歩歩いたところで立ち止まり、

「あんたらの家族としての覚悟は聞かせてもらった。これからどう生きるかは、しっかりともう一度考えなさい。今日は帰れないだろうから、どうせなら祭も見ていけ。もう我々はあんたらに何を求めることもしない。早く帰れ。風邪引くぞ」

そうして宇山宮司は、神社へと続く道を進み始めた。

残された僕ら七人は、その場に固まる。本当に帰ってもいいのか、まだ何かの審判が続いているのではないか。疑念を抱いたまま動けずにいたのだが、母が安心したようにわっと泣き始めると、これで本当に終わりなのだと、頭よりも先に心が理解する。

父が母を慰めるように背中をさする。僕も母をねぎらうように背中を叩く。惣太郎が帰ろうと言うと、母は父とあすなに支えられながら、よろよろと立ち上がった。

どうやら僕らは、ご神体を返すことに、成功したらしい。

いえ

一同は五分ほどその場に立ち尽くしたのち、ようやくもと来た道を戻ることに決めた。

鈍麻《どんま》していた感覚が正常化してくると、まずもって寒さに耐えられなくなる。本当にこれで終わりにしていいのだろうか。違和感は誰もが抱いていたが、長居したことが原因で宮司の気が変わってしまうのも恐ろしかった。

これからどうするかを考えるよりも先に、まず車に戻るべきだと進言したのは周であった。

周は道すがら、事情を把握できていない人間に対して襲撃犯に襲われた一部始終を語った。

撃退した襲撃犯のことはビニール製のロープで木に縛りつけたので、おそらくまだあの場にいるはず。放置したまま夜を明かせば凍死させてしまうかもしれない。

しかし戻った現場に、襲撃犯の姿はなかった。
木の周辺に残っていたのは、ロープとガムテープの残骸《ざんがい》だけ。襲撃犯の車もないところを見ると、うまく自力で抜けだすことに成功したと推測できた。喜ぶべきことではないかもしれないが、凍死されているよりはよかったと、惣太郎は自分を納得させるように呟いた。

一方、惣太郎の車は道路脇に放置されたままであった。スタートボタンを押せば電源はつくものの、どうしてもエンジンがかからない。自力での走行は不可能だ。保険会社を経由し事故を起こしてしまった旨を説明すると、深夜にもかかわらずレッカー車が速やかに現れ、惣太郎の車を運んでいった。詳細を語るわけにはいかないと腹を決めたらしく、惣太郎は自己責任の自損事故として手続きを進めることにした。

宮司の言うとおり、残された七人には帰宅手段がなかった。どこかに一泊するしかない。深夜の宿探しは相当な苦戦が予想されたが、幸いにして十和田湖の周辺は観光地であった。二軒断られたものの、三軒目の民宿でどうにか部屋を取ることができた。

翌朝の午前十時、七人揃って民宿の一階に集まる。未だに騒動が無事に収束した確証を持てない一同は、共有スペースに置かれていたテレビから事件の続報が流れると、思わず身を強《こわ》ばらせた。画面に大写しになった宮司は、カメラに向かって深々とお辞儀をすると、想像もしていなかった一言をカメラに向かって放った。

「今回の一連の騒動はすべて、我々神社側の不手際によるものでした。そもそもご神体が盗みに遭ったという認識が誤っていました。この度は、お騒がせしてしまい、誠に申し訳ありませんでした」

一同の疑問を代弁するように、記者は厳しい口調でマイクを向けた。

盗まれた事実がなかったとは、どういうことか。

記者に尋ねられると、宮司は、

「紛失していただけでした」と、いかにも恥ずかしそうに語った。

ご神体の管理を任されていたのは、宮司の実の孫である職員。この職員の管理が甘かったせいで紛失してしまったのだが、うまく神社の中で情報の共有ができていなかった。てっきりご神体が盗まれたに違いないと思い込んでしまった宮司は、昨日、勇み足で発表を行ってしまった。肝心のご神体は無事に発見されたので、本日の祭は予定どおり開催する。

何とも腑に落ちない説明であったが、正月三が日ど真ん中の日本を騒がせ続けるには、いささかニュースのインパクトが足りなかった。高比良賢人がネットを駆使して続報を探ったものの、それ以上の何かが見つかることはなかった。

どうやら我々は、本当に許されたらしい。

宮司がでたらめな発言で盗難の事実まで揉み消してくれると、気を張っていた面々はようやく肩の荷を下ろした。助けてもらった上に、批難の矛先が神社側へと向くように調整までしてくれた。このまま新幹線で帰宅してしまうことは十分に可能であったが、宮司が寛大な処置をしてくれた手前、彼との約束を無下にすることにも抵抗が生まれた。

「祭、行くか」

惣太郎が言うと、母さんが頷いた。

昨日はついに入ることのなかった神社の境内に向かうことになるのだろう。誰もがそう思って民宿を出たのだが、祭は宿のすぐ目の前で始まっていた。昨日は暗くて視認できなかった屋台がずらりと並び、すでに食べ物の匂いをあたりに漂わせている。一同は圧倒されながらも、屋台の流れに沿って神社のほうへと近づいていくと、徐々にお囃子《はやし》の音が聞こえてくる。

辿り着いた広場では、和装の人間が厳かに行列をなしていた。

神職らしき人間が先頭に立ち、玉串《たまぐし》や色とりどりの旗を掲げて道を歩く。遅れてはっぴを着た子供たちが続き、さらに後ろからは神輿《みこし》がゆっくりと後を追う。ずいぶんと静かな神輿であった。大男が力を誇示するように上下に揺することもなく、威勢のいいかけ声もなく、ひたすら平行を維持したまま、まるでバケツになみなみと入った水を運ぶように進んでいく。中には、昨日のご神体が入っているのだろうか。広場に集った人々は、こぞって神輿と、それに続く行列の写真を撮る。

「父さん」

神輿を見ていた父さんが振り返ると、周は何気ない口調で、

「引っ越し、やめようかと思うんだ」

父さんはしばし言葉の意味を玩味《がんみ》した後、そうかと、静かに答えた。

「解体、やめよう。婚約者は一緒に住んでもいいいって言ってる」

「はぁ。向こうの仕事は？」

「じょーない」

「……そうか」

「やっとわかった気がする。簡単に壊しちゃいけないんだ、僕ら、家族なんだから」

喜佐家の目の前を、神輿が通過していく。

笛の音の間から、啜り泣きの声が聞こえた。周の話を聞いていた母さんが、涙をこぼしている。ありがとう、ありがとう。周に感謝の言葉を伝えながらも、視線はまっすぐに神輿のほうへと向いていた。

「色々あった」

周は神輿の奥に透けて見える、記憶の断片を見つめていた。

「でも、これでいいんだ。また改築しよう。あの家」

もう相当に古くなっている。雨漏りはしないが、どの床も歩く度にきしむ。冬は寒いし夏は暑い。いいところを挙げるほうが難しい汚い家だが、どれだけぼろぼろになろうとも、不満がいくつ積み重なっていこうとも、見捨てるという選択は間違っている。

なぜならあそこが、僕らの家なのだから。

僕らはどうあがこうとも、やっぱり見えない絆で結ばれている家族なのだから。

周はそこまで言うと、父さんももう少し家にいてくれよと、軽い口ぶりでつけ加えた。

「あそこが父さんの家なんだよ。もう少し母さんや、他のみんなのこと、ちゃんと見てあげてよ」

父さんはいつものように、はぁ、という気の抜けた返事をすると、しばらく神輿を見つめ続ける。そして煌《きら》びやかな神輿と、その中のご神体を支える担ぎ手たちの表情が思っていたよりずっと苦しそうであることに気づくと、ふぅん、と、唸り声を上げた。

「そう、するか」

「そうしてよ」

神輿はゆっくりと遠ざかっていく。お囃子も少しずつ遠のいていく。

一月二日。喜佐家は解体の危機を逃れ、また新たな門出を迎える。

母さんはいつまでもいつまでも、ありがとうを繰り返した。周は神輿の姿をじっと見つめ続けていた。脇で聞いていた惣太郎も、家族に対していっそうの協力を約束した。あすなの姿は、いつの間にかどこかへと消えていた。

父さんは、ふんと、また一つ唸った。

残り216キロメートル

くるま

どうにか二台のタクシーを使ってバス停のある場所まで向かうと、いくつかの公共交通機関を乗り継ぎ八戸《はちのへ》駅から新幹線に乗り込むことに成功する。

いったい昨日の道のりは何だったのだろう。いっそ笑いたくなるほどにあっけなく、僕らは東京駅に辿《たど》り着いていた。そして歪《いびつ》ながらも大事を成し遂げた充足感に胸を温かくしながら構内の土産物屋の前をとおりすぎたとき、僕ははたと思い出した。

咲穂に山梨土産を買わなければ。

果たしてどこで買うのが適切だろうかと考えていると、目の前の店が全国各地の土産物を集めたセレクトショップであることに気づく。店の一角には山梨土産もある。買い方としてはいくらか無粋なのかもしれないが、後日、自宅から県内の百貨店に足を運ぶとなれば往復で二時間はかかる。僕はどこか申し訳ない思いを胸に隠しつつ、信玄餅《しんげんもち》と富士山をモチーフにした菓子を二三、購入してしまうことに決める。

「周」

会計を済ませたところで背後から声をかけてきたのは、あすなだった。

一緒にレジを通して欲しいものでもあったのだろうか。大した用事ではないだろうと気を抜いていた僕は、あすなの表情がかつてないほど切羽詰まっていることに驚く。どうしたと尋ねると、あすなは僕に尋ね返してきた。

「この家族。本当にこんな形で終わっていいと思う？」

「……どういうこと？」

「どうとも思わない？」

「ちょっと悪いけど、何を言ってるのかわかんない」

僕が首を傾げると、あすなは諦めたように僕の前からいなくなってしまう。乗るべきホームのある方向ではない。トイレにでも行ったのだろうかと考えていると、車を取りに行ったのではないかと珠利さんが教えてくれた。どうやら駅の近くのコインパーキングに止めてあるらしい。一言くらい断ってから行けばいいのに。呆《あき》れつつもどうせすぐに家で合流できるだろうとさほど気にも留めずに東京駅から一路、東桂までおよそ九十九キロの道のりを越えてしまったのだが、あすなはこの日を最後に、僕らの前から完全に姿を消した。

そしてこちらからのあらゆる連絡を無視し続けた挙げ句、正月休みも終わった一月十日の金曜日、ようやく一通のメッセージを寄越した。

賢人さんとの結婚は、なくなった、と。

残り117キロメートル

くるま

「考えても駄目ね。あの子はほら、もう別の人類だから」

母は掃除機の音量に負けない大声で言うと、諦《あきら》めたように笑った。

僕は合わせて適当な相槌《あいづち》を打つと、ひたすら段ボールの束をビニール紐《ひも》で縛り続ける。

引っ越し三日以上前であったらキャンセル料はかからなかったらしいのだが、残念ながら僕が連絡を入れたのは引っ越しの二日前。二十パーセントのキャンセル料を払い、さらには使用目的を失った段ボールの買い取りまでさせられることになった。

終わってみれば、ニューイヤーロボットコンテストの賞金、宿泊費、そして帰りの新幹線代と、まったくもって予定外の出費に悩まされた正月であった。当面、贅沢《ぜいたく》を控えることはもちろん、生活の端々で出費を切り詰めていかなければならない。

僕は長い時間をかけて段ボールを縛り終えると、道を下った先にある、ごみ捨て場へと向かうことにする。自宅の目の前に集積所がないのは大変に不便なのだが、幸いにして回収のトラックが現れるのはいつも昼頃であった。今から持っていっても悠々間に合う。

引っ越しも、家の解体も中止。

青森から戻った一月二日のうちに、僕はすぐに結論を出した。

引っ越し業者、解体業者、不用品回収業者。思いつく限りの関係各所へ電話を入れ、ひとまずあらゆる動きをストップさせた。両親と僕は今の家に残る。あすなだけが賢人さんの家へと引っ越す。そう思っていたのだが、電話を受けた引っ越し業者の人間は、すでにあすなの分のキャンセルは承っていると口にした。連絡の取れなくなっていたあすなであったが、どうやら実家に残る意思はあるらしい。実質的に音信不通状態ではあったのだが、LINEでメッセージを送れば既読はつくし、元々からして凡人には理解しがたい進歩的な人間であった。多少連絡がとれなくなったとしてもそう慌てる必要はない。家族の誰も、さほど大ごとであるとは捉《とら》えていなかった。

今いる僕の実家に、一緒に住んで欲しい。

僕と咲穂はすでに新居を借りていた。諸事情を鑑《かんが》みてもすぐに連絡すべきだとは思いつつ、内容が内容だけに直接口頭で伝えるべきだと判断した。正月休みが明けた六日の月曜日、終業後。咲穂の家で夕食を食べながら、僕はお願いした。事前に好意的な返答はもらっていたが、いざ実際に住むとなればかなりの心構えが必要になる。即答は期待していないから、ゆっくり考えて欲しいと添えようかと思ったのだが、咲穂は迷わなかった。

いいよ。私はそれで構わない。

勤務地から離れた場所への居住は確かに面倒らしいが、いくつかの手続きを踏めばまったくの不可能というわけでもないらしい。僕は咲穂に心からの感謝を告げ、詳細はゆっくりと固めていくことに決めた。先般借りた家には一時的に住むのか、住まないのか。実家を改築してから共に住むか、共に住み始めてから改築をするか。決めるべきことは山積みであった。

僕は一月二日の夜に早速両親にこれからのことを相談したのだが、母はあれやこれやと意見を出す一方、父はいつものように、はぁ、とか、ふぅん、といった言葉を吐き出すだけで一向に建設的な言葉を口にしない。一年の計は元旦《がんたん》にありと言うが、僕としてはあの元日を経て、喜佐家ががらりと変わることをどこか期待していた。しかし魔法が存在するわけでもなく、目に見えて何かが革命的に変わるようなことはなかった。

父はさすがに僕との約束を守ろうと思ったのか、あるいは気まぐれだったのかはわからないが、二日、三日、四日までは、外出せずに居間で過ごしてくれていた。しかし五日の日曜日からは元の木阿弥《もくあみ》。姿をどこかへと消すようになり、またも戸棚の中に土産物を忍ばせるようになった。記念すべき今年最初の土産物は草加煎餅《そうかせんべい》。埼玉に行ったのだろう。

すぐには何も変わらない。

しかしあんな父であっても、きっといつかはわかってくれるはず。

我々はあれだけのわけのわからない事件を経たのだ。家族の絆《きずな》という言葉はどこかこそばゆく、照れくさく、そしてうさんくさいが、それに類似する何かはきっと強まったはず。そんなことを考えていた先週の金曜日、梨の礫《つぶて》であったあすなからメッセージが届いた。

私の結婚はなくなりました。

唐突に結婚を決めるのも、またそれを唐突に反故《ほご》にするのも、どちらもあすならしいと言えばあすならしかった。しかしいくら何でも、性急すぎる。あの賢人さんが簡単に約束を結んだり翻したりするとも思えなかった。

二人のことは二人のことなので、外野の僕に詳細はわからない。突如、賢人さんの浮気や多額の借金が発覚したので結婚は破談というような流れも、なくはない。しかし、あのご神体騒動が二人にまったく影響を及ぼしていないと考えるのは、あまりに間抜けであった。間接的に二人の仲を裂くきっかけを作ってしまったのだとしたら、それは建前ではなく、心から胸が痛んだ。事件の原因のいくらかは他でもない、僕にもあるのだから。

賢人さんのことは嫌いではなかった。あの人ならば、気難しいあすなとどうにか折り合いをつけて生きていけそうな気もした。このままいけば、僕は二度と賢人さんと顔を合わせることはないのかもしれない。そう考えると、いくらか寂しい気持ちにもなる。賢人さんと家族になれることを、僕はきっとどこかで楽しみにしていたのだ。

ごみ捨て場に到着すると、段ボールの束を集積スペースに並べる。大した重さではないはずなのだが、量が量であったので指が痛んだ。手を休ませるように指の曲げ伸ばしをしていると、スポーツカーの野太いエンジン音が聞こえてくる。

「離婚女はまだ留守にしてんのか」

窓から顔を出した惣太郎は、相も変わらず言葉を選ばない。そもそもあすなは婚姻届を出していないので、いわゆるバツはついていない。

惣太郎が二週連続で帰省したのは、今後の改築案について議論をするため。文句は言いながらも、実家に顔を出すことに抵抗は減ってきているようで、この辺りは進歩と言えば進歩なのかもしれない。

「あの、お義父《とう》さんは」と珠利さんが助手席から顔を出したので、

「今日はいません」と僕は答える。「何か用事がありました?」

「……いえ、そういうわけでは」

珠利さんは言うと、すぐに窓を閉めた。なぜ父のことが気になったのかはわからないが、もしかすると可能なら顔を合わせたくない存在になってしまったのかもしれない。

一月一日、岩手の温泉で遊んでいた父を見つけてくれたのは、他でもない珠利さんだ。岩手から十和田白山神社まで、タクシーの中で数時間。珠利さんは父と二人きりですごすことになってしまった。基本的に僕らの前だろうと惣太郎の前だろうと笑顔のない人だが、あの父の前ではいっそう表情が曇るに違いない。僕だってあの父と二人きりでのタクシー移動は気が滅入《めい》る。

走り出したスポーツカーの後を追うようにして、僕も家へと戻ることにする。段ボールはまだ家に何束も積み重なっていた。いったいこれから何往復する必要があるのだろうと考えながら、寒さから逃げるようにわずかに小走りを始めたところで、

「おい」

誰かに呼び止められ立ち止まる。狭い町内はほぼ全員が顔見知り。いったい、誰に声をかけられたのだろうときょろきょろ見回していると、

「義紀さんところの、ちょっと来い」

隣家の玄関前で手招きをしていたのは、戸田さんだ。

あまり深く関わり合いになりたくなかったので急いでいるふうを装って首を傾げたのだが、とにかく来いと高速で手を動かされれば、相手をしないわけにはいかなくなる。

「まずいことになっただろ」

「……まずいこと、ですか？」

「正月、うちに来ただろ。インターホンに録画があった」

「……あぁ」とこぼしながら、僕はいったい何と説明しようか言葉を探す。

確かに僕らは元日の昼、車を貸してもらおうと戸田さんの家を訪れていた。滅多なことでは互いの家を行き来しないので、インターホンの録画を見た戸田さんは相当に訝《いぶか》しんだだろう。

実は、盗品のご神体を返却するために、青森県まで行く必要があったんですなどと白状するわけにはいかない。かといって適当な出任せを口にした結果、広崎さんにした説明と齟齬《そご》が生まれてもよろしくない。考えた結果、用事があったのだがもう大丈夫という程度の説明にとどめるべきだと判断したのだが、

「わかってるから、一回確認しに来いって」

反論を許さない剣幕だったので、これは家に上がるしかないと腹を括《くく》る。

男やもめに蛆《うじ》が湧くというのはいささか過激な表現だと思うが、奥さんに先立たれた戸田さんの生活ぶりはお世辞にも洗練されているとは言い難かった。我が家より家屋自体は新しいのだが、掃除をするという概念が希薄なようでとにかく部屋が散らかっている。玄関には一人暮らしとは思えないほどの靴が放置されており、ちらりと覗《のぞ》き見えたリビングダイニングには薄汚れたタオルがそこかしこに転がっている。食べかけの食事や、凹《へこ》んだ鍋《なべ》もそこらに放置。玄

関で話を済ませたかったのだが、奥へと手招きされるのでゆっくりと靴を脱ぐ。

二階へと続く階段の壁面には、以前も見たことのある謎の金属片が貼りつけられていた。蚊取り線香のような形をしている平べったい飾りなのだが、曰《いわ》く宇宙人を遠ざけることができるバッジとのことであった。細かいことを尋ねると面倒なことになりそうだったので、効能のほどはわからない。

二階の部屋へと通される。おそらくはすでに巣立ってしまったお子さんの部屋だと思うのだが、子供用の小ぶりな勉強机の上にいかめしい液晶モニターが二つほど設置されていた。戸田さんはマウスを操作すると画面を指さし、

「これだな」

左側の画面に、惣太郎と母が大きく映し出される。一月一日に撮影したインターホンの録画なのだろう。端のほうに僕の姿も見切れている。切羽詰まった表情が、当時の絶望感を端的に表している。どうやら動画であったらしい。戸田さんが再生ボタンをクリックすれば、あの日の母の叫びが響き出す。

宇宙人です！　戸田さん、大きい宇宙人！

「……あの、お騒がせしてすみませんでした。もうこの件は――」

「出たんだろ」

「いや、あのー」

「ちゃんと映ってるよ」

「……映ってる？」

「大晦日《おおみそか》に来たから、パニックになったんだろ?」

戸田さんは椅子を引いて腰掛けると、そのままパソコンの操作を始めた。数度クリックすれば、大量の動画データが保存されたフォルダに辿《たど》り着く。英数字の羅列でしかないファイル名を指でなぞりながら精査し、やがてそのうちの一つを再生すれば、映し出されたのは田んぼの映像であった。宇宙人が来るかもしれないから、田んぼに照明だけじゃなくカメラもつけた。思えば聞いたことがあったなと思い出したところで、

「これ、お宅の倉庫な」

戸田さんは画面の一点を指差す。

言われなければ気づけなかったが、田んぼの奥にうっすらと確認できるそれは、確かに我が家の倉庫であった。ここまで言われれば僕も薄々察しがついた。

おそらくこのカメラは、窃盗団の手によってご神体が搬入される瞬間を捉えてしまったのだ。映像を見る限り、画質は決してよくない。意味がわからなければ倉庫に大きな荷物を運ぶ不鮮明な映像は、何かしら異様な光景に映ったかもしれない。戸田さんのフィルターを通せば、異星人との物々交換といったところだろうか。

「何が映ってましたか?」と恐る恐る尋ねてみると、

「わからん。でも、宇宙人じゃない」

戸田さんは、断定はできないがと前置きした上で、

「スレンダーマンのように見えた」と、よくわからない仮説を教えてくれた。

本人に訊《き》くと話が長くなりそうだったので、へえと納得したような声を出しながらスマート

フォンで検索をすると、やたらとほっそりしたスーツ姿の怪物の画像が出てきた。果たしてご神体搬入の瞬間のどの箇所がスレンダーマンを思わせたのだろうか。早く帰りたい思いと、少しばかりの好奇心の間で揺れ動きながら戸田さんの操作を見守る。引っ越し業者を装った窃盗団にまんまと騙《だま》される自身の姿は、可能なら確認したくないなどと考え始めたところで、僕は違和感に気づく。

「……たぶん、日付が間違ってますよ」僕は画面の日付表示を指差した。「大晦日じゃないです。確か、十二月二十三日だったような」

「いいや、いや、大晦日だよ」

僕はしばらく考えて、やはり大晦日ではないと確信する。偽の引っ越し業者がやってきたのは十二月の二十三日だ。大晦日は特に来客もなかった。僕は始終自室で荷造りに勤《いそ》しんでおり、倉庫に近づく人物は一人も確認していない。

しかしどうにも戸田さんは大晦日に絶対の自信を持っているようで、頑として僕の話を聞こうとしない。ひたすら細かく早送りと巻戻しを繰り返し、スレンダーマンが激写されている瞬間を捜し続ける。二分ほど待っても一向に当該箇所に辿り着かないので、もう一度日付が間違っている旨を伝えようかと思ったところで、画面に変化がある。

「これだこれ」

戸田さんは画面の左端を指差した。

そこには確かに、人影がある。

スレンダーマンではないと思うが、ほっそりとした、身長の高い男性が映っているように見える。少し歩き方に違和感があるのは、携帯電話を耳に当てているからだろうか。誰かと通話しているように見える。さて、これはいったい誰だろうと思っていると、男性は唐突に右に曲がり、我が家の敷地内へと入っていく。

え、と思わず声が出た。

男性はそのままみるみる倉庫へと近づいていくと、あろうことかシャッターを開け放った。中央についている備えつけの鍵《かぎ》を開け、足下についているダイヤル式の南京錠も外す。なぜ鍵を持っている。なぜ番号を知っている。シャッターのたわみには苦戦しているようであったが、左端をうまく叩《たた》きながら少しずつ持ち上げていく動作は、明らかにシャッターの癖を熟知している人間の手つきであった。

シャッターを開けると、男性は倉庫の中へと消えていく。

「スレンダーマンだろ。二メートルくらいあるよ。こいつは」

「いや……これは」

賢人さんだ。

僕はあまりにも意味のわからない光景に、夢でも見ているのだろうかと言葉を失う。いっそスレンダーマンであったほうがいくらか納得がいったかもしれない。なぜ賢人さんが大晦日の喜佐家を訪れたのだろう。賢人さんは誰に挨拶《あいさつ》する様子もなく、一人で倉庫の中に入っていった。僕が初めて賢人さんに会ったのは、一月一日の東桂駅——つまりこの翌日。倉庫の中にはこのときすでに、引っ越し業者に扮《ふん》した窃盗団が持ち込んだご神体が入っているはずだが、賢人さんは何をしに倉庫の中に入ったのか。倉庫にいったいどんな用事があったのか。どうしてこんなにもスムーズに倉庫の中に入れたのか。疑問は無数に湧いてきたが、さすがにカメラからの距離が遠すぎて、賢人さんが倉庫の中で何をしていたのかまでは確認できない。

僕は少し他の動画も見せて欲しいと頼み、立ったままマウスだけを貸してもらう。

最初に飛びついたのは、十二月二十三日の映像であった。この辺りだっただろうかと、午後二時辺りの映像を再生すると、ちょうど僕と偽の引っ越し業者が庭で語り合っているところであった。もう少し巻き戻してみると、引っ越し業者が車で登場するシーンが始まる。乗っている車は、あの日僕らを追いかけ回したシルバーの商用車。顔立ちまでは確認できないが、やはりあの日、僕らを襲撃した男と同一人物と見て間違いなさそうであった。歩き方から背格好まで、全体の雰囲気があまりにも酷似している。

動画を少し進めると、いよいよ僕が間抜けにも窃盗団のために倉庫のシャッターを開け放つ。そして男を残してその場を去ると、庭の辺りをほっつき歩き始める。男は数分間倉庫の中を確認すると、手ぶらのまま外へ出る。そして再び中に入り、外に出てから再び――と、出入りを執拗《しつよう》に繰り返す。いつ、車の中からご神体の入った木箱を搬入するのだろう。疑問に思って注視していたのだが、とうとう男は車に戻ることなく、自力でシャッターを下ろし、庭にいた僕に向かって頭を下げた。そのまま帰って行く。

意味が、わからなかった。見落としをしていたに違いない。

僕はもう一度、動画を偽の引っ越し業者の登場から見直した。しかしやはり、木箱を倉庫の中に搬入する瞬間はいっさい捉えられていない。男は終始手ぶらで、来たときと帰るときを除いて車に近寄ることすらしない。

なら、ご神体はいつ、うちの倉庫の中に入ったのだ。

混乱しながらも慎重に記憶をたぐり寄せる。

たった今映像で確認した十二月二十三日、この日の倉庫には、間違いなくご神体は入っていなかった。この目で確認したことを覚えている。僕の目を盗んで引っ越し業者が忍び込ませたに違いない。そう思い込んでいたのだが、どうやらそうではないらしい。僕はそのまま動画を倍速再生して、倉庫に近づく人物がいないかを確認する。二十三日は結局誰も近づかず、二十四日も、二十五日も、誰も倉庫には近づかない。やっと倉庫に近づく人物が現れたと思って動画を止めると、画面右下に表示されている日付は十二月三十一日の大晦日。先ほど確認した賢人さんだ。

もはや何もかもが信じられなかった僕は、そのまま一月一日の映像も確認した。賢人さんを連れた僕が車で帰宅し、惣太郎がスポーツカーで現れる。やがて賢人さんと惣太郎が倉庫へと向かい、シャッターを開ける。すると開けた瞬間、二人が戸惑いのポーズを見せる。惣太郎は二階にいる僕に対して下りてくるように合図を出し、一同が倉庫の中に集結する。

ご神体が発見される。

一度昼食のために家の中へと戻り、もうしばらくすると大慌てで惣太郎が駆けだしてくる。一同がぞろぞろと倉庫の中へと吸い込まれ、やがて台車に載せた木箱を搬出する。

僕は動画を止める。

木箱が出てくる瞬間は、間違いなく撮影されていた。しかしなぜか、木箱を搬入する瞬間が確認できない。僕はどこから勘違いが始まっていたのだろうと考える。木箱は間違いなくあった。木箱の中にはご神体が入っていた。それを青森まで持っていったのも事実だ。なのにどうして倉庫の中に木箱を入れる瞬間が、存在していない。

僕は自分でも情けないことに、奇跡の存在を予感した。

母の言うとおりだったのではないか。神が母の願いを聞き入れ、ご神体を倉庫の中に顕現させたのだ。何をそんな馬鹿なと自分を笑いながら、しかしこれ以外に合理的な理屈を見つけられない。

すぐに謎は解けないと直感した僕は、ひとまず別の疑問を先に解消することに決めた。ご神体の件に比べると些細《ささい》極まりないことではあるのだが、動画の中にはもう一つ不可解な点があった。

どうして十二月三十一日の僕は、賢人さんが倉庫に近づいたことに気づかなかったのだろう。

僕は終日二階の自室で作業をしていた。もちろん始終窓から目を光らせていたわけではないが、誰かが倉庫に近づいたのなら間違いなく気づく。トイレと食事を除けば、基本的には部屋から動くことはない。

僕はスケジュールアプリを立ち上げ改めて当日の予定を確認してみるが、これという予定は何も入っていないことがわかる。動画を確認すれば、賢人さんが現れたのは午後二時十六分であることが記録されている。昼食時というわけでもない。トイレに入っていたのだろうか。僕はどうにか当日の予定を思い出そうと頭を捻《ひね》るのだが、一向に部屋を離れるイメージが湧かない。何かヒントはないだろうかとスマートフォンの中に保存されていた写真から検索履歴まで精査していると、ふと、一つのメモが目に留まる。

午後二時十五分頃：ユニ浦和Ｍ（マーケティング）から電話。問い合わせへの回答の件について？　誰宛かは謎。後で確認する。夕方にもう一度電話あり。

この電話に、出ていたのだ。

電話は僕のスマートフォンではなく、家の固定電話にかかってきていた。二階の自室から一階へと向かい、廊下で電話口の相手と話し込んでいた。ユニ浦和マーケティングと申しますが、喜佐様のお宅でよろしいでしょうか。電話口の男性は、喜佐様から問い合わせをもらっていたので返答の電話を入れましたと口にした。しかし下の名前を聞きそびれてしまったので、誰に返答していいのかがわからない。要領を得ない電話で、なおかつ社名も聞き取りにくく、ずいぶんと情報を聞き出すのに手こずったのを覚えている。

後で確認しなければと思いつつ、結局あすなに尋ねたきり失念してしまっていた。現在の惣太郎の家の最寄り駅は、埼玉県の浦和《うらわ》駅。社名に浦和が入っているのだからどうせ惣太郎宛にかかってきた電話なのだろうと合点していたのだが、果たして本当にそうだったのか。そもそもこの会社は、いったいどんな業種の企業なのだ。

僕はようやくユニ浦和マーケティングについて調べようと思い、戸田さんに検索を依頼する。

「このパソコンって、ネットに繋《つな》がってますか？」

「繋がってるよ」

「ユニ浦和マーケティングって検索してもらっていいですか？」

「何だって?」

言いながら戸田さんはブラウザを立ち上げると、検索ボックスにカーソルを合わせる。僕が口にした社名をゆっくりと入力していくのだが、日本語入力がオフになっており、ひたすらアルファベットが並んでいく。手元しか見ていない戸田さんは異変に気づいていないので、

「戸田さん、入力が英字です」

「ん?」

「いや、入力を日本語に——」とまで口にしたところで、僕はそのまま手を止めてもらった。

何の会社かもわからないが、「ユニ」はおそらく「ユニバーサル」などの接頭語である「UNI」であると戸田さんは判断してくれたのであろう。検索ボックスには、「uniurawama-ket」と打ち込まれていた。僕は検索ボックスをじっと見つめながら、電話口の男性の言葉を思い出していた。

厳密にはユニ浦和エムという社名で、エムはマーケティングの略になっています。

社名にこだわりのある企業は多い。外部の人間からしたらどうでもいいことなのだが、きっと詳細に説明したいのだろうなと気にも留めず、当時の僕は律儀に「ユニ浦和M(マーケティング)」とメモしていた。僕は戸田さんに断りを入れてキーボードを触らせてもらうと、英字入力のまま社名を打ち直す。

「UNIURAWAM」

よくよく考えればいくらか奇妙な響きの社名であったのだが、浦和という、家族にゆかりのある地名がそれ以上の考察を妨げた。戸田さんが英字入力をしてくれなければ、気づくのはも

っと遅れていたかもしれない。画面の右側に立っていたが故に、無意識に逆さから読んでみたらどうだろうという発想が浮かび、僕は隠されていたメッセージにようやく気づく。

「MAWARUINU」――回る犬。

刹那《せつな》、二十年前の鳴き声がどこかから聞こえてきた。

きゃんきゃんと短く吠え、庭の中央でくるりと一回転。

言葉遊びをする意味はわからない。どうして電話で話した相手が、かつて父が僕に仕掛けた罠《わな》のことを知っているのかもわからない。しかし事実として今回の電話は、あの日の犬のおもちゃと、まったく同様の働きをしていたのだ。あの日の僕は犬に夢中になり、おもちゃんが倉庫に運び込まれる瞬間を見逃した。今回の僕は電話に出ていたせいで、賢人さんが倉庫に入っていく姿を確認できなかった。

いったい、何が起きている。

僕はもう一度、大晦日の映像を見せてもらう。戸田さんがスレンダーマンであると睨《にら》んでいる賢人さんは、やはり通話しながら我が家に近づいてきているように見えた。あの日、僕が電話をしていた相手はユニ浦和マーケティングの人間ではなかったのだ。電話口の向こうにいたのは、家のすぐ外にいる、賢人さん。

喜佐家の中で固定電話に出る人間は僕しかいない。電話を鳴らせば、僕を二階の自室から引き剝《は》がすことができる。どうして賢人さんがそれを知っていたのかと考えれば、答えは一つしかない。あすなから聞いていたのだ。あすなからシャッターの鍵を預かり、ダイヤル式の南京錠の番号を教えてもらい、シャッターの開け方のコツをレクチャーしてもらった。僕を電話で自室から移動させ、倉庫の中に侵入した。ユニ浦和マーケティングからの電話は一度ではなく二度。一度目が倉庫への侵入時であるのなら、数時間後にかかってきた二度目は倉庫からの退出時と考えられる。先ほども電話した者なのですが。まだ何もわからないのでごめんなさいと伝えると、電話口の男はそうですかと残念そうな口調でこぼし、いくらもしないうちに電話を切った。

ではそこまで周到に準備して、賢人さんは倉庫の中で数時間も何をしていたのか。

ＵＭＡの異常行動や、神の奇跡といった類《たぐい》の超常を一切考慮せず、与えられている情報から論理的な解釈を試みたとする。十二月二十三日の時点ではご神体は倉庫になかった。中に入っていたのは大昔に使っていた遊具や、父がかつて使用していた工具や鉄くず、木片のみ。引っ越し業者に扮した窃盗団の人間は来たが、彼は手ぶらであった。次に倉庫が開けられたのは、十二月三十一日。賢人さんは僕を固定電話に誘導し、倉庫の中へと侵入した。賢人さんもまた手ぶらであるように見えたが、しかし翌日の一月一日には倉庫にご神体が出現していた。以上のことから導ける結論はたった一つ。

ご神体は倉庫の中に運び込まれたのではない。

大晦日の倉庫の中で、賢人さんの手によって作られたのだ。

無論、ノコギリやカンナを駆使してゼロから製作したわけではないだろう。倉庫の端には、いくつか鍵のかかった引き出しがあった。あの中に、バラバラになったご神体のパーツが入っていたとは、考えられないだろうか。彫刻を一から彫りだしたのではなく、まるでプラモデルよろしく組み立てたのだ。考えた瞬間、僕の脳裏には、ぽっきりと折れたご神体の左腕と右足の映像が蘇《よみがえ》る。

僕が壊してしまった。

当時は焦りが先行してそれ以上のことを考えられなかったが、冷静になれば不可解さに気づけた。木彫刻の腕は、あんなにも綺麗《きれい》に取れてしまうものなのだろうか。ご神体の断面は信じられないほど滑らかであった。折れたというより、壊れたというより、外れたと表現したほうがしっくりくる分離の仕方をしていた。

果たしてあれは、本物のご神体だったのだろうか。

宇山宮司とのやり取りが終盤に差し掛かったところで、あすなはもう一つご神体を持ってきた。急拵《きゅうごしら》えで作った、出来の悪い偽物。僕は疑いもなく確信していたが、ここにきて天地がひっくり返ろうとしていた。思い返してみれば、あすなは新たに持ってきたご神体を指して、これこそが本物であると豪語していた。宇山宮司はそれを疑わなかった。一瞥《いちべつ》しただけであすなの証言を全面的に信用し、僕らのことをあっけなく許した。一方、僕らが持ってきたご神体のほうはどうだったか。あのときは過度の混乱状態で、いくらか豪快な人なのだなと合点してしまっていたが、さすがにどうだろう。破損してしまったとはいえ、あまりにもご神体の扱いがぞんざいではなかったか。

ここまでくれば断言してもいいのではないか。

僕らが命懸けで運んだあのご神体こそが、偽物。

整合性の取れていた情景が、ぐんにゃりと歪《ゆが》んでいく。

僕が見ていた景色は、果たしてどこまでが本当で、どこからが嘘なのだ。

僕は今一度キーボードを手元に寄せ、神社のウェブページへと向かうことに決める。欲しかったのは十和田白山神社の連絡先。あすなや賢人さんと連絡がとれなくなってしまった今、宇山宮司だけが真相に辿り着くための唯一のつてであった。十和田白山神社と入力してエンターを押せば、ブラウザ上にはいくつかのニュース記事が表示される。もちろんずらりと並ぶのは、先般のご神体盗難騒動にまつわるものばかり。

盗難の事実はなく、職員である宮司の孫が紛失しただけ。

先の発表を機に、世間を騒がせた宇山宮司に対する批判の声が熱を帯びていた。紛失した張本人とされている宮司の孫への批難も多い。簡単に電話番号だけを控えようと思っていたのだが、ここまで報道が過熱していると多少は目を通したくなってくる。ざっとスクロールしただけでも二十件以上の記事が見つかり、宇山宮司は人格者であると思っていたのに失望したという近隣住民の声や、宇山宮司の孫は地域では有名なダメ跡継ぎで、先日まで仕事をほっぽり出してタイに長期旅行をしていたなど枝葉の情報までもが網羅されている。新たにチェックすべき記事は特にないかと、いよいよ公式ページを探そうかと思ったところで、僕は息を止めた。

動揺が、錯覚や幻覚を見せているのだろう。

自分を落ち着かせようと何度か目を瞬《しばたた》き、あえてゆっくりと呼吸をしてみる。しかし目の前の景色は変わらず、僕はおぼろげながら、いよいよ事件の骨格を見定め始める。念のため複数の記事を参照し、それが誤報ではないことを確認する。宇山宮司の孫、宇山一樹《かずき》。彼は十和田白山神社において、あまり耳慣れない禰宜《ねぎ》という役職に就いているようであった。知識のない僕には偉いのかどうかもわからなかったが、やるべきことは一つに絞られた。報道陣に対する宇山宮司の発言、珠利さんが発見したメモ、賢人さんが倉庫でご神体を組み立てたこと、母が十和田白山神社に訪問していた事実、そして僕らを襲ったシルバーの商用車の男がこちらに向けて放った言葉。

すべてがにわかに、ひとつの真実に向かって組み上がっていく。

今すべきは、神社への電話ではない。別の方法で真相に近づく術《すべ》を思いついた僕は、

「……すみません、ありがとうございました」と礼を言った。

「大丈夫か、スレンダーマンは」と戸田さんが神妙な面持ちで尋ねるので、

「ちょっと捜してきます」

「何を？　スレンダーマンをか？」

「……はい」

僕はもう一度礼を言ってから戸田さんの家を出ると、自宅へと走った。

いつも使っていたあすなの車はない。僕は電話台の脇に置いてある軽自動車の鍵を手に取ると、母に向かって車を使わせて欲しいと叫んだ。台所の母も居間でくつろいでいた惣太郎もどうしたどうしたと顔を覗かせてきたが、詳細を語っている余裕はなかった。

軽自動車を出すと、すぐさま最寄りのインターから高速に乗る。学生時代は基本的に電車通学をしていたのだが、乗りそびれてしまったときはやむなく車で大学へと向かった。道は覚えている。大月ジャンクションの分岐を東京方面ではなく、名古屋長野方面へと折れ、ひたすら西に向かって進んでいく。

出発してから一時間程度で大学近くに辿り着き、いつも利用していた空き地に車を入れる。キャンパスに向かって歩き出すと、即座にスマートフォンで地図アプリを立ち上げる。現在地は山梨県甲府市飯田。地図を睨みながら、慎重に賢人さんの台詞《せりふ》を思い出していく。初めて会った一月一日の朝、賢人さんは車の中で確かに口にしていた。

家は甲府の宝。

県立大からは目と鼻の先で、

『川を挟んだ東側に神社があるのわかりますかね。そのすぐ裏手に住んでます。ちょうど家の前に消防団の拠点があって』

僕は大学の敷地をなぞるように東へと進み、寂れた橋を渡って川を越える。そのまましばらく歩けば、確かに神社が見えてくる。裏手に回るために敷地をぐるりと迂回《うかい》するように五分ほど歩き続けると、初めて通る細い道。

多分に嘘をつかれていたことが判明した今、賢人さんという存在そのものが一種の都市伝説のように感じられるようになっていた。名前は、仕事は、趣味は、あすなとの関係は、果たして高比良賢人はどこまでが真実であったのか。何一つ確証が持てなくなっていたが、少なくとも、彼が口にした場所に消防団の拠点はあった。そしてその向かいには住居が存在している。

僕らの家よりも遥《はる》かに大きな、一戸建て。

とてもではないが、男性が一人暮らしをしている家とは思えない。四人家族が住むための家と言われてもなお大きすぎる。外壁の美しさや造りの新しさからして、築年数は十年以内であるように思えたが、極めて奇妙な佇《たたず》まいをしている家屋であった。

強いて言葉にするなら、モダンな合宿所。

生活感はあるのだが、大人数を収容するための民宿のような、いびつな気配を漂わせている。窓が多いことから、部屋数も多いことが予想された。しかし豪邸の風格はない。そんなところで区切る必要はないだろうと言いたくなるところでバルコニーが分断されており、まるでメゾネットタイプのマンションのようにも見える。にもかかわらず、玄関は一つしかない。

異様な建物であったが、外観に面食らって引き返す理由はなかった。表札はない。寸刻戸惑うも、結局はインターホンを押し込んだ。遠くから上品な呼び出し音がふわりと響く。十秒ほど待つも応答はない。もう一度押すも、やっぱり応答はない。不在なのだろうかと諦めかけたところで、応答よりも先に玄関扉が開いた。

「わっ」

驚いた賢人さんは反射的に後ずさりしたが、すぐに敗北を悟ったような笑顔を作り、それから申し訳なさそうに頭を下げた。

「どうして、ここが？」

「……僕の通ってた大学の近くだって、最初に教えてもらってたんで」

「言いましたっけ？」

「東桂からの車の中で」

「あぁ、最初の最初ですね。軽率でした」

賢人さんはしばらくどうすべきか悩んでいたが、やがて諦めたように僕を家の中へと上げた。

外観のいびつさに身構えていたのだが、中に入れば何てことはない。普通の住居と呼んで仔細《しさい》ない空間が待っていた。

普通の白い壁紙に、普通の天井、普通の茶色いフローリング。

しかし通された二十畳はあろうかという広いリビングで、僕は足を止める。大きなソファには、僕と同年配の男性が座っていた。同居人か。坊主頭にタートルネック。少し神経質そうな細身の彼は僕の存在に気づくと慌てたように詫《わ》び、すぐさまタブレット端末の操作を中断した。

「賢ちゃんのお客さん？」

賢人さんは頷《うなず》き、「悪いけど、お茶を用意してもらってもいいかな」

男性は了解と言って奥の空間へと消えていく。賢人さんは僕を空席となったソファの一角に座らせると、

「何から説明しようか。というか、説明していいのかな」

「あの……あなたは、高比良賢人さんで、あってるんですよね？」

「はは」賢人さんは笑ってから、いや笑い事じゃないなと再度頭を下げ、「色々と嘘をついてしまって本当にすみませんでした。名前は偽っていません。僕は間違いなく高比良賢人で、喜佐あすなさんと同じ職場で働く同僚です。ただ僕は、あすなさんの恋人でも婚約者でもありませんでした」

「いったい、どうして――」

僕が口を開いたところで、タートルネックの彼がティーカップに紅茶を淹《い》れて持ってきてくれる。紅茶の表面には花びらが浮かべられており、ずいぶんと複雑なハーブの香りがした。では、ごゆっくり。タートルネックの彼が去って行くと、僕は小さく頭を下げた。

「実は僕、ゲイなんです」

賢人さんはあっさりと告白してから、にっと笑い、僕の反応をじっくりと観察した後に、

「そう、思いましたか？」

すぐには返事ができなかったが、言葉に詰まってしまったということは、すなわち図星だったのだろう。僕は紅茶に手を伸ばし、返答を曖昧《あいまい》に誤魔化す。

「不思議ですよね」

賢人さんも紅茶を啜《すす》る。

「以前、近隣の人に噂を立てられたことがあるんです。この家はゲイの溜《た》まり場になっていると。無意識にすり込まれているんです。同じ家に住んでいる人間の間には、きっと性行為が介在しているはずだ、と。ここには現在、七人の人間が住んでいます。住んでいますが、特に誰と誰が性交渉を持っているということはありません。少なくとも、僕が関知している限り」

「……シェアハウス、なんですか？」

「少し違う気がしますね」

賢人さんは言うと、目の前にあったローテーブルの引き出しを開けた。そして中から名刺サイズの紙を一枚取り出すと、そっと僕の目の前に置く。覗き込めばそこには、イサイ美工の文字。

「ここはですね、周さん。僕らの職場です」

「……職場」

「僕らの仕事は舞台美術」

賢人さんはテレビの横に置いてある猫の置物を指差し、壁に貼ってある音楽フェスのポスターを指差し、天井にかかっている奇抜な形のシーリングライトを指差し、最後にスマートフォンでいくつかの劇場での舞台装置を見せてくれた。

「すべてが我々のプロダクトです。お抱えの美術スタッフがいない現場から発注を受けて、大道具や、ときに小道具も提供するのが僕らの仕事。我々の強みは何といっても短納期であることです。注文を受けたらすぐに動き、すぐに納品する。そういった仕事をこなすためには、職場に住んでしまうのが一番手っ取り早いんです。道具も材料も揃ってますし、出退勤の手間もない。趣味の工作も職場の道具を使ってこなすことができる。ただただそれだけの場所です。だいぶ変わってるなって、思われましたか？」

「……まあ」

「それも、面白いですよね。なぜか現代では、職場に住むということが少しばかり変わっている物事として処理されてしまう。かつて家とはすなわち、生きていくために必要な経済の場でした。たとえば農家が、たとえば商店が、自分のところで雇っている人間を自分の家に寝泊まりさせる――戦前までは極めて一般的な光景でした。昔の映画などで、丁稚《でっち》奉公が一家と一緒に平然と寝泊まりしてるの、きっと見たことがあるはずなんです。なのに今は、一緒に住んでいるとゲイだと思われる。ゲイだと思われた上に、『私は理解があるから、そういう家があってもいいと思いますよ』と、意味もなく寛大な微笑みをもらうことになる。すみません。本題を先に片づけましょう」

賢人さんはまたも僕を騙していた事実を思い出したのか、反省の態度を表明するよう、改めて背筋を伸ばした。

「今回、僕はあすなさんに頼まれて、あすなさんの婚約者を演じることになりました。いつもは、あすなさん、なんて呼んでいません。喜佐さんと呼んでいます。この家にいる誰かがやろうという話になったのですが、一番適任と思われた僕が選ばれました。少し勘違いされているなと思うんですが、一応、芝居の経験があったので」

「……お芝居？」

「大昔です。それに大根でした」

賢人さんは言うと、簡単に今日までの半生を語った。大学生のときに演劇サークルで芝居を始め、商社に勤めるようになってからも有志と共に舞台に立ち続けた。大規模なそれならともかく、知り合いに頭を下げてチケットを引き取ってもらうような劇団にお金はない。自分たちが出演する舞台の装置は、自分たちで用意する必要があった。たかが背景、されど背景。ローコストでいかにそれらしく見せるか。どうしたらより華やかに映るのか。凝り始めたところ夢中になってしまい、さらには芝居よりも適性があることに気づいてしまえば、みるみるのめり込んでいく。独自の技術をひっさげてイサイ美工の門を叩いたのは二十六歳のとき。気づけば勤続十七年。

「自然に振る舞うのは上手《うま》いんです」と賢人さんは恥ずかしそうに笑った。「ただ一方、舞台上での芝居というものが、僕にはできませんでした。たとえばほら、街頭インタビューとか、テレビショッピングに出てくる一般人とか、『これ、明らかに役者が演じてるな』ってわかることがあるじゃないですか。役者って意外とああいう振る舞いが苦手なんです。どうしても、やりすぎちゃうんですよ。でも僕はそうじゃありませんでした。一般人が通常行う動作を、極めて自然に模倣することができる。その代わり、舞台では芝居ができない。役者に向いていないのは誰の目にも明らかでした」

「……なんで、あんなことを」

賢人さんはゆっくりと首を横に振った。

「それは、ご本人から聞かれた方がいいと思います。僕では説明しきれません。わかっているところと、まったくわかっていないところがある。ただ、我々イサイ美工の人間としては、今回の喜佐さんの企《くわだ》てに協力するメリットは、一つ。彼女に仕事に専念してもらえるというものでした」

「……専念」

「結婚しないと、家を出てはいけない決まりがあったらしいので」

僕は呆《あき》れると同時に、わずかな怒りを覚えていた。

確かにそのとおりだ。家を出るときは結婚をするとき。明文化されていたわけではないが、母がことあるごとに口にしていた喜佐家の約束事だ。あすながそんなルールに、雁字《がんじ》搦《がら》めに縛られていたのだとしたら、確かに可哀想だと思う。しかしそうではなかった。あすなはいつだって、約束の存在など忘れたように振る舞い、平然と外泊を続けた。

違う、男の家じゃない。仕事場で寝泊まりしてる。

今思えば、あすなの説明は真実であったのかもしれない。どうせ男のところに転がり込んでいるのだろうと邪推したのは僕らの落ち度だ。しかし、職場で寝泊まりがしたかっただけなら、ただ真っ正面から家族に相談すればよかっただけの話なのだ。ご神体を青森の神社にまで返却させる必要はどこにもない。二つの物事の間には、まったくもって繋がりがあるようには思えない。

いったいあすなは、何を考えているのだ。

「僕がやったことは、基本的にはたった二つです」賢人さんは表情を整えてから、指を二本立てた。「一つは大晦日、倉庫の中に忍び込んでご神体と木箱を組み立てたこと。そしてもう一つはホームセンターの駐車場で車をパンクさせたこと。後はあすなさんの婚約者を演じ、皆さんと一緒に無我夢中で十和田白山神社を目指しました」

「……窃盗団の襲撃は？」

「殺されるかと思いましたね。何にもわかりませんでした」賢人さんは力なく笑った。「広崎さんを説得するのも大仕事でした。あすなさんは惣太郎さんがミニバンでご実家に来るものだと確信していたんです。だから惣太郎さんがスポーツカーで来たとき、ものすごく動揺していた」

「パンクはどうやったんですか？」

「準備しただけです」

「……何を？」

「レシート」

賢人さんはそう言うと、ポケットからスマートフォンを取り出した。そして何度かのタップをすると、印刷用の画像データを表示させる。見ればそれは、あの日僕らが見たレシートとまったく同じ版面であった。

「小道具を作るのは得意ですから、このくらいお手の物です。事前にトメフクのレシートのフォーマットを入手して、それに似た書式でレシートを作る。釘《くぎ》は山梨にあるトメフクで買い、朝からずっとコートのポケットに忍ばせていました。惣太郎さんの車の中にあったトンカチを使ったのはその場の思いつきです。より事態が複雑になる気がしたので。思い返してみてください。あそこのホームセンターに誘導したのは僕です。あの日は、出発したときから、あそこのホームセンターでタイヤチェーンを買う予定になっていたんです。到着する時刻に合わせて、レシートは複数枚用意していました」

「……どうして、車をパンクさせる必要があったんですか」

「時間の調整と、皆さんに疑心暗鬼になってもらうためです。後は、お母様に故郷である岩手県の空気を吸ってもらいたかったから。その他にもいくつか皆さんを混乱させるようなことを口走りましたが、これ以上のことは僕に訊かないでください。実際のところ、なぜあそこまでやらなければいけなかったか、その真意はよくわかっていないので」

そこまで言うと、賢人さんは天井を指差した。

「ご神体の件も含めて、発起人に直接訊いてください」

「姉もここにいるんですか？」

「もちろん。僕らは婚約者でも恋人でもありませんが、同僚であり同居人なのは間違いありません。あ、ちなみに僕は既婚者で、住処は一緒にしていない配偶者がいます」

賢人さんは立ち上がると右手で僕を促した。慌てて立ち上がり、僕は二階へと続く階段を上る。

「変わってるなって思われますよね？」

僕は悩んだが、結局は正直に、しかし遠慮がちに頷いた。

「やっぱりすごく面白いんですよ、現代の家族とか、夫婦って」賢人さんは階段を一段一段、踏み締めるようにして上っていく。「なぜか夫婦は、一緒に住んでいなければいけないということになっている。生計も同一にしようということになっている。可能なら永遠に共に過ごすことが理想的とされていて、子供を拵えられたら文句なしだと思い込まされている。そしてパートナーには性的な魅力を未来永劫《えいごう》感じ続けなければいけなくて、パートナー以外の個体に性的興奮をしてしまえば裏切り行為とみなされ糾弾される。まるで、周さんのところのお父様みたいに」

「それは……浮気は裏切りですから」

「本当にそうだと思われますか？」

「……それが普通ですよ」

「かつて哲学者のカントは、結婚とは『生殖器の独占使用貸借契約』と定義しました。つまり、結婚の目的は生殖にのみあり、結婚以外の生殖は許されてはならない不浄なものであるという発想です。これがおそらく、浮気や不倫を禁忌とする発想の根源です。でも、どうでしょう。今の価値観からすると、この解釈はあまりにも視野が狭いとは思いませんか？」

「同性愛の方もいるだろうし、望んで子供を作らない人もいるでしょうしね。ただ、浮気が悪いことであるという考えから逃れるための方便にしか聞こえません。余所《よそ》の家の人との間に子供を作ってしまったら大変ですし――」

「子供を作らなければ大丈夫なんですか？」

「普通は、浮気しちゃ駄目なんです。人間として最低限守るべき節度です」

「カントの意見には抵抗感がある。しかし性器をパートナー以外の人間と使用することは悪であると定義したい。同性愛は認めてあげたい、子供のいない家も認めてあげたい、僕らのような、職場の人間同士で寝食を共にしている人間のことも、認めてもいいと思っている。だけれども、『普通ではない』とは思ってしまう。でもやっぱりね、周さん。僕らが『普通』と感じているあの家族像って、たぶんものすごく一元的で、驚くほど視野が狭くて、びっくりするくらい自分勝手なんです。喜佐家の固定電話にかかってきた電話は、必ず周さんがとらなくてはいけないのと同じくらい、理不尽なルールなんです。なのに誰もが、自分たちは奇妙なルールに縛られていないと思っている。普通から外れている人は、普通ではないけれども認めてあげようよと、心の広さを発揮しているつもりでいる」

「賢人さん。申し訳ないんですけど、僕はこういう話があんまり好きじゃないんです」

「はは、知ってます。元日のときもずっと、早く話を終わりにしてくれないかなって顔、されてましたから。でもね周さん。たぶんですよ」

賢人さんは階段を上ってから三つ目の扉の前で立ち止まると、くるりとこちらを振り向いた。

「ここに、今回の問題の核があるんです」

そして僕のほうを向いたまま、扉を三度ノックする。扉の向こうからは、くぐもったあすなの声が聞こえた。高比良ですと名乗ると、賢人さんはあすなに来客がある旨を告げた。このま

ま扉を開けてもいいか。あすなが、訝《いぶか》しい気持ちを含んだどうぞを口にすると、

「僕の仕事はここまでです」

賢人さんは扉を開けると、また一階へと戻っていく。

六畳ほどの広さのやたらと雑然とした部屋の中に、あすなは納まっていた。

派手なタペストリー、置物、フィギュア、棚、椅子、造形物、彫刻。真っ赤、真っ青、真っ黄色といった強い原色の世界の中、人が腰を下ろせそうな場所は現在あすなが座っている部屋の中央部、一箇所だけ。

あすなは僕を見て驚いているようであったが、僕もまた驚いていた。

室内の派手さにではない。

部屋の最も手前、まるで入室する人間を歓迎するような位置に、オーバーオールを着た黒髪の少年が立っていたからだ。往時よりいくらか小さくなったような気がするが、単純に僕の身長が伸びただけ。色あせていたが、二十年越しの再会に、在りし日の記憶が蘇る。

ショップ栗田のマスコットキャラクター、おもちゃん。

「……やっぱり、姉ちゃんか」

僕はここに来た経緯を語るより先に、二十年越しの衝撃に息を詰まらせた。

ユニ浦和マーケティングを名乗って僕に電話をかけてきたのは、賢人さんだった。回る犬という暗号を社名に忍ばせていたが、もちろん賢人さんがかつてのおもちゃん事件の詳細を知るはずがない。犬のおもちゃを陽動に使ったことを知っているのは、僕を除けば事件の犯人、ただ一人だけ。てっきり父がやったことだと思い込んで今日まで過ごしてきたが、ようやく僕は

真犯人の姿を見る。

「……二十年、ずっと父さんに罪をなすりつけ続けてたの？」

「そういう言い方をしてもいいけど、それは私が積極的に嘘をつき続けたからじゃない」あすなは僕とは目を合わせず、床の一点をじっと見つめていた。「お父さんが私を庇《かば》って罪を自白して、一方のあんたたちが特に理由もなく、お父さんが犯人に違いないって決めつけてただけ」

「……なんで盗んだんだよ。こんなの」

「欲しかったからでしょ」まるで第三者の犯行について説明するように、あすなは乾いた口調で語る。「お父さんの不倫がわかる前から、ショップ栗田は閉店する予定だった。私は店の前のおもちゃんが好きだったから、あれはどうするんですかって訊いたら、栗田さんは捨てるって言った。そんなの絶対にもったいないって思ってたとき、お父さんの不倫が発覚した。今なら、何をやっても全部お父さんのせいにできる。当時の私は、そんな最低な考えのもと、ショップ栗田から台車に載せておもちゃんを家まで運んだ。二階で見てるあんたが邪魔だったから、犬のおもちゃでおびき寄せて、その隙に倉庫の中にしまった。倉庫の中のおもちゃんが見つかっちゃってからは、外トイレの陰に隠して、お兄ちゃんが越して私と周の部屋がわかれてからは自分の部屋に隠してた。ちなみに犬のおもちゃは、きちんと自分のお小遣いで買った」

　僕は部屋の入口で立ったまま動けなくなる。あすなは説明を終えると、

「用件は何？」いかにも面倒くさそうに眉間《みけん》に皺《しわ》を寄せる。

「言わなくてもわかるだろ……ご神体の件だよ」

「それが？」

「全部、嘘だったんだろ……」

「あんたは、あの騒動の何が嘘だったと思ってるの？」

しらばっくれることが可能だと思っているのか、あるいは僕の相手をするのが面倒なのか。いずれにしてもこちらを虚仮《こけ》にしているとしか思えない態度に、僕は明確に腹を立て始めていた。真実を握っている人間に対して、一から十まで推測を並べるのは抵抗があった。しかしあすなの口を割らせるためには、こちらもある程度、嘘の輪郭が見えていることを教えてやらなければならない。

僕はスマートフォンを取り出し、目当てのニュース記事を表示させる。

「これが――」

怒鳴りつけてやりたいのが本音であったが、僕はぐっと歯を食いしばって声のボリュームを絞る。

「この記事こそが、この事件のすべてだったんだろ？」

僕があすなに突きつけたのは、十和田白山神社に纏《まつ》わる騒動についてまとめたニュース記事だった。躍る見出しは、盗難の事実なし：お騒がせご神体事件の真相は、職員である宮司の孫が紛失しただけ。

「……最初の最初っから、全部嘘だったんだ」

僕らが壊れたご神体を返却した翌日の朝、宇山宮司は報道陣に対して、ご神体が盗まれた事実はなかったと説明した。どうして、でたらめを口にするのだろう。なぜ、僕たちを許し、批難の言葉の一つもこぼさず、徹底的に庇ってくれたのだろう。あのときは呆気《あっけ》にとられ、どこか傍観者じみた感謝をすることしかできなかったが、今ならわかる。

ご神体は最初から盗まれてなどいなかったのだ。

すべてはあくまで、僕の推測。しかし時系列をひとつひとつ遡《さかのぼ》るようにしていくつかの情報を嚙《か》みわけていけば、まるで砂に埋もれた彫像がゆっくりと姿を現すように、一つの真実が浮き彫りになっていく。僕はあすなの口から正しい事実を語らせるため、こちらが見出《みいだ》した事実を真っ正面からぶつける。

宇山宮司は僕らが届けたご神体が破損しているのを見てもまるで動揺せず、あまつさえ折れた左腕を孫の手代わりにしていた一方、あすなが持ってきたもう一体のご神体を見ると途端に態度を変えた。僕らは無罪放免となる。ならば、あすなが持ってきた第二のご神体こそが、本物のご神体であると考えるのが自然だ。

あすながどうして、本物のご神体を持っていたのかはわからない。しかしあすなが偽物のご神体を持っていた（というよりも製作していた）理由は、さほど難しい疑問ではない。

イサイ美工として、正式に偽物の製作を依頼されていたのだ。

手付金五万円、完成報酬四十万円。それが相場より安いのか高いのかはわからないが、ともかくにもあすなは正式に依頼を受け、偽物のご神体を分割した状態で我が家の倉庫の中に保管していた。珠利さんが見つけた謎のメモは書式こそ杜撰《ずさん》であったが、神社側があすなに向けて作った、正式な依頼書であったのだ。

ではどうして神社は、イサイ美工に偽物の製作を依頼しなければならなかったのか。ここまで辿り着けば、ほとんどニュース記事に答えが書いてある。

お騒がせご神体事件の真相は、職員である宮司の孫が紛失しただけ。

宮司の孫である、禰宜の宇山一樹は、何らかの理由でご神体を紛失してしまった。彼の心の機微のほどはわからないが、おそらくはいくらか狼狽《ろうばい》したのだろうと推測できる。どうにかして代わりのご神体を用意しなければ。慌てた彼が頼ったのは、舞台美術を手がけるイサイ美工。青森にある神社の人間が山梨にある小さな美術会社に依頼するのは不可思議に思えたが、ここにはおそらく一つの偶然が作用している。

「僕らは青森に行く途中、シルバーの商用車の人間に執拗に追い回された」

僕は現場を見ていないあすなに対し、謎の襲撃について今一度語る。

「中に乗ってたのは二十代の男で、十二月二十三日に引っ越し業者を装って現れた男と同一人物だった。そしてその上――」

去年、十和田白山神社を訪れた母から、僕らの個人情報を聞き出した人物でもあった。

祈禱《きとう》の際にある程度の個人情報を必要とするのは、十和田白山神社においては通常のこと。母もまさか、信頼して情報を伝えた相手が窃盗団の一員であったとは思いもしなかったであろう――そんな呆《ほう》けたことを、先ほどまでの僕は考えていた。

戸田さんの家で十和田白山神社に纏わる情報を確認した僕は目を疑ったが、同時にすべてが一本の糸になった感触を覚えた。母から我が家の個人情報を聞き出し、引っ越し業者のふりをして僕の前に現れ、元日は僕らを追い回したシルバーの商用車の男こそが、他でもない。

「彼が、宇山一樹だったんだ」

この一連の事件の中に、窃盗団という役割の人間は、実は一人もいなかったのだ。思い返してみれば、目出し帽を剝《は》ぎ取られて拘束された宇山一樹は、僕らのことを指して「盗っ人《と》」という言葉を使った。金を払うから、ご神体を置いていけとも言った。僕らは彼を窃盗団の一員だと思い込み、一方の彼もまた、僕らを窃盗団だと思い込んでいた。

「そこまでわかってるなら……」あすなは僕の推理を否定もせず肯定もせず、驚きも悪びれもしないまま、いかにも機嫌が悪そうに言葉を放り投げた。「もういいでしょ」

「いいわけ、ないだろ」僕の声は自然と怒気を孕《はら》む。「ちゃんと全部、姉ちゃんの口から話してよ」

あすなは鈍《にび》色のため息をつくと、ようやく事件の概要を語り出した。

始まりは去年の七月。

十和田白山神社の職員として働いていた宇山一樹は、本殿を清掃する際にご神体を紛失してしまったそうだ。完全に処分したようなことはないはずだが、どこを捜しても見当たらない。基本的にご神体は木箱に入ったまま本殿に安置されているので、誰かが中身を見るようなことはないのだが、翌年の例大祭は折悪しく十年に一度のご開帳の年に当たっていた。ご神体を乗せた神輿《みこし》が街を練り歩き、滅多なことでは日の目を浴びないご神体そのものが公開されることになっている。宇山一樹は焦った。父や祖父をはじめとする他の職員に相談するのが常道ではあったが、絶対に大目玉を食らいたくない。恐れた宇山一樹は、どうにか紛失事件を隠蔽《いんぺい》しようとした。

ご神体は広い神社の敷地内で迷子になっているだけで、いつかはきっと見つかると信じたい。

しかし万が一、一月二日の例大祭までに見つからなければ、これはとんでもない騒動となる。ひとまず十年に一度のご開帳である、一月二日の例大祭を乗り切るための偽物が欲しい。考えた宇山一樹は、ふと、とある職業を思い出す。舞台美術。なぜそんな仕事が頭を過《よぎ》ったのかといえば、一カ月ほど前に、実の娘が舞台美術をやっているという女性が神社に参拝に現れたからだ。

宇山一樹は神社で保管されていた個人情報の記録を引っ張り出すと、イサイ美工へと電話をかけた。内密に、ご神体の偽物を作れないだろうか。遠方の企業なのは百も承知であったが、むしろ近隣の企業に依頼するよりも秘密がバレにくそうだという点で、いくらかの魅力を感じていたようだ。あすなを中心に、偽のご神体製作が始まる。

しかし偽のご神体の納品が完了した直後、神社の内部で朗報とも悲報ともとれる事態が発生する。宇山一樹が本物のご神体を見つけたのだ。宇山一樹からの電話を受けたイサイ美工のスタッフは顔を曇らせたが、宇山一樹はすぐさま追加の依頼をしてきた。

本物のご神体を、修理して欲しい。

見つかった本物のご神体は、宇山一樹の不注意によって部分的に破損していた。追加の料金を支払うので、こちらを秘密裏に修繕して欲しい。協力を惜しむつもりはなかったが、仏具神具の修繕はイサイ美工の範疇《はんちゅう》ではない。ひとまずオーダーを受けたイサイ美工は、偽のご神体を引き取り、仏具の修繕を専門にしている秋田の職人のもとへ本物のご神体を届けた。前払いで五万円を受け取り、残り四十万円の修繕費用は作業が完了してから受け取る。

修繕には二カ月ほどかかります。

連絡を受けた宇山一樹は、年明けの例大祭にさえ間に合えば何も問題ないと胸を撫《な》で下ろした。本物が見つかれば、急遽《きゅうきょ》製作された偽物のご神体は無用の長物。処分してしまおうかと思ったものの、宇山一樹は万が一のことを考えてしばらく保管して欲しいと依頼する。悩んだあすなは、持ち運びやすいように偽のご神体をばらばらに分解すると、自宅の倉庫に保管しておくことに決める。二度とご神体の所在を見失いたくない宇山一樹が、木箱の蓋《ふた》の裏にエアタグを仕込んでいたことには気づけなかった。しかし、ここで小さなトラブルが発生する。

秋田の職人の作業が予定どおりに進まなかったのだ。

大幅に遅れることはなさそうだが、わずかに例大祭には間に合わないかもしれない。職人からの悲鳴を聞いたあすなは、相談をするためすぐさま宇山一樹に電話を入れた。しかし宇山一樹は電話に出ない。十一月になっても、十二月になっても、まったく電話に出ない。

「バンコクだかどっかに遊びに行ってたらしいんだけど、とにかく連絡がつかないんじゃ話にならない。依頼をしてきた宇山一樹さんには申し訳なかったけど、このまま黙り続けているわけにはいかなかった」

あすなは、宇山一樹の祖父であり、神社の長である宮司、宇山宗泰氏に連絡を入れた。

お孫さんから修理の依頼を受け、ご神体を預かっています。事情をすべて把握した宮司は、何よりも先に実の孫に対して腹を立て、そしてすぐさま孫が迷惑をかけて申し訳ないとあすなに対して謝罪をした。

修繕が完了していなくても構わないので、例大祭の日までに持ってきて欲しい。

先方の依頼を聞き届けたあすなはそのまま電話を切ろうとしたのだが、宇山宮司は最後に尋ねてきた。この件を、大っぴらにしても構わないか、と。このまま内々に処理をしてしまえば、孫が調子に乗る。神に仕える人間としてあるまじきことをしたと灸《きゅう》を据えるためにも、しっかりと世間からの審判を受けて欲しい。あすなは問題ないことを告げると、ここで一つのアイデアを思いついてしまう。

あすなは、宮司と打ち合わせを重ね、今回の騒動を実行するに至る。

「……これで全部。もういいでしょ」

あすなは話を結ぶ。

あらゆる物理的な疑問は解消した。しかしこちらが一番知りたいと願ってやまない、もっとも肝心な部分がまるでわからない。

「……目的を言ってくれよ」

「それはもう、いい」

「……もういい？」

意図の掴《つか》めない言葉を吐いたあすなは、僕のことを追い出すように左手を払った。

「大失敗だったから、もういい」

「……いや、もういいじゃなくて、ちゃんと言えよ。振り回されたこっちの身にもなってみろよ」

「神様の力を借りて、家族にかかった呪いを解こうと思った。でも失敗した。もういいでしょ。早く帰って」

「呪い？　呪いってなんだよ」入口に立っていた僕は、床に散らばったいくつかの書籍やら小物やらを避《よ》け、ようやく室内に入る。「結婚してないのに家を出るなって話のことか？　自分が職場で暮らすことを認めてもらえなさそうだったから、不貞腐《ふてくさ》れてあんな真似したのか？　あんまりにも自分勝手で大袈裟《おおげさ》だろ。母さんもそこまで頑固じゃない。ちゃんと話し合えばどうとでもなったのに、たったそれだけのためにあんな――」

「んなわけないでしょうが！」あすなは遮るように叫んだ。「言ってもわかんないだろうから、言わないだけ。これからも家族仲よく、実家で一緒に暮らすんでしょ。宇山さんにもどうにもできなかった。私にもどうすることもできなかった。私は一回、手を引くことに決めた。悪いけど今日はもう帰って」

「そんな言い方ないだろって言ってるんだよ。説明もなしにあんな馬鹿な茶番劇演じて、こっちには死ぬような思いさせせて、めちゃくちゃなことして、あとは勝手に想像してくれで通るわけ――」

「気づきたいんなら、自分で気づけって言ってるんだよ！」

あすなの怒声が響くと、一階から賢人さんが駆け上がってくる。落ち着きましょうと僕らの間に入るが、熱くなってしまってごめんなさいで、引き下がれる状況ではなかった。もともと意味のわからない、理解の及ばない姉ではあったが、ここまで異常な真似を働きながら、目的は秘密だと言われて納得できるはずがない。あまりにもふざけすぎている。

あすなとは不仲であったが、怒鳴り合ったのはおそらく幼少期を除いて初めての経験であった。僕は直接的な回答を求めて叫び、あすなは口にする価値がないという言葉を盾にひたすら逃げ続けた。ふざけるな。自分で気づけ。答えなんてないんじゃないか。あるに決まってるだろ。僕が簡単には引き下がらないことに気づいたあすなは、五分ほどの舌戦の末に、わかったと、目を大きくした。

「いいよ。今日だけ、今日だけつき合う。今から家に帰る」

「それでどうするって言うんだよ」

「私がやったことを全部話す。ただ――」

あすなは人差し指を僕の眼前に突きつけた。

「そこから先は、みんなで考えて。私があれだけの騒動を起こして、みんなにご神体を青森まで返しに行かせて、いったい何に気づかせたかったのかを。今、家には全員いる？」

「父さん以外は」

「お父さんはいなくていい」

あすなは言うと、部屋の中から小ぶりのバッグを摑み取ってこちらを睨んだ。

「これで誰も気づけないようなら、私は完全に諦めるから」

あすなは僕が乗ってきた軽自動車の助手席に乗り込むと、ひたすら窓の外の景色だけを眺め続けた。もと来た道を戻るようにして車を走らせ、高速道路を二十分ほど走ったところでぽつりと、

「あんたは、なんで結婚するの」

車内で会話をするつもりはないのだろうと思っていたので、僕は不意を突かれた。先ほどまでの口論の熱が尾を引いており、うまく声のギアを選ぶことができない。意味もなくハンドル

を握り直し、ミラーを確認する。やがて深呼吸をしてから、

「いい人が見つかったからだろ」

「いい人が見つかったから」

オウム返しに挑発の意図を感じつつも、僕はぐっとこらえて前方を見つめた。

「そっちは、結婚しないの。賢人さんは恋人じゃなかったんだろ」

「まだ決まらない」

「……相手が？　それとも決意が？」

「もっと手前の話」

やはりこの人とはチューニングが合わない。僕は口を噤《つぐ》み、新たな話題を振る代わりにアクセルを踏み込む。軽自動車の弱々しいエンジンが唸《うな》りを上げると、

「これ」とあすなは思い出したようにバッグから何かを取り出した。「置き忘れてたから返す」

何だろうと横目で確認すると、一本のカセットテープをこちらに差し出していることに気づく。あすなの車の中に置いていたミスチルだ。受け取れと言わんばかりに差し出されても、こちらは運転中。手に取ったところで鞄《かばん》にしまうこともできないので、

「とりあえずデッキに差して」と依頼する。

母の車も、あすなのミニほどではないがそれなりの年代物だった。カセットデッキが搭載されているので、間もなく音楽の再生が始まる。流れ出したのはアルバムの二曲目。僕とあすなはそこから一切言葉を交わさず、ひたすら車を走らせ続けた。

家に着くと、あすなは何の躊躇《ちゅうちょ》もなく玄関扉を開けた。ただいまも、久しぶりも、お騒がせ

しましたもなく、そのまま居間の一角に腰掛ける。炬燵《こたつ》の上にリフォーム業者の資料が並べられているところを見ると、目下、改築の相談をしている最中であったらしい。母も惣太郎も一斉にどこに行っていたのだと尋ねたが、あすなは自身がどこにいたかを答えるよりも先に、

「お正月のご神体事件、すべて私が仕組んだことでした」

自身の犯行を告白した。

当然、すんなりと受け止められるわけもなく、とりわけ惣太郎は荒れた。どういうことだ。説明しろ。あすなは自身がやったことを、概《おおむ》ね先ほど僕にしたようなのと同じ流れで語った。話が結びに入ろうかというところで惣太郎はとうとう我慢できなくなり、あすなの肩を摑んで大きく揺すり始めた。お前は何を考えているんだ。誰もがあすなに対して似たような憤りの気持ちを抱いてはいたものの、惣太郎の両手には力が入りすぎていた。母と珠利さんが惣太郎を諫《いさ》めると、あすなは乱れた着衣を整える。それから炬燵の上の資料を摑むと、

「改築、するんだ」

「お前、今それどころじゃねぇだろ」

「どうして改築するの?」

「……お前、ほんといい加減にしろ」

惣太郎は威圧するように顔を突き出して凄《すご》んだ。俺だって、偉そうなことを言えた立場ではない。しかしせっかく家族がご神体の騒動を経てまた団結しようとしている最中《さなか》、お前はなぜそんなことが言えるんだ。惣太郎の嚙みつきに対し、しかしあすなはあくまで淡々としたトーンを崩さず、

「お兄ちゃんは住まないんでしょ。ここに」

「何が言いてぇんだよ。そりゃそうだよ。俺は、とっくにこの家卒業してんだから。でも――」

「卒業」とあすなは言葉をピンで留めるように言った。「お兄ちゃんはすでにこの家族を、卒業してる認識なんだ」

「事実だろうが」

「周の認識も、同じ?」

思わぬタイミングで回ってきたパスに、僕は詰まった。

現在は、異常としか言いようのない大騒動を起こしたあすなを家族一同で問いただしている最中。可能なら僕らは一枚岩でありたかったが、この点に関しては明確に賛同できない思いを抱いていた。家族を卒業。すでに終わった家族。惣太郎が平然と使用する言葉に、僕はどうしたって並々ならぬ不快感を覚えてしまう。

どう言葉を返すべきか考えていると、

「周にとって、今この家族は何人なの」とあすなは質問の形を変える。

「……八」と僕は答えてから、賢人さんをカウントしてしまっていたことに気づき、訂正する。

「僕が咲穂と結婚したら、七人」

「お兄ちゃんは何人だと思ってるの」

「今は夫婦二人だよ」と惣太郎は苛立《いらだ》ちを隠さず答える。「それが何だよ」

「珠利さんはどう?」

傍観者だと思って油断していた珠利さんは驚いたように肩を震わせると、

「……私は」たっぷりと逡巡《しゅんじゅん》の間を取ってから、「この間も言ったとおり、わからないかもしれないです。二人な気もするし、もっといるような気もするし、自分の両親とかのことも数えてあげたいし……」

「私は五人だと思ってる。お父さん、お母さん、お兄ちゃん、周、それから私」あすなは手に持っていた改築についての資料をようやく炬燵の上に置く。「『どこからどこまでが、家族なのか』。こんなにも単純な問題に対して、この場にいる人間がそれぞれまったく違う人数を答えてる。お母さんは、何人だと思う？」

「そりゃ、お母さんは――」

母の口は軽快に開いたものの、しかし言葉を選べず唇がしばらく空転する。僕は母が何人から何人の間で迷っているのか悩み、果たして何人と答えてくれたときに納得すべきなのかがわからなくなっている。誰をカウントしているのか。誰をカウントしていないのか。結局、答えを選べなかった母を諦めるように、

「たぶんだけれど――」

沈黙を嫌うように、あすなが議論の先頭に立つ。

「お父さんの答えも、この場にいる誰とも違う。みんながみんな異なった家族の範囲を想定している中で、この家族は家を改築しようとしている。そして一緒に住もうとしている。それはいったいどうして？　新しくできるこの家に住みたいなって心から思ってる人は、この家族の中の誰？」

「お母さんは住みたいよ」

母は毅然《きぜん》とした親の表情で、あすなに向き合った。

「お母さんは、本当によかったと思ってる。お母さんは改築してこの家に住み続けることに賛成。周もそうだし、結婚がなくなったんなら、あすなにだって一緒に住んで欲しいと思ってる」

「お母さんはこの土地が好きなの？　この家屋が好きなの？　それともお父さんと一緒に住み続けたいの？」

少し考えてから、「全部だよ」

「お母さんは本当に、お父さんのこと――」

「お前、ほんといい加減にしとけ」あすなとの問答を嫌うように、惣太郎が割り込んだ。「あのろくでもない馬鹿親父を受け止めて、それでも家を守ろうとしてる母さんのことをなんで素直に褒められねぇんだよ」

「お母さんはどうしてこの家を守らなくちゃいけないの？　考えたことある？　どうしてお母さんはお父さんのことを、無理して受け止める必要があるの？　そもそもお父さんはこの家に住み続けたいの？　お父さんに訊いた？　この家を改築することについて、お父さんは何て言ってた？」

「あのどうしようもない人間が少しは帰りたくなるような家にしようって話だろうが。自分のことばっかりで甘い汁吸い続けてきた親父が、きちんと帰ってきて、家族に向き合える家にするんだよ」

「さっきからお父さんのことずっと悪く言ってるけど、そもそもお父さんの何が悪かったの？

何を以《もっ》てろくでもないって言ってるの？　ちなみにだけど、おもちゃんを盗んだのは私。今ならお父さんのせいにできるって思った二十年前の私が、ショップ栗田からおもちゃんを盗んできた。犯人はお父さんじゃなくて、私」

母がはっと息を呑《の》み、一瞬で顔を真っ赤に染め上げた。あすなが盗みを働いたということよりも、おそらくはショップ栗田という名前が出たことのほうがまずかった。栗田の名前はこの家では禁句中の禁句だ。それまでは理性的にあすなを説得しようとしていた母が、目に涙を浮かべ始める。

あすなが口に出したことで、おそらく惣太郎は開き直った。母の前では誰もが口にしないようにしていた事実を蒸し返すことに決め、

「浮気しただろうが……あの馬鹿親父は」

「知ってるよ。誰もがその目で見たんだから。でもじゃあ、浮気の何がいけないのか答えてみてよ。少なくとも私は実害を被ってない。浮気の何がいけないとされているのか、きちんと答えてみてよ」

「お前、とうとう壊れたか？」

「逃げないで答えて」

「家族を裏切ってるんだから駄目に決まってるだろうが」

「抽象的な言い回しに逃げないでって言ってるの。裏切ったって何？　家族ってどこからどこまで？　お父さんがお母さんとだけ性的に強く結ばれてる状態が、家族を裏切っていない状態、家族を大事にしている状況だって、判断すべきなの？　私たち子供は、『お父さん。今日もお

母さん相手にだけ発情してくれてありがとう』って感謝すべきなの？　ねえ、ちゃんと説明してよ、浮気の何がいけなかったのか。曖昧な慣習や常識に逃げずに、誰かの安っぽい言葉を安易に借りずに、きちんとお兄ちゃんの思う言葉と理論で説明してよ。卑猥《ひわい》なことを奥さん以外としたから浮気はいけないの？　奥さんだけでは飽き足らない強い性欲を持ってしまったからいけないの？　それとも奥さんとの性交渉の回数を減らしたからいけないの？　お父さんは栗田さんとの間に子供は作らなかった。たぶん病気ももらってこなかった。だったら何がいけなかったのかをきちんと論理的に──」

「屁理屈《へりくつ》はいいんだよ！　駄目なことしたから駄目親父なんだろうが！　お前のそういうおかしな価値観につき合わされるのはもう勘弁なん──」

「そう言われるから、あれだけのことしたんでしょうが！」

あすなはこれまでで一番大きな声で叫ぶと、しばらく沈黙の中で荒れた呼吸を整えた。そして声を張り上げてしまった自分を恥じるように唇を噛むと、赤らんできた目を隠すように瞼《まぶた》を閉じる。

「私が何を言っても、何をやっても『進んでるね』『変わってるね』『新しい考えだね』で片づけられるから、この家族の価値観を根っこから変えるために、あれだけ馬鹿みたいなことやったの。もう一回訊くから、ちゃんと逃げずに答えて。どうしてお父さんの浮気はあれほど糾弾されたの？」

「定められた人以外と交わることは、不誠実だからだよ」

そう答えたのは、僕だった。

あすなの双眸《そうぼう》が僕を捉える。軽率な発言で足をすくわれるわけにはいかない。僕は言語の海の中から、適切な単語だけを拾い集める必要があった。ゆっくりと思考を整えていく。一つも間違えないよう、正しい言葉だけを、適確な順序で並べていく。

「一人の人間だけを愛することが、夫婦の間には必要とされているからだよ」

「いいんだな？」あすなは予想外に素早く反応するともう一度、「いいんだな？」

「……何が？」

「本当にその理屈でいいんだな？」

「……もちろんだよ」

「奥さんを愛するということは、肉体的に求めることとイコールで繋《つな》いでいいんだな？　奥さんに対してのみ性的欲求を抱き、奥さんとの間にしっかりとした性交渉を持つことがよい旦那の資格ってことで、本当にお前はいいんだな？　もしそうだとしたら、あんたはいい旦那になれないよ。あんたは絶対にいい夫婦を、いい家族を作れないことになるけど、それでもいいんだな？」

僕の口から出た言葉は、日本中のほとんどの人から賛同されうる、正論のはずであった。僕は間違った価値観に囚《とら》われ、おかしな言葉遊びに興じてしまっている姉を正すための言葉を口にした。客観的に振り返ってみても、僕の言葉に誤りはない。確信も手応《てごた》えもある。なのに、どうしてだろう。僕は泣き出しそうになっていることに気づく。可能なら今すぐにでも、この場から逃げ出したい。

精一杯強がってどうにか吐き出した言葉は、

「……何が言いたいのかわからない」

「知ってるんだよ、こっちは。わかるんだよ。一緒に暮らしてれば」

そんなわけ、ないだろ。

勘違いであってくれと心の中で念じたのだが、あすなは僕にとって最も残酷な一言を、するりと胸の奥へと突き刺した。

「お前に、性欲なんて微塵《みじん》もないだろうが」

白を切ろうか。

考えたが結局は、自分に嘘をつけなかった。

あすなの指摘に、何一つ誤謬《ごびゅう》はない。僕には、女性との間に性交渉を持ちたいと考える、いわゆる性欲と呼ばれるものは、まったくない。その気になり、かなり頑張れば、行為を果たすことはできる。しかし、むらむらする、女性の裸が見たい、女性に触れたいと思う気持ちは、まるでない。

僕は今の婚約者とキスをする。もちろん営みのある日は、営みがある。

それでも積極的に行為に及びたいと思ったことは、生まれてこの方一度もない。女性の唇にキスをするのは、生け簀《す》から揚げられたばかりの生魚に口づけをするのと同じような感覚になる。我慢すればできるが、可能ならしたくない。した瞬間に生臭い幻臭が漂い、唇の上に相手の唾液《だえき》がうっすらと載った感触が堪《たま》らなく嫌になり、すぐにでもハンカチやティッシュで拭《ふ》きたくなってしまう。

それでもどうして婚約者との間に性交渉を持つのかと言われれば、それは、それが、普通だと教えられてきているからで、そうしないと大好きな咲穂が、離れていってしまうから。しなければいけないと、思い込んでいるから。

「本当に、相手を性的に欲することが夫婦にとって絶対に必要な条件であるのなら、お前は永遠によい結婚はできないし、よい夫にはなれないけど、本当にそれでいいんだな？」

僕は何も言えなかった。

かつて自分の異常さに辟易《へきえき》したとき、アセクシュアルという言葉に辿り着いた。セクシャルマイノリティの一つで、他者に対して性的な欲求を抱くことが少ない人のことを指す言葉らしい。でもたぶん、僕はそれではなさそうであった。先天的な何かによって宿命的に性的欲求を抱かないのではなく、どちらかというと僕のこれはトラウマなのだ。

小学三年生のときに、倉庫で見てしまった父と栗田さんの不倫現場。

意味のわからない気持ち悪さに加え、その後、父が内外から徹底的に糾弾される姿がじわじわと汚水が染みるようにして、胸の中にこびりついていった。あの気持ち悪い行為は、いけないことなのだ。何をナイーブなと笑う人がいるかもしれない。でも僕にとってはとにかく抗《あらが》いがたい地獄のようなトラウマであった。何かある度に、あの倉庫の光景がフラッシュバックする。喉元《のどもと》から酸っぱい地獄がせり上がり、くらくらとした目眩《めまい》に包まれる。

ああはなりたくない。ああなってたまるものか。

考えているうちに、性的なものすべてが駄目になった。

もしも夫婦関係においてあの行為が必須《ひっす》とされ続けるのであれば、あすなの言うとおりだ。僕は永遠に、よい夫にはなれない。浮気をしない自信は誰よりもある。しかしその一方で、奥さんのことを抱き続ける自信は、まるでない。

「関係がないんだよ」あすなは言い切った。「よきパートナーであることと、よき父であることと、性交渉を持つ持たないは、何も関係ないんだよ。そうだろ？　そうあってくれなきゃ一番困るのはあんただろ、周」

姉ちゃんは間違ってる。

口にしたいのは山々なのだが、あすなの台詞に救われている自分がいることを、どうしても偽れなかった。そうだよね、と、むしろ肯定さえしたくなっている。でなければ僕は、この人生を、これから控えている咲穂との結婚を、否定されかねない。

「浮気だけが問題じゃねぇだろ」

惣太郎はあすなを睨み続けていた。

「金も稼がなかっただろ。家にも全然いなかった。父としてやるべきことなすべきこと、何一つやってこなかったから駄目親父だって言うんだよ」

「じゃあ、お金を稼ぐのがいいお父さんなの？　家にずっといるのがいいお父さんなの？　別に女性の側がお金を稼いでもいいし、単身赴任しながらでも仲のいい夫婦だっている。世間一般に言われる父として、男として理想的な像はいくらでも挙げられるけど、別にそれは満たされるべき絶対の条件ではない。どの要素も一見して魅力的ではあるけれども、決して万人が目指すべき単一の形ではない。じゃあ改めてどう？　この家におけるお父さんの、喜佐義紀の悪かったところはどこ？　これほどまでに家中の人間から蔑《さげす》まれなければならない理由は何？

私はね――」

あすなは断言した。

「いいお父さんだったなって、心から感謝してる」

戸惑う僕らを前に、あすなは躊躇《ためら》わず言葉を重ねていく。

「お父さんに対して、心の底からの不満は何もない。小さい頃はお金がないのに、いくつもの習い事に通わせてもらった。私の我が儘《まま》につき合って毎週遠くまで一緒についてきてくれた。行きたい学校に、全部通わせてもらった。私は少なくとも、あのお父さんは、立派に私たちのお父さんだったと思う。浮気はしたけど、私のことを裏切ったことはない。私のことを大切にしなかったこともない。お父さんは一度だって家族を蔑《ないがし》ろにしたり、壊そうとしたことはなかった。私にとってこの家族は、居心地の悪い家族ではなかった。さっきお兄ちゃんはお父さんこそがこの家で甘い汁を吸ってきたって言ってたけど、たぶんこの家で一番いい思いをしてきたのは私。私は相当に甘やかされてきた自覚がある。でも、どうだと思う？　冷静に考えて、お父さんはそんなにいい思いをしてきてる？　そんなにもお父さんは糾弾される必要がある？　お父さんは今現在、どんな思いで、この家族の中で過ごしているか、考えてみたことある？」

あすなは、倉庫の方向を指差した。

「今回のご神体騒動、身をもって体感したでしょ？　倉庫から木箱が出てきたとき、みんな何を思ったか。不在だったことを差し引いても、誰もが『悪いのはお父さんだ』とすぐに納得した。なぜならこの家はいっつも『悪いのはお父さんだ』で乗り越え続けてきたから。お父さんを犠牲にしてでも、別の『何か』をひたすら守ろうと奔走してきたから。それでも私は信じてた。お父さん以外の誰かが悪いかもしれないってなったとき、この家族の人間はきっと気づけるはずだと。この家族の誰もがうっすらと苦しめられ続けている、真ん中にある『本質』みたいなものに、きっと気づいてくれるはずだと。最後には宮司の宇山さんが説得もしてくれることになってた。それなのに話を最後まで聞くこともなく、この家族のみんなはやっぱり最後の最後まで、『それ』に呑まれた」

「もったいつけてねぇではっきり言えよ」惣太郎は焦《じ》れた。「『本質』とか『それ』とか言ってねぇで、ちゃんと口にしろ」

惣太郎の言葉を受けたあすなは、まるで家の柱にでも刻み込むように、はっきりと言葉を突きつける。

「『家族』と『常識』でしょうが」

「……何言ってんだお前」

「この家族を苦しめてきたのはお父さんじゃなくて、お父さんの浮気でもなくて、ましてやお母さんでもお兄ちゃんでも周でもなくて、『家族』そのものだって言ってるの。家族は団結するべき、家族は仲よくするべき、家族の中に苦しそうなメンバーがいたとしても、少しくらい苦しそうな人がいるほうが立派な気がする。なぜならそれが、『常識』だから。どれだけひずみを生んでも、どれだけ成員の多くが息苦しくなろうとも、きっとこれからもみんなは幸せよりも『家族』と『常識』を優先して、合い言葉みたいに言い続ける。『じょーないじょーない』『お父さんは駄目な人だから、仕方がない』。もちろん、私も加害者だった。何をやってもお父さんのせいにできると思って、浮気をしたから窃盗の罪も着せていいと判断して、小学生の私は最低最悪なことをした。今でも死ぬほど後悔してる。少しでも考えてみたことはない？　お兄ちゃんの言うとおりこの家にお金はなかった。なのにどうしてお父さんはあんなにも旅行に行くことができたのか？　どうしてお父さんが買ってくるお土産はあんなにも定番で捻りのないものばかりなのか？　どうしてお父さんはいつも大事な食事会に遅れてくるのか？　その割にきっちりと、終盤のちょうどいいタイミングで現れるのか？　私たちが常々いないものとして、この家族における負の存在として扱い続けてきた、お父さんがいったい今どこにいるのか？　少しでも考えてみたことは――」

「あの、皆さん――」思いがけないタイミングで割り込んできた珠利さんの目は、なぜか赤らんでいた。「皆さんのお父さんは岩手の温泉には――」

「言わなくていい！」あすなは珠利さんを止めると、「自分たちで気づかなきゃいけない。この家で育ってきた人間が、この事実に向き合わなくちゃいけない。これがこの家の瀬戸際だから。考えることを放棄して、何となくよさそうなものを選び続けてきたこの家が変わらなくちゃいけない大事な瞬間に直面してるから。あれだけ大きな事件を起こしてみても、やっぱり最後は『家族』と『常識』が勝った。でもここで踏ん張って欲しいから、もっと根っこのほうから大事なことに気づいて欲しいから、どうにかここで、この家族の人間が自分の力で答えに辿り着かなきゃいけない。家を解体するよりは、改築して住み続けたほうがいいような気がする。家族が別居しているよりは、一緒にいたほうがいいような気がする。私はこれ以上、常識と、じょーないじょーないが選ばれ続けていく家族を見たくなかった。だから一月一日、放っておけばこの家族は残り三日で解体される予定だったのに、私はあれだけ馬鹿げた大騒動を起こさなくちゃいけなかった。もう一度、一致団結して欲しかったからじゃない。この家族は解体されるだけではまだ、不十分だと思ったから。私はこれ以上、この家族が続いていくのを見たくなかった。家から出たいと思っている人が後ろ髪を引かれる状況を、誰もがお父さんを恨み続け、お母さんばかりが苦労を背負《しょ》い込み続けるこの気持ちの悪い循環を、いつまでも誰も食べたくないと思ってるおせちが毎年出てくる光景を、もう見たくなかった。本当に見るべきものを見て、ここにいる全員に心から幸せになって欲しかったんだよ！『家族』よりも大切なものを、見つけて欲しいって思ってしまったんだよ！」

あすなはそこまで言うと、僕を見つめた。

「この問題については、あんたが決着をつけたほうがいい。周は、お父さんがどこにいるかわかる？　お父さんが自分のことを何て呼ぶかわかる？」

一度にあまりにもたくさんの言葉と感情と質問を、ぶつけられすぎた。

議題は四方八方に飛んでいったような気もするし、しかし重要なポイントは見事なまでに一点に集約されているような気もした。僕はまず何を考えるべきなのかを考え、ひとまず最後の質問の答えを探してみることにした。父の一人称。余所の人の前では、私、という呼称を使っていたように思う。しかし家族の前でそんな仰々しい言葉遣いをするはずはない。俺か、僕か。どちらも微妙にしっくりとこない。

結局思い出せなかった僕は、何について考えるべきかもわからないまま、居間の戸棚を開けた。父がいつも土産物を入れておく棚。ラインナップは一月一日時点の東京ばな奈といちご煮から草加煎餅が増え、現在三つ。おそらくだが、いちご煮はあすなが入れたカモフラージュなのだろう。父が青森に行ったと偽装するための小道具。父は実際には青森には行っていなかったが、ここに当地の土産があると、つい僕らは父が旅をしていたように錯覚してしまう。

思考が、障害物にぶつかる。

予期せず僕の脳裏を過ったのは、咲穂に渡した、信玄餅であった。

そして信玄餅のことを考えた瞬間に、僕はみるみる一つの仮説へと吸い込まれていく。確かにあすなの言うとおり、僕だって考えたことがある。うちは慢性的に貧乏なのに、どうして父はこうも遠方に遊びに行けるのだろうか。きっと多少の貯蓄はあるのだろう。年金をうまくやりくりしているのかもしれない。その程度の理由で自分を納得させてきていたが、よくよく考えれば明らかにおかしい。お金はどこから出ているのだろう。

僕は父がいない日を、思い出してみる。基本的にはいつもいない。しかし重要なイベントの日には、必ず最後の最後にひょっこりと顔を出す。まさしく先日のご神体騒動のときと同じだ。どうせいないだろうと考え、母はいつも父の分の料理は用意しない。惣太郎が上京する前日も、母の還暦祝いの日も、僕が咲穂を紹介したときも、そうだった。料理を食べ終わった頃に父は現れ、閉会の言葉のような一言を添え、自分も出席したような空気だけを演出する。

そんなわけ、あるはずないだろう。

馬鹿げた考えをすぐさま棄却しようとしたのだが、しかし僕は珠利さんの視線がおかしいことに気づいてしまう。先ほどからきょろきょろと落ち着きがない。いつもどこか不安げで、始終楽しくなさそうに過ごしているのが彼女なのだが、それにしたってあまりに挙動不審がすぎる。今朝、段ボールを捨てた際に出会った彼女は、助手席のドアから僕に尋ねた。

父はいるか、と。

どうしてそんなことが気になったのか。考え出すと僕は、珠利さんの視線に釣られるようにして居間の壁面、一点を見つめてしまう。彼女が先ほどから見つめているのは——

欄間。

僕は居間を出る。背後からは母や惣太郎の声が響いたが、振り返るよりも先に仮説の検証をしてしまいたかった。そんなわけはない。あるわけがないのだと考えながらサンダルに足を通し、玄関扉から外へと出る。そのまま倉庫の脇をとおり、この家の裏側へと向かう。最初に確認したのは屋外に設置されていたトイレ。僕が生まれたときにはすでに使われなくなっていたものなので、僕は利用したことがない。近づく理由すらなかったので確認を怠っていたのだが、試しに扉を開けてみると、想像していたよりもずっと綺麗に整備されていることに気づく。昔ながらの和式。汲《く》み取り式のように見えたのだが、よく見れば金属製のパイプが壁面に走っている。試しにレバーを回してみれば、水が流れた。

母と惣太郎も、僕の後をついてきていた。僕が何の確認をしているのかはわかっていない様子で、ひたすら僕の一挙手一投足に戸惑っている。

僕はトイレを出ると、そのまま家の裏側から部屋へと戻る。昔ながらの日本建築なので家屋の三方は縁側に囲まれている。田舎ゆえに施錠の意識は薄い。トイレから最も近いガラス戸を引き、サンダルを脱ぎ捨てる。目指したのは昔の子供部屋である、物置。

引っ越しが決定してから徐々に片づき始めていた物置であったが、引っ越しが中止となった現在はその反動から不用品がこれでもかと押し込められていた。古いおもちゃに、かつて使っていた掃除機、読むことのない書籍、きっと着ないだろう衣服。僕はこの家が積み上げてきた生活の排泄《はいせつ》物をかきわけて、欄間の向かい側の壁面に辿り着く。

壁には畳が立てかけてある。

畳をどかそうと両手を広げたときには、まだ自身の行為を馬鹿馬鹿しいなと感じ、内心うっすらと嘲笑《ちようしよう》していた。しかし物置に現れた珠利さんが僕のことを切羽詰まった眼差《まなざ》しで見つめていることに気づくと、着実に真実へと近づいているのだと確信してしまう。

畳を脇へとどかし、壁をそっと押してみる。ほんの数ミリではあったが、薄い木板の壁は微《かす》かに動いていた。思い切って右から左にずらしてみると、するりと細い線が現れる。

開く。

気づけば背後には全員が集まっていた。僕は目の動きで開けることを伝えると、そのままゆっくりと木板を左に向かって滑らせていく。五センチの隙間が、十センチ、二十センチと広がり、やがてある一点に到達した瞬間——

目が合う。

母と惣太郎がわっと飛び上がるほど驚いている横で、僕は堪《こら》えてぐっと事実を嚙みしめた。もちろん動揺はあった。しかし慌てふためくよりも納得が勝る。謎が解けてよかったよと笑顔を作れるわけもなく、僕はひとまず限界まで呆れた。ひたすらあんたは何をやってるんだと思いつく限りの蔑みの言葉を頭に浮かべてから、すぐに強烈な罪悪感と寒気が、心臓をぎゅっと圧搾する。

「……いつから？」

僕の疑問を反芻《はんすう》し、答えを探すようにゆっくりと、

「……いつから」

言葉を繰り返した。

そして座布団の上に座った父は、バツが悪そうに、頭を掻《か》いた。

墓場まで持っていくべき秘密がバレてしまったという焦りは見てとれない。悲愴《ひそう》感はなく、隠していた菓子を見つけられてしまった少年の気まずさを、頰にたたえている。やがて父が、いつもの、まぁ、という空気漏れのような前置きを挟んだ後に吐き出した答えは、
ずっと。

僕は、あらゆる感情が閾値《いきち》を振り切れてしまい、わけもわからず笑みを作りそうになっていた。

物置と欄間のある空間との間には、階段二段分ほどの高低差があった。僕は足を上げ、欄間のある空間へと体を入れる。高さがある分、立ち上がれば自《おの》ずと目の前には欄間が現れる。隙間から透けて見える居間の景色は、他でもない、これまで父が覗いてきた『家族』の画角。

僕はまだ夢を見ているような心地で、この異常な空間と、ここで父が過ごしてきた時間に思いを巡らせる。

幅は一メートルもない。ウォークインクローゼットと呼んでいいような上等な空間ではなかったが、ここには物置よろしく大量のがらくたが詰められていた。棚には無数の書籍や、人形などの小物、そして家族の思い出を綴《と》じたアルバム。よくよく目を凝らしてみると、僕が幼少期に読んでいた絵本も並んでいる。その横には、かつて惣太郎が使用していた招き猫の形をした貯金箱。父の足下には、スケッチブックと爪楊枝《つまようじ》ほどの長さになった鉛筆。

こんなところに、父はいたのか。

母も惣太郎も、父にどんな言葉をかけるべきなのか、まだ答えを見つけられない。事実を焼きつけようと目元を厳しく整えるのだが、あまりに突拍子のない光景に眉《まゆ》が自然と垂れ下がっていく。驚きで開いた口もとは答えを探すように小さく動くのだが、結局、どういう言葉を見つけることもできない。

今まで何をしてたんだ。何を考えてるんだ。どうしてこんなところにいたんだ。

尋ねるべきか、憤るべきか、謝罪をすべきなのか。

言葉を見つけられないのは、僕も同様であった。

果たしてこの異常を生みだしたものは、あるいはこの異常を異常とも感じられない状況を作っていたものの正体とは、何なのか。父は逃げたのか、隠れたのか、押し込められたのか。考えたとき、先ほどのあすなの言葉が胸を刺す。

家から出たいと思っている人が後ろ髪を引かれている。

それはある意味で、あすな自身であり、惣太郎であり、ひょっとしたら僕のことでもあったのかもしれない。しかし、最も『家族』に囚われていた人は誰だったのだろうか。父がこの空間の中で過ごさなければいけない空気を作ったのは、何だったのか。

僕はようやく父に尋ねるべき言葉を見つけるが、すぐには本題に切り込めない。それは躊躇いであり、申し訳なさであり、しかし何よりも家族特有の、近いくせに部分的にとんでもなく遠くなってしまう、独特の距離感のせいであった。

本題に向かうための助走をするように、僕は床に転がっていたスケッチブックを拾い上げる。

おもむろに捲《めく》ってみれば、日本全国の景勝地が、鉛筆一本で丁寧に描かれていた。実際に現地でスケッチしたものでないことは、あまりに完璧《かんぺき》にすぎる構図が雄弁に物語っていた。いったいどこの誰が、こんな角度から東京タワーを描けるというのだろう。

すべて、誰かが撮った写真の、模写。

この狭い空間から夢想した、日本のどこかにある美しい世界。

僕はスケッチブックをもとあった場所にそっと置くと、本棚に並んでいた別のスケッチブックを手にとる。ラインナップの中で最も古そうな一冊は、思いもかけず、懐かしい記憶を掘り起こさせた。僕は中盤のページに極端に画力の低い一枚を見つけると、力が抜けたような声を漏らし、

「……これ」

指で示したページの右半分には、豪邸の絵が描かれている。

二百平米はありそうな、巨大な三階建て。海岸に面しているのか、家の目の前には砂浜が描かれている。庭にはパラソルつきのベンチまで設置されているそれは、父が描いた絵に違いない。

一方の左側には、比べるのも悲しくなるほど拙い筆運びで、一台の自動車が描かれていた。どう見てもワンボックスカーのように見えるのだが、当時の心境としてはセダンを描いたつもりであったのを、今でも覚えている。

幼い頃、僕が描いた絵だ。

「……これって」と僕は尋ねる。「どうしてこんなもの描いたんだっけ」

「あー」

父が困り顔で頭を掻いたとき、僕は即座に質問を引っ込めるべきだと気づいた。父が、覚えているわけがない。恥をかかせる前に引き返そうと口を開いたのだが、

「描いたものが手に入るとしたら、って話で」と父は、懐かしむように微笑んだ。

言葉足らずではあるが、僕は思い出すことができた。そして父が覚えていたという事実に、自分でも意外なほど、胸を打たれていた。

父は以前から鉛筆画を趣味にしていた。昔は居間でスケッチをしていたので、その筆運びを僕も見学することができた。この程度の画力なら、勝てるのではないだろうか。根拠のない幼い自信に思い上がったある日の僕は、無謀にも父に勝負を挑んだ。僕のほうがきっと上手く描ける。父が闘いを受けてくれると、僕は絵のお題を求めた。すると父は、そうだなーと、か細い声をあげた後に、一つのお題を定めた。

ここに描いたものが実際にもらえるとしたら、何を描くか。

「父さんは『いえ』を描いて、まだ小さかった周は――」

「……『くるま』を描いたのか」

父はいえ、僕はくるま。

父は海岸沿いに豪邸を建てるのが夢なのかと、当時の僕は意外に思った。欲しがっているということは、ゆくゆくはこんな豪邸が実際に手に入る未来もあるのかもしれない。我が家の財政事情も無視して無邪気に喜んでしまった僕は、父の鉛筆画を指差し、僕の部屋はどこかと尋ねた。どこを割り当ててくれるのだ。しかし父は首を傾げると、絵の中の豪邸にぼんやりと焦

点を合わせたまま一言、
まったく考えてなかった。

そんな父の言葉が、どうしてだかものすごく寂しく、そして自分には理解し得ない意味深な響きを含んでいたことを、思い出す。

「そうか」

僕はスケッチブックをとじると、気づけばふっと力のない笑みを浮かべている。

あすなに投げかけられた疑問の答えが、期せずして見つかったからだ。

父は自分のことを、僕とも、俺とも呼ばない。父の一人称は、僕が幼かった頃からずっと変わらず、いっそ思い出せなくなるほど自然に、僕らの日常の中に溶けていた。どんな時代の、どんな瞬間であっても、父は自分のことを、こう、呼び続けていた。

父さん。

父はいつからか自分の名前を捨て、『父さん』そのものになっていた。そして欄間の向こうから、ずっと僕らのことを見ていた。父がいないものとして扱われていたのは、僕らがただ単に見ようとしていなかっただけ。

父は最初から最後まで、喜佐家の物語の中に、こ﹅の﹅物﹅語﹅の﹅中﹅に﹅、しっかりと、存在していたのだ。

居間という家族の中心地から一枚壁を隔てた、反対側に、ずっと。

父さんの今日までを自分自身で振り返ってみると、どうだろう。

総括すれば、幼少の頃より、口より手を動かしているほうが、ずっと性に合う人生であったように思う。

国語や算数の惨憺《さんたん》たる成績に比べれば、まだ図画工作や美術のそれはいくらか見られるものであった。大学に行けるほど豊かでも、賢くもなかったので、必然的に就職をすることになる。頭を使う仕事は無理だろうと思い、高校を卒業してすぐ近所の陶器工場へと就職した。その頃の父さんの仕事は、ひたすらトイレの便器を焼き続けることであった。

作業中は一人の世界に没頭できたが、どうしたって同僚との交流は発生する。当時から口下手ではあったが、若さはあらゆる物事における免罪符であった。まあまあ、お前は若いから。まあまあ、お前はこれからだよ。うまく回答できずとも、はぁ、とだけこぼして頭を掻いていれば、万事丸く収まった。

しかし、唯一、逃げることのできない質問があった。

お前、女はどうなんだ。

こればかりは根掘り葉掘り聞かれ、うまく答えられないと大いに笑いものにされた。当時、同じ製造班の中で最年長であった男は、ほれ、あいつを見てみろと、よく一人の男性作業員を指差した。うまく女を見つけられないと、行く末はあれだぞ。指を差されていた男性作業員は、四十いくつという年齢だったが、うまい縁談もないようで独身のまま過ごしていた。

情けなく、みっともなく、人間として大いに欠落している。

レッテルを貼られていた彼は、今思えば虐《いじ》めの被害者であった。確かにあまり器用な人間ではない。仕事も早くはないし、体型も少々太りすぎていた。そういった諸条件が揃ってこそ彼は社内で迫害を受けていたわけだが、当時の父さんはやはり独身というやつはどうしてこうもみっともないのだろうと、無意識の差別意識に蝕《むしば》まれていた。人のことを言えるような女性遍歴はない。結婚できそうな気配もないし恋人さえもいない。しかし若い人間には未来があり、未来があるということは許されるということであった。

ああは、なりません。

職場だけではなく、結婚相手も探せない人間は何かが異常であるという先入観が、当時は漠然とそこかしこに充満していた。

そろそろ結婚をしなければならないのだろうか。二十をすぎた辺りで焦り始めたのは、今思えばあまりにも余裕がなさすぎるのだが、工場の人間はとかく結婚が早かった。誰ならば、こんな人間と結婚してくれるだろう。考えたとき最初に浮かんだ人間が、薫であった。愛しているとも、好きであるとも違う。

結婚してくれそう。

それが母さん――薫へと近づいた、最初の一歩であったように思う。小、中、高校、すべてを同じ学校で過ごした仲であり、人となりは十分に把握できているつもりであった。人間としては申し分なく、魅力的な人間であったように思う。小学生の時分、結婚できないかもしれないという不安感を吐露してもらったことも、記憶の中にしっかりと刻まれていた。彼女こそ、人生をともに歩むに相応《ふさわ》しい、これ以上ない連れ合いだ。

人並みの交際期間を経た頃、取引先のつてで山梨にいい仕事があると言われて転職と移住を決意する。安定した生活ができそうだと感じたところでプロポーズをした。二十一歳だった。

電子機器メーカーの作業員。陶器工場よりはいささか厳しい職場であったが、それでもやはり性には合っていた。子供も無事に生まれ、生活が軌道に乗ってきたところで、しかし職場で怪我をしてしまった。左手の腱《けん》を痛めてしまい、握力が二十キロほど弱くなる。これまでと同じ作業は難しいということで営業部門に回されたものの、とてもではないが父さんに務まる仕事ではなかった。あまりに水が合わない。一年も持たずに、離職することとなる。

工場での勤務経験を買われてホームセンターで働き始めた辺りから、徐々に何が何だかよくわからなくなってきた。気づけば四十歳。不惑と呼ばれる年になってから、ようやく迷いが生まれ始めた。まずもって賃金がどんと下がった。母さんにも食堂で働いてもらうようになると、自分の中の何かが後退していった。無理をして背伸びをしていたのだと気づくと、もう何もかもに頑張れなくなった。

気が抜けた。あるいはいい恰好《かっこう》をすることができなくなった。

栗田の娘に対して、強烈な恋心を抱いていたというようなことはない。母さんのことは母さんとして大切に思っていたし感謝もしていたが、周を産んでから五年もするとまったくもって応えてくれなくなった。それでも操を立てるのが夫婦なのだろう。しかしこの頃の父さんには歯を食いしばって欲に抗おうとする心の足腰が、すっかりなくなってしまっていた。回数の問題ではないが、寝てしまったのは二度だけ。不貞がばれてしまったときは、焦ると同時に安心している自分がいた。またもう一度、父さんは踏ん張れるのではないか、と。

しかしここまで来れば歯止めが利かなかった。うまく金も稼げない、家族も満足に養えない、加えて誰も自分を必要としていない。あすながショップ栗田のマスコット人形を盗んできたとき、この罪を背負って消えてしまおうと決意したというよりは、あらゆることを諦めた。せめて家族の目に入らぬ場所で過ごそうと考えたとき、隙間部屋の存在に思いあたった。ここに入れるようにしてくれ。家族に内密で依頼したところ、大工は一時間程度で戸を作ってくれた。周の就職を見届けると、いよいよ父さんの人生は終わったような感覚があった。

いるだけで不快と思われるなら、せめて見えない場所に。

父さんはひたすら絵を描いた。これが、自分でも笑ってしまうくらい気が楽であった。誰とも接することなく、一人の宇宙で、一人の筆を走らせる。どこかに旅をした気分になり、見たことのない風景を手元に落とし込んでいく。どこに行っていたのだと言われるのも面倒であったので、適当な土産物を百貨店の売り場で買いだめして、適当なタイミングで戸棚に入れることにした。消えてしまった人間を捜そうとする人間はいない。

隙間部屋にいると、居間で喋《しゃべ》る家族の声がよく聞こえた。そこに参画しない自身を恥じながら、しかしこのくらいの距離感がちょうどいいと思っている自分がいたのも事実であった。日に日に鉛筆画が増えていった。行きたいと思った場所をメモしているうちに手帳も三十冊以上に増えてしまった。行けるものなら行ってみたいと思うが、何かを求める資格は、おそらく父さんにはもうない。

一月一日、あすなが珠利を伴って隙間部屋の戸を開けたとき、特にどうという感情も湧かなかった。果たしてこの部屋に閉じこもっていたことをどう説明しようかと悩んだが、戸惑う珠利とは対照的に、あすなの察しはよかった。あすなの車で東京駅へと向かい、七戸十和田駅からは珠利とともに二人で十和田白山神社を目指した。長い道中、我々の間に会話はなく、ひたすら家族についての思索に耽《ふけ》る長大な時間が残された。

この家族を作ったのは、父さんと母さんだ。

しかしこの家族を作りたいと願ったのは、果たして誰だったのだろう。

父さんは一度だって、自分の考えで何かを選んできたことがあるのだろうか。作ってしまったものから、疎まれ、嫌われ、蔑まれ、気づけば小さな空間に閉じこもっている。情けないとは思うが、脱却せねばならないという焦燥感も熱意もない。かといって幸せであるという手応えもない。何も欲することなく、ひたすら惨めな凪《なぎ》の海を漂う。

果たして父さんは、どうして父さんになったのだろうか。

「父さんは、まだこの家に住みたい？」

周の紡いだ質問は、容易に回答していい種類のそれではなかった。

取り立てて改まった口調というわけではなかったが、父さんを見据える瞳《ひとみ》には静謐《せいひつ》な重厚感が漂っている。生まれてこの方、どう記憶をほじくり返そうとも、察しがいいと褒められたことなどない。そんな父さんでも、言葉の裏に潜む壮大な文脈を捉《とら》えることができた。

父さんは果たして、この家に住み続けたいのだろうか。

いつまでも物置から隙間部屋を覗かせるのも申し訳なく、父さんは全員を引き連れ、居間へと移動することにした。炬燵の上には、リフォームの資料が置いてある。改築について語り合っている声は聞こえてきていたが、紙面を直接見るのは初めてのこと。自分で自分の胸に問いかけ、まっさらな大地の上に疑問を乗せ、今一度この家に住みたいかどうかを、慎重に考える。

「……少し、時間をくれ」

口にした瞬間、母さんが少なからずショックを受けているのがわかった。ちゃんと考え直してみて欲しい。これからもきっとこの家で暮らしていける。母さんの言葉に対し、果たしてどう返答しようかと考えているうちに、あすなが母さんの眼前に立った。

「これは、私の勝手な予想ね。違ったら違うって、ちゃんと言って」

怯《おび》えるように瞳を震わせる母さんに対してあすなは、

「お母さんはさっき、この家族の人数をうまく答えられなかった。それはたぶんだけど、珠利さんを足そうかどうか、家を出て行ったお兄ちゃんを数えるのかどうか、そういう小さなところを悩んでいたんじゃないんでしょ？」

「……いや、それはね——」

「お母さんはね、お母さんが思ってる以上に、きっと囚われてるんだよ。だからお兄ちゃんが家族を卒業したって発言をしたとき、他の誰よりも体を強《こわ》ばらせた。お母さんはきっと——」

母さんは衝撃に備えるように、唇を噛んだ。

「まだ、前の家族の中にいるんだよ」

そのとおりだと肯定することはなかったが、ついに母さんの口から反論の言葉は語られなかった。母さんはただ表情が歪まぬよう顔面に力を入れ、やがて内圧に屈したように一筋の涙をこぼした。

「ひょっとしたら自覚は薄いのかもしれない。でもお母さんは私たちに対して、いつまでもいつまでも、お母さんのお母さんの話をし続けてるの。『お母さんのお母さんはね』『お母さんのお母さんもね』『お母さんのお母さんもあのときは』——何度も何度も、私たちは聞き続けてる。私は会ったことがない。お母さんだって何十年も顔は合わせてない人なのに、ずっとお母さんの中から、お母さんのお母さんは消えていかない。私は当事者じゃない。だからあくまでこれまでお母さんや、お父さんの口から聞いたことをもとに、お母さんのお母さんについての感想を、勝手に口にする。不快だったらごめん。でもね、ちゃんと聞いて、お母さんのお母さんはきっとものすごく——」

「……やめてあすな」

「ひどい人だった」

「違うんだよっ」母さんは涙を拭い、「私がね、未熟だったから」

「もう楽になってよ、お母さん。私は、この家族で一番大変な思いをしてきたのは、間違いなくお母さんだって思ってる。お金を稼いで家事もやって、ほとんど一人だけの力で子供たちの面倒も見た。……私は、浮気をしただけのお父さんをあそこまで追い詰めてしまったことを後悔してる。よい父であることと、よい夫であることと、性的な部分は切り離して考えてもいいと思ってる。でもね、矛盾しているように聞こえるかもしれないけど、パートナーを不快にさせてしまったのなら、それは夫婦間の契約にもとる行いだと思う。お母さんがお父さんの浮気を許せなかったのなら、お母さんはこれっぽっちも許してやる必要はなかった。あのとき、お母さんはお父さんの浮気を知ってどう思った？　なんにも気にならなかった？　どうでもいいや、って思った？」

「思うわけないでしょ？　ただ、ああいうときに騒げばみんなが不安になるから――」

「腹が立ったんでしょ？　ふざけるなって思ったんでしょ？」

「思ったよ！　でもね――」

「なら、お母さんは我慢しちゃ駄目だったんだよ！」

　あすなは、母さんの瞳に語りかける。

「許せなかったんでしょ？　だったら言ってよかったんだよ。ふざけるんじゃない、許せない、最低な裏切り行為だって。罵《ののし》ってこの家から追い出してもよかったし、そのまま離婚届を突きつけてもよかった。私の見立てになるけど、あのときすでにお母さん、別にお父さんのこと好きじゃなかったでしょ？　なのにお母さんはぐっと堪えた。

　偉いね、理解のあるいいお嫁さんだねって、昭和のオジさんたちなら、お母さんのことを褒めるかもしれない。でもね、明らかに間違ってた。お母さんは恐れずに、自分の正直な気持ちを言ってよかったんだよ。

　でも、言えなかったのは、お母さんが『家族』という入れ物を壊さないことを、何よりも優先しようとしていたからでしょ？　自分の気持ちより、幸せよりも、『家族』を維持することを優先すべきだと思ってしまった。二人が離婚しなかったお陰で、私たち三人の子供は助かった側面があるかもしれない。そういう面でも私は恵まれてた。でもね、やっぱりお母さんが苦しんだり抑圧されなきゃならない理由なんてどこにもなかった。確かにお母さんは両親の離婚にトラウマがあったかもしれない。すごく辛《つら》い思いをしたかもしれない。でもね、だからって人生の目標を、『家族』を壊さないことにしちゃ駄目だよ。いい加減幸せになるための努力をしてよ。お父さんのこと、もう好きじゃないんでしょ？　浮気は許せなかったんでしょ？　だったらそれをぶつけなよ。お母さんが背負い込んでも、ただお母さんが苦しくなるだけで、何も偉くもないし、褒められたことでもない。もう一回訊くよ、お母さん。本当にこの家でお父さんと一緒に住み続けたい？」

涙をこぼしながらただひたすらに首を振る母さんに、あすなはそれでも回答を求めた。

「私が勘違いしてるだけかもしれないから、お母さんの口からちゃんと聞かせて欲しい。お母さんはこの土地が好きなの？　この家屋が好きなの？　お父さんと一緒に住み続けたいの？　それともただ『壊れる』ことを恐れてるだけなの？　よく考えて、お母さんの本心を教えて」

母さんは涙に溺《おぼ》れ、もはや言葉を紡げない。それでもあすなの質問に対して答えなければと何度も何度も嗚咽《おえつ》に抗い、しかし答えに悩むように両手で顔を覆う。そのうちにゆるゆると畳に吸い込まれ、その場に尻餅《しりもち》をつく。

「母さん」と優しく語りかけたのは、周であった。

周は座り込んだ母さんと視線を合わせるよう、ゆっくりと膝《ひざ》を折ると、一度、深い呼吸をしてから、

「姉ちゃんの質問に、答えてほしい」

母さんはしばらく喉をしゃくり上げた。しかし長い葛藤《かっとう》の末にようやく答えに辿り着くと、

消え入りそうな掠《かす》れた声で、これまで誰にもこぼすことのなかった本心を、絞り出すようにして吐き出した。

あすなの、言うとおりかもしれない。

母さんの言葉を聞き届けると、あすなは家族全員に向かって問いかけた。

「この家族、まだ続けたほうがいいと思う？　また『ご神体』を大事に抱えて、青森まで命懸けで走り続けるような生活を、続けたほうがいいと思う？」

誰もが深いため息をつき、静かな居間の中であすなの言葉を嚙みしめた。

そして嚙みしめた結果、この場にいる人間、一人残らず反論の言葉を持てないことに気づいていた。なぜこの家族は始まったのだろう。考えるまでもなくこの家族を始めたのは、父さんと母さんであった。二人が結ばれ、三人の子供が生まれた。父さんが主体性なく世間に背中を押され、母さんが過去のトラウマの中で悶《もだ》えるように求め、喜佐家は誕生した。

そして惣太郎が、あすなが、周が生まれた。

子供が生まれたことに関してはひたすらに喜ばしく、後悔など一欠片《かけら》もないのが事実ではあるが、ではこの『家族』というやつは、喜佐家の面々に何をもたらしたのだろうか。母さんは『家族』に囚われ、惣太郎は父さんのせいでお金に餓《う》え、あすなは職場に寝泊まりすることを阻まれ、周は必要のないトラウマを植えつけられることとなった。家族が幸せを生みだした瞬間は間違いなく存在する。そのすべてを否定してやる必要などどこにもない。

しかし未来を見つめてみれば、どうだろう。

我が娘ながら、ご神体の一件に関してはずいぶんと大それたことをと呆れそうになる。しかし一方で、あれだけの騒動を経ないままに彼女の演説だけがあったとして、父さんたちは彼女の意図を明確に汲むことができたであろうか。あの騒動はこの家族にとって必要な事件であり、我々家族は、あの事件のような外部刺激を用いない限り変わることはできなかった。家族の人数の認識さえ一致しない不揃いな家族であったのに、誰もが家族という常識にだけは共通して縛られていた。

この家族を作ってよかったと、思いたいし、事実としてそう思う。

しかしこれからこの家が存続し続けることで幸せになる人間は、きっとあすなの提言どおり、おそらくこの世界に、一人もいない。

誰も口を開かないということは、おそらく全員の腹が決まっているということであった。父らしいことをしようという発想がすでに自由ではないのだが、しかし敢《あ》えて最後くらい父らしく振る舞ってみようかと、父さんは——

否。

私は、口を開いた。

「改築はやめよう。この家を解体して、家族は解散しよう」

残り5メートル

くるま

父の家族解散宣言を受けてすぐ、僕らはいくつかの手続きを粛々と進めた。

再び引っ越し業者に見積もりを頼み、再び不用品回収の業者に連絡を入れ、再び解体業者への依頼を出した。僕らは短い間に荷造りをし、荷ほどきをし、また荷造りをした。

どうせなら解散を記念して、解散式とでも言うべく、区切りとなるようなイベントを。

提案したのはらしくもなく惣太郎で、あれやこれやとアイデアを出し合った結果、お焚《た》き上げをしようかという話になった。どことなく神道を思わせるイベントを思いついたのは、ご神体騒動にイメージを引っ張られた可能性が極めて高い。

僕とあすなと両親の引っ越しが同日に行われ、僕らはそれぞれ散り散りになる。

家屋の解体が始まる当日の早朝、僕らは実家に集結した。外観からは変化らしい変化は感じ取れないはずなのだが、僕らの家はどことなく役割を終えたことを悟ったような、抜け殻の表情をしていた。ちょうど卒業式の日の教室みたいだなと、僕は何年も昔の記憶を掘り起こし、郷愁の思いに耽《ふけ》った。

おそらく自宅の敷地内で落ち葉以外の何かを燃やす行為は、褒められたものではないはずであったが、一生に一度あるかないかのハレの日であった。この家族の中では最も頭の固い自負のある僕でも、つまらないことを口にしようとは思えなかった。音もなく始まった、派手さの欠片《かけら》もない、歴史と常識の中をもがき続けた、どこにでもいる、平凡な家族。最後くらいは、いくらか華やかに。

それぞれこれだと思うものに、別れを告げておこう。

惣太郎の提案を耳にしたときから、何を燃やすべきなのだろうと悩む日々が始まった。僕自身は果たしてこの『家族』の何に縛られていたのだろうかと考えた結果、まさしくこの土地であるのだなと、不意に了解した。たぶん結婚するまで家を出てはいけないという暗黙のルールさえなければ、僕はもっと別の大学に行っていただろうし、もっと視野を広げた就職活動を行っていた。そこには別の未来があったのだろうが、究極的な後悔が何もないのは、いくつかの因果を経た結果、咲穂と出会うことができたからだ。

開会の辞もないまま、気づけば家族解散式は始まっていた。

惣太郎はどこからか金属製のドラム缶を持ってくると、それを庭の中央に設置する。さあ、中に決別するものを入れてくれと言われたので、僕は東桂駅から職場までの定期券をドラムの中に放り投げた。まさしく、僕がこの家に、この土地に縛られていた、象徴とも言うべき代物だ。駅の窓口に持っていけば五百円の返金があるのだが、節目には丁度いい出費だと割り切る。一種のお賽銭《さいせん》だ。小さなＩＣカードは一瞬だけひらひらと宙を舞い、ドラム缶の底にぺちりと着地した。

惣太郎が持ってきたのは、招き猫型の貯金箱。少しは緩く構えなきゃなと、独特の表現でこれからの展望を語ると、貯金箱をドラム缶の中に放り入れた。陶器の割れる音に交じってじゃらりとした小銭の音が聞こえたが、惣太郎は気にする素振りも見せず、そそくさとドラム缶から離れていった。

続いて母は、なぜか簞笥《たんす》の引き出しを持ってきた。いったいどういうつもりなのだろうと一同が面食らっていると、これが唯一の嫁入り道具だったと、憑《つ》き物が落ちたような表情でからりと笑った。入りきらないのではと危惧《きぐ》したが、縦方向にすると、どうにかドラム缶の中に収まる。

あすなが持ってきたのは、書道教室のテキストと、弓道で用いる矢筒。見たこともないアイテムの登場に僕は目を点にしたのだが、どうやら小学生の頃、ほんの一時期だけ使用していた習い事の道具であったらしい。堅苦しくて退屈な世界だった。あすなが時を越えた恨み言を容赦なくこぼすと、僕らは呆《あき》れたように笑った。

父は自身の鉛筆画を放り込んだ。描かれていたのは、まさしくこの家。紙の劣化具合を見るに最近の作品ではなさそうであった。身内の欲目を抜きにしてもなかなかうまい絵であったが、記念にとっておいてもという言葉は敢《あ》えて口に出さなかった。父にとっては、きっと必要な決別なのだ。

燃えやすいように木の屑《くず》といくらかの新聞紙を入れ、灯油を垂らしてからマッチを落としてみた。最初は失敗したかと不安になったが、時間をかけてゆっくりと火は大きくなり、そのうちにもくもくと黒煙が上がり始めた。明らかに有害と思われる匂いが辺りに充満し始めたところで、僕らはドラム缶から遠ざかり、少し離れたところから黒煙を見上げることにする。

「ありがとう」

母は煙を見ながら呟《つぶや》いた。

何に対してお礼を言ったのかは、僕にはよくわからなかった。

午前十一時、いよいよ解体が始まった。

巨大な重機が、僕の部屋の窓にトングのお化けのようなパーツを突き刺した。こんなにも脆《ぜい》弱《じゃく》な家だったのかと笑いたくなるほどあっけなく僕の部屋は壊され、気づくと僕は涙が止まらなくなっていた。母も泣いていた。あすなも惣太郎も泣いていた。父だけは泣かなかった。少しずつバラバラになって小さくなっていく我が家の姿を必死になって目に焼きつけていた。

そこから二週間かけて、僕らの家は完全になくなった。

僕ら喜佐家は、無事に解散した。


あすなは賢人さんも住む甲府の職場で暮らし、父と母は当初引っ越す予定であった大月の家でしばらく暮らしていた。ひと月ほどが経った頃に父が出て行き、もうしばらくすると母は二分ほど歩いた先にある少しばかり小さな家に住み替えた。離婚届は提出していない。僕らは『家族』という器、あるいは概念から解き放たれたかっただけであって、行政上の手続きを必要としていたわけではなかった。

僕は八王子で咲穂との生活をスタートさせ、間もなく婚姻届を出した。

結婚式は八月に。

もちろん咲穂の親族は、通常の習わしに従って招待すればいい。しかし僕はどうしようか。解散してしまった家族を呼ぶのもいかがなものかと悩んだのだが、ただ招待するだけなら何も問題はないだろうと思い直した。友人や職場の人間を呼ぶのだから、元家族の人間を呼んでもおかしくはあるまい。開き直ってしまえば、どうせなら解散した家族なりの招き方をすべきだと、ささやかないたずら心が湧いてくる。

当日は幸いにして晴れてくれた。

数メートルのバージンロードを、一歩一歩、これまでの人生を確認するよう、慎重に踏み締める。僕はなぜだか、十和田白山神社を目指したあの道のりを、不意に思い出した。

挙式を終えて披露宴の会場へと向かった僕は、目の前に広がっていた珍奇な光景に思わず笑ってしまった。親族席を廃止した関係で、あすなと母の席は高校時代の友人の席に組み込まれていた。惣太郎はなぜか職場の人たちの中に紛れ込ませてある。明らかに気まずそうにしていたが、解散したのだからこれくらい自由で構わないのだ。両親へ手紙を読むような演出も廃止。なぜ新郎側には親族席がないのだという、疑問の空気がうっすらと漂っていたので、「新郎のご家族は解散されておりますので、少々ばらけて座っていただいております」と司会の方にアナウンスしてもらった。

納得できる人のほうが少なかったであろうが、困惑している会場を見るのもまた楽しかった。

父は欠席。来たいかと尋ねたところ、どっちでもよさそうにしていたので好きにさせることにした。父が結婚式に参加するのは世間一般的には常識なのだろうが、そういったことすべてを含めて解散したのだから気にしても仕方がない。

二次会になると、元家族の面々は全員、帰宅の途に就いていた。

進行を頼んでいた大学時代の友人が率先して会を取り仕切り、披露宴よりもいくぶん砕けたイベントを順調に消化していく。友人がスピーチをして、乾杯をして、しばしの歓談を挟み、僕らの馴《な》れ初《そ》めに纏《まつ》わる◯×クイズが開催される。

新郎が中学生の頃に所属していたのは野球部、新婦の出身は東京都稲《いな》城《ぎ》市、◯か×か。新郎新婦が初めて会ったのは国分寺《こくぶんじ》の居酒屋、◯か×か。◯だと思った人は会場の右端へと走り、反対に×だと思った人たちは左端へと走る。僕と咲穂からすれば簡単すぎるし、僕ら以外からすれば取り立てて面白みもないクイズのように思えたが、集まった参加者たちは大いに盛り上がり、右へ左への大移動を見せてくれた。

「お疲れ、喜佐」

クイズの戦況を見守っていた僕のもとへとやってきたのは、咲穂を稲城市出身と勘違いして脱落した高校時代の友人であった。改めておめでとうと僕の脇腹を小突くとすぐに、

「待った、もう喜佐じゃないのか」

そうそうと、僕は笑う。

婚姻届を提出する直前まで、咲穂が喜佐姓になる予定であった。しかしそうなると、咲穂のフルネームは「きささきほ」になる。どこか回文めいた響きを妥協して受け容《い》れさせるくらいなら、僕の名字を変えてしまえばいいのだと、当たり前のことにようやく気づけた。なので現在の僕の本名は、石田周。名前が変わるというのはこんなにも不便なのかと頭を抱えたくなる

ほど雑多な事務手続きをこなし、免許証はもちろん、銀行口座もクレジットカードも、ようやくあらかたの名義変更を完了させたところであった。

「つまり婿に入ったってことなんだよな？　お前はもう、向こうの家の人？」

「いや、そういうのじゃなくて、ただ向こうの名字を選んだだけ」

「んー、でもそういうことになるだろ？　向こうの名字を選んだんだから」

質問に悪意はない。純粋な疑問なのだろうと思いながらも、さてどう答えたものかと悩んでいると、背後から現れた別の友人が僕らの肩を揉《も》んだ。

「古くせぇ、老害みたいなやつがいるな」

現れた彼は、友人の婿入り発言を軽くあしらうと、もうそういう時代じゃないだろと気持ちのいい口ぶりで笑ってくれた。

「なんか皆、堅いよな。名字がどうだとか、仕事がどうだとか、男だ女だなんてな。時代はとっくに変わってるのに」

「ほんとだよ」と僕も軽口を言うようなテンションで笑みを返す。

「でも、なんにしても俺は喜佐が結婚してくれて、心からよかったと思ってるよ」

「ありがと」

「やっぱり、ほら、ある程度の年なのに結婚してない人って、どこかあれな人多いだろ」

「……あれ？」

「いや、あんま言いたくないけど、ちょっと捻《ねじ》れてるじゃん。こりゃ独身だなって、独特のオーラがあるよ、やっぱり」

楽しい宴《うたげ》の席の、何気ない会話の、はずであった。

しかし僕は、得体の知れない胸騒ぎの中にいた。しっかりと握っていたロープのようなものがするすると僕の手のひらから逃げ出し、どこか遠く、波の彼方《かなた》へとさらわれていってしまいそうな悪寒が、背中を走る。大丈夫、問題ない。僕は自分に言い聞かせた。もう一度、念を押すように、今度は誰にも聞こえない大きさで、まるで腹話術のように唇を動かさず、しかし実際に声に出して、言い聞かせる。

大丈夫、問題ない。

咲穂と僕、二人で作る家族のあり方は、どこかで膝《ひざ》をつき合わせてじっくりと語り合う必要がある。そう思い続けていたものの、結局、恋人の延長のような形で今日までを過ごしてしまっていた。急に焦り始めた僕は、今すぐにでも咲穂に尋ねたくなる。きっと、大丈夫だろうという予感は十全にあった。咲穂は僕と結婚をするためなら、自身の両親の説得も、山梨からの通勤も、僕の両親との同居も、すべて問題なく受け容れてくれる女性だ。だからきっと、彼女はすべてを受け容れてくれる。

本当か？

一抹の不安が、瞬く間に全身を巡り、僕の顔は青ざめていく。

ねえ、咲穂。

話しかけようとしたそのとき、○×クイズの司会がひときわ大きな声を上げた。

「それでは、ここからは新郎新婦の二人に特別なクイズに挑戦してもらいましょう。お二人はどうぞこちらに」

どっと歓声が上がり、僕ら二人はステージの中央へと担ぎ出される。動揺は忘れたことにして、僕は二次会に相応《ふさわ》しいサイズの笑みを浮かべる。何々、聞いてないよ。どんなクイズなんだろう。答えられるかな。独り言のようにこぼしながら、ドレス姿の咲穂をエスコートする。

ステージの中央に立って右を見れば、大きな×マークが描かれたボードを持っている僕の友人がいる。反対側には○のボードを持った友人。

「それでは、二人の素敵な夫婦生活を祈念して、こんなクイズを出してみましょう。一問目はこちら」

背後に設置されていた液晶画面がぱっと切り替わる。どこかちゃらけた内容に会場は一段と盛り上がったが、僕は笑顔が歪《ゆが》みそうになる気配に、思わず息を止めた。一旦《いったん》、文章を読むことを諦《あきら》め、心を外界と切り離す。ひたすら笑みを壊さないことに注力し、この状況を心から楽しんでいるポーズをとり続ける。ぐっとバーベルを持ち上げるように、体に力を入れ、表示された文章をゆっくりと呑《の》み込んでいく。

[夫婦円満のため、キスは毎日ゼッタイ必要?]

「夫婦なら、意見はぴったり合致するはず。それではいってみましょう。○×どっち?」

司会が言い終わると、一同がカウントダウンを始める。

「五!　四!」

ゼロになるまでに、どちらかに向かって走り出さなくてはならない。どこからか、咲穂、どっちにするのーという楽しげな声が響いた。周、間違えるなよ、という声も聞こえる。僕がわざとらしく体を左右に揺らすと、その度に会場から歓声があがる。おっ、おっ、と誰もが囃《はや》し立てる。右か、左か。本心か、建前か。自分か、世間か。自由か、常識か。

僕のすぐ横で、咲穂もやはり一同を盛り上げるために、体を左右に振っていた。質問に対する照れもあるのか、あるいは多少のアルコールがそうさせているのか、頰はほんのりと赤く、表情からも日頃は見られない高揚感が伝わってくる。

「三！」

僕は体をくねらせる。会場が沸く。

咲穂も体をくねらせる。ドレスがひらりと躍り、やはり会場が沸く。意見が一致しなかったらどうするのーと咲穂の友人の声が聞こえると、

「逮捕するー！」

咲穂の言葉に、僕は笑った。そしてこの空気の中で最も適切な自分を演じながら、飽きもせずもう一度、胸の奥で呪文《じゅもん》を唱えた。大丈夫、問題ない。咲穂はきっと理解してくれる。家族はこうあるべき。家族はこうじゃなきゃいけない。家族なら絶対にかくあるべし。そんなものが、この世界には一つもないんだって、きっと理解してくれる。

「二！」

僕は、先ほどまでよりも体がずっと重たくなっていることに気づく。運動不足が祟《たた》っているわけではない。感じている重みは、見えない責任感。僕は今、間違いなくこの胸の中に、ご神体を背負わされているのだ。目指すのは千キロの道のりではなく、たった五メートル先。これを抱えてゴールを目指すのか、あるいは潔く諦める道を選ぶのか。

飛び込むべきは、〇か×か。

「一！」

僕は心を決める。

喜佐家は終わり、これから僕と咲穂の石田家が始まる。おそらくは、ここから何年も、何十年も続いていく。

そこが安らげる場所だと信じて、そこでは誰もが心地よく生きていけると信じて、ぐっと身をかがめる。

「ゼロ！」

思い切りステージの床を蹴《け》り上げる。

新たな家族が、走り出す。

本作は書き下ろしです。

この作品はフィクションです。
実在の人物・団体・事件とは一切関係がありません。

装丁
アルビレオ

装画
kigimura

浅倉秋成（あさくら　あきなり）
1989年生まれ。2012年に『ノワール・レヴナント』で第13回講談社BOX新人賞Powersを受賞しデビュー。19年に刊行した『教室が、ひとりになるまで』が第20回本格ミステリ大賞〈小説部門〉候補、第73回日本推理作家協会賞〈長編および連作短編集部門〉候補となる。21年に刊行した『六人の嘘つきな大学生』は第12回山田風太郎賞候補、「2022年本屋大賞」ノミネート、第43回吉川英治文学新人賞候補となる。22年に刊行した『俺ではない炎上』は第13回山田風太郎賞候補、第36回山本周五郎賞候補となる。その他の著書に『フラッガーの方程式』『失恋の準備をお願いします』『九度目の十八歳を迎えた君と』がある。「ジャンプSQ.」にて連載の『ショーハショーテン！』（漫画：小畑健）の原作も担当。

家族解散《かぞくかいさん》まで千《せん》キロメートル

2024年３月26日　初版発行

著者／浅倉秋成《あさくらあきなり》

発行者／山下直久

発行／株式会社KADOKAWA
〒102-8177　東京都千代田区富士見2-13-3
電話　0570-002-301（ナビダイヤル）

印刷所／旭印刷株式会社

製本所／本間製本株式会社

本書の無断複製（コピー、スキャン、デジタル化等）並びに
無断複製物の譲渡及び配信は、著作権法上での例外を除き禁じられています。
また、本書を代行業者などの第三者に依頼して複製する行為は、
たとえ個人や家庭内での利用であっても一切認められておりません。

●お問い合わせ
https://www.kadokawa.co.jp/（「お問い合わせ」へお進みください）
※内容によっては、お答えできない場合があります。
※サポートは日本国内のみとさせていただきます。
※Japanese text only

定価はカバーに表示してあります。

©Akinari Asakura 2024　Printed in Japan
ISBN 978-4-04-114564-7　C0093